KB242105

묵계월 경기소리 연구

묵계월 경기소리 연구

▾
▾
▾

류 의 호 편

꿈은샘

▲ 묵계월의 수양어머니   ▲▲ 묵계월 12세 때   ▼ 묵계월 15세 때

◀ 묵계월 12세 때
　김산호주 명창선배와 함께

▼ 묵계월 19세 때

▼▼ 1962. 1. 18. 시민회관.
　김소희, 이소향, 묵계월
　(왼쪽부터)

▲ 1966. 7. 4. 제5회 명창명인대회에서 '유산가'를 부르고 있는 묵계월

▲ 1990. 10. 13.

◀ 1997. 문화의 날
  보관훈장수여식에서
  오복녀와 함께

▲ 2001년 가을에 제자들과 함께

1997. 문화의 날. ▶
보관훈장수여식에서
가족과 함께

▲ KBS 국악한마당 출연

▲ 1999. 삼설기 연구 발표

◀ MBC 국악초대석 출연

「묵계월 경기소리 연구」를 펴내며

지엄하신 큰 스승 묵계월 선생님의 무릎제자가 되면서 나에게는 참으로 변화가 많았습니다.

우리 소리에 끌려 여기 저기 방황하던 끝에 선생님 문하에 들면서 소리보다도 소리하는 사람이 지녀야 할 몸가짐에 눈을 뜨게 되었고, 소리의 바탕을 다지기 위하여는 실기에 버금하는 이론을 겸해야 함을 터득하면서 한 동안은 눈앞이 막막하기도 했습니다.

미숙하나마 이를 극복하기 위한 첫 시도가 「삼설기 연구, 개마서원, 2000」이였는 바 이 책을 엮는데 가르침을 주신 권오성 선생님, 이윤석 선생님, 박재희 선생님의 고마움을 잊을 수가 없습니다.

그것은 이론적 토대가 얼마나 소중한 것인가를 체득케 하는 계기도 되었습니다.

뒤이어 연로하신 묵선생님의 조교가 되면서 선생님의 지도아래 정규적인 전수교육을 맡게 되니 다시금 벽에 부디 쳤으니 '경기 12잡가'의 가사를 소상히 이해하면서 이론적 토대를 갖추는 가운데 소리를 배워야 하겠다는 깨달음이었습니다.

이 막중한 과제를 함께 풀어 주신 역시 권오성 선생님, 이윤석 선생님 그리고 성기련 선생님, 이보형 선생님께 깊이 감사합니다.

특히 이윤석 선생님께서는 묵선생님의 '약전'을 정리하시면서 '경기 12잡가'와 '삼설기'의 주석과 '짝타령 춘향전의 바리가'라는 묵선생님이 전하시는 서울 소리 가운데 소중한 유음을 채록·분석 해 주셨습니다.

묵선생님께서는 평상시 '경기소리' '경기소리'라 하지 않으시고 '서울소리'라 하십니다. 서울에서 낳으셔서 서울 사람에게 배운 소리라 하시면서 어느땐가는 '서울소리'로 고쳐져야 하리라 하십니다.

우연히 권오성 선생님의 글 제목이 '서울의 12잡가'라 하신 것을 보고 과연 그렇다는 생각을 갖게 되었습니다.

이 책의 원고 뭉치를 차분히 살펴보시고 "이제는 제대로 제자를 가르치게 되었다"며 저보다 기뻐하시는 선생님께 삼가 이 책을 올립니다.

제자들을 가르치시는 데 조금이나마 도움이 되셨으면 하는 바람 뿐입니다.

출판을 맡아 주신 '깊은샘' 박현숙 사장님과 편집부 여러분 고맙습니다.

2003년 2월 10일
엮은이 류 의 호

'서울소리'도 제 대접 받는 세상이 되었으면

세월은 참 빠른가 싶습니다.

이제는 고인이 된 안비취 씨와 지금도 전수교육에 전념하는 이은주 씨 그리고 소생이 중요 무형문화재 제57호 '경기소리'의 예능보유자로 인정을 받은 것이 1975년이었으니 어언 30년이 다 돼 갑니다. 그동안에 안비취 씨는 세상을 떠났고 이은주 씨와 나는 이제 나이가 많군요. 늙은이가 되고 말았습니다.

근간에 연세대학교 이윤석 교수가 열심히도 찾아와서 평생 소리와 함께 살아온 내력을 이야기 해 달라며 몇일 씩이나 조르니 생각나는 대로는 다 일러 줬습니다만 그게 무슨 도움이 될까 싶습니다.

그저 지나간 일을 생각하면 고달픈 일생이기는 했지만 소리 한가지 길로 미련하게 늙었구나 하는 생각을 하게 됩니다.

그 동안 제자들도 많이 거쳐 갔고 그 가운데는 나보다 먼저 세상을 떠난 사람도 있습니다. 또 제자로 들어 왔다가도 이름만 걸고 옆길로 새는 사람도 많습니다.

그런 가운데 이 책을 엮은 유의호가 들어 온 후로 다소나마 틀이 잡히는가 싶습니다. 전번에는 '삼설기 연구'라 해서 내가 소싯적에 배운 삼설기 내용을 가지고 책 한 권을 내더니 이번에는 '묵계월 경기소리 연구'라는 또 한 권의 책을 엮었다며 원고를 내 보이니 그저 대견한 생각이 드는군요.

이제는 눈도 어둡고 또 기력이 부치니 소리하기가 어려운데 이런 책자를 놓고 가르친다면 힘이 덜 들겠습니다.

평소에도 가까이 지내는 권오성 교수와 이윤석 교수의 도움으로 제자 유의호가 엮어 내는 이 책이 '경기 12잡가'를 가르치는 '전수교재'가 됨은 물론이요, 넓게는 '서울소리'를 배우고 연구하는 사람들에게도 도움이 될까하여 기쁘기 그지 없습니다.

우리 '서울소리'도 제 대접을 받는 세상이 빨리 왔으면 합니다. 책을 함께 만들어 주신 여러분께 거듭 감사 합니다.

2003년 2월 10일

중요 무형문화재 제57호 '경기소리'

예능보유자 묵 계 월

차　　례

묵 계 월

묵계월 선생 약전(略傳)

이 윤 석(연세대 교수)

1. 어린 시절

묵계월은 1921년 11월 18일(음력 10월 19일) 서울 광희동에서 딸 다섯 가운데 넷째 딸로 태어났다. 부모님은 모두 해방 전에 돌아갔고, 2002년 8월 현재 위로 세 언니는 돌아가고, 동생 하나가 생존해 있다. 아버지는 매듭을 하는 장인이었는데, 일거리가 많지 않았기 때문에 생활이 풍족하지 않았다고 한다. 광희동은 현재 광희문(光熙門)이 있는 근처로, 묵계월은 광희문이 보이는 곳에서 어린 시절을 보냈다.

어렸을 때, 동네에 소리를 배우는 사람이 있었는데, 이 사람이 시내에 가서 소리를 배우고 와서 연습을 하면, 묵계월은 이 사람이 연습하는 것을 넋을 빼고 듣고 있었다고 한다. 그리고는 들은 노래를 집에 와서 그대로 옮겨 주위 사람들을 놀라게 했다. 주위의 사람들이 묵계월의 어머니에게 소리 공부를 시키라고 권했다고 하는데, 특히 이런 일을 자기 일처럼 나서서 하는 사람이 있었다. 묵계월에 의하면 이 사람은 건달 비슷한 아저씨라고 하는데, 이 사람이 소리공부를 시킬 수 있게 어느 집에 양녀로 보내라고 묵계월의 어머니에게 적극적으로 권한 것 같다. 이 때가 1931년인데, 식민지 시절 서울 변두리의 가난한 지역에서 문안의 번화한 곳으로 딸을 소리 공부시키라고 권하는 데 솔깃하지 않을 어머니는 별로 없었을 것이다. 노래를 잘 하면 돈도 많이 벌 수 있다는 얘기는 이 때 이미 널리 퍼져 있었으므로, 좀 고생이 되더라도 딸의 성공을 위해서 어머니는 딸과의 생이별을 감수했을 것이리라. 그리고 묵계월 자신은 광희동에 있고서는 소리를 배우기도 어렵고, 더욱 소리로 성공하기도 어렵다고 생각했기 때문에 시내 어떤 집으로 양녀로 들어가서 노래를 배우는 것이 싫지 않았다고 한다.

2. 묵씨네 양녀로 들어감

남의 집 어린애를 데려다가 키우면서 소리를 가르치는 이런 제도가 조선시대에도 있었던 것인지는 확실하지 않으나, 적어도 식민지시대인 1920-30년대에는 적지 않았다고 한다. 묵계월이 광희동 집을 떠나 종로 낙원동의 어느 집으로 어머니와 건달 비슷한 아저씨를 따라간 것은 1931년, 묵계월이 열한살 때였다. 이 집은 종로 파고다공원 뒤편에 현재 낙원상가라는 커다란 빌딩 있는 자리에 있던 집이었는데, 이 집은 이 근처에 있는 두 채의 초가집 가운데 하나였다고 하니, 넉넉

한 집은 아니었던 것 같다. 어머니가 그 집 아주머니와 뭐라고 몇 마디 말을 나누고는 열한살난 딸을 남겨두고 떠나는 순간, 묵계월은 하늘이 내려앉는 것 같아서 그 집에 못 있겠다고 어머니를 쫓아나왔다고 한다. 어머니도 따라오는 딸을 어쩔 수 없어서 그냥 다시 데리고 집으로 돌아왔다.

그 집에 갔다 돌아오자 주위 사람들이 바보짓을 했다고 놀리고, 묵계월 자신도 낙원동 집에 가지 않고서는 소리를 배울 수 없을 것 같다는 생각이 들어, 어머니에게 다시 그 집에 데려가 달라고 졸랐다. 어머니는 안 된다고 하고, 딸은 조르고, 이러다가 다시 낙원동에 어머니가 딸을 데리고 갔다. 두 번째 낙원동에 갔을 때, 묵계월은 맘을 굳게 먹고 다시 집생각 안 하고, 소리로 성공하겠다고 다짐했다고 한다.

이 낙원동 집에서 본명인 이경옥(李瓊玉)을 묵계월로 바꿨다.

양어머니는 자식을 데리고 혼자 사는데, 일찍 돌아간 남편의 성이 묵씨였다고 한다. 양어머니는 아마도 후취부인이었던 것 같고, 그 사이에서 난 딸은 묵계월보다 열 살쯤 위였다. 후에 이 양언니와 함께 소리를 했는데, 양언니는 소리는 썩 잘 하지 못했으나, 매우 미인이었기 때문에 찾는 사람들이 많았다.

3. 소리를 배운 선생님들

이경옥이라는 광희동에서 부르던 이름과 성은 낙원동에 와서 묵계월로 바뀌었다. 이것은 서울의 변두리에 살던 평범한 소녀였던 이경옥이 장안의 한복판에 와서 묵계월이라는 소리꾼으로 다시 태어난 것을 의미한다. 양어머니는 본격적으로 묵계월에게 소리 공부를 시키는데, 자신이 소리를 가르치는 것은 아니고 소리선생에게 데려가는 것이다. 양어머니는 요즈음으로 치면 개인프러덕션이라고 할 수 있을 것 같다.

묵계월이 처음 소리를 배운 소리선생은 이광식이다. 이광식은 관철동에 조그만 집을 하나 얻어서 개인교습소를 내고 소리를 가르쳤다고 한다. 여기서 한 일년반 가량을 배웠는데, 이광식은 뛰어난 기량을 갖고 있거나, 잘 가르치는 선생은 아니었다. 양어머니 주위 사람들이 왜 그런 사람한테 보내서 소리를 배우게 하느냐고 핀잔을 주자, 양어머니는 묵계월을 그만 다니게 하고, 다동의 조선권번으로 보냈다. 조선권번에서 처음에는 가곡을 배울 생각이 있었으나, 가곡을 가르치던 하규일이 목소리를 들어보고는 가곡보다는 잡가를 배우는 것이 좋겠다고 했다. 그래서 묵계월은 잡가가 전공인 주수봉에게 소리를 배웠다.

이때 조선권번에는 경기소리, 서도소리, 춤 등을 가르치는 선생들이 각각 따로 있어서 이들 선생이 한 반씩 맡아서 가르쳤다. 묵계월이 들어간 곳은 경기소리를 배우는 반이었다. 묵계월이 들어간 반에는 수십 명의 학생이 있었는데, 늦게 들어간 묵계월은 앞자리에는 앉을 수가 없고, 맨 뒤에 앉아서 배울 수밖에 없었다. 키도 작은데다가 뒤에 앉아 있으니 선생님하고 얼굴을 마주칠 기회도 없고, 얼굴을 마주칠 기회가 없으니 궁금한 게 있어도 선생님에게 따로 물어볼 수도 없었다. 이광식에게 배울 때는 개인교습이므로 바로 앞에 앉아서 귀여움도 받으면서 배웠는데, 조선권번에 와서는 찬밥 신세가 되어버렸다. 그래서 일년도 못 다니고 조선권번에서 나왔다. 양어머니는 김윤태라는 소리선생을 집으로 모셔다 묵계월에게 소리를 가르쳤다. 독선생으로 모셔온 김윤태에게 일년 넘게 소리를 배우면서 그 동안 잘못 된 것을 고치고 많은 것을 새로 배웠다.

이광식, 주수봉, 김윤태 세 선생에게 소리를 배우고 나서 다시 최정식에게 찾아가 배우기를 청했다. 최정식은 <풍등가>나 <금강산타령> 같은 민요를 새로 만들어서 유행시킨 장본인으로 당대 민요의 대가였다. 최정식은 배우기를 청하는 묵계월에게 다른 데서 다 배우고 나서 뭐하러 자기를 찾아왔느냐고 역정을 냈다. 그래도 계속 배우겠다고 하자, 그제서야 가르쳐주겠다고 승낙했다. 최정식에게 배운 때는 묵계월이 십칠팔세쯤 되었을 때라고 한다. 앞의 세 선생에게는 잡가를 배운 것이고, 최정식에게는 신민요를 배운 것이다.

소리를 배우는 데는 순서가 있다. 처음에 평시조를 배우는데, 시조를 먼저 배우는 이유는 목소리를 정돈시키기 위해서이다. 목소리를 틔우기 위해 평시조를 한두달 배운 다음, 여창지름을 배우고, 다음에 남창지름, 그 다음에 사설지름을 배운다. 평시조부터 사설지름까지 배우는 데 반년도 더 걸린다. 시조가 끝나면 가사를 가르치는데, 춘면곡부터 시작해서 상사별곡, 백구사, 죽지사, 수양산가, 황계가를 순서대로 가르친다. 그리고 나서 잡가를 배우고, 휘몰이잡가도 배운다. 세 선생님에게 배우는 순서는 언제나 같았다는 것으로 보아, 아마도 소리를 배우는 전통적인 방법이 이런 순서였던 것으로 보인다. 최정식이 만든 <금강산타령> 같은 것은 따로 가르치지만, 노랫가락이나 창부타령 같은 것은 가르쳐주지 않았다. 노랫가락이나 창부타령은 어른들이 하는 것을 듣고 따라하면서 그냥 배웠다.

이렇게 소리를 배운다고 해서 다른 일은 하지 않고 소리만 배우는 것은 아니다. 열네살부터는 소리를 배우면서 또 소리를 하러도 다녔다. 십사오세 때 소리하러 다닌 곳은 주로 부잣집 사랑방이었는데, 그곳에서 부르면, 그 집 사랑방에 가서 하루 종일 노인들에게 소리를 들려주었다. 이렇게 사랑방에 불려 다니면서 소리를 하다가 이문원을 만나게 된다. 이문원을 만난 때를 묵계월은 십사오세쯤으로 기억하고 있다.

묵계월이 이문원의 소리를 처음 들었을 때, 목소리도 좋고 소리도 커서, 참으로 듣기 좋았다고 한다. 그래서 이렇게 좋은 소리를 배워야겠다는 생각을 했다. 이문원은 <삼설기>나 <짝타령> 같은 송서가 장기이고, 시조도 불렀는데, 노랫가락이나 창부타령 또는 잡가는 절대로 부르지 않았다고 묵계월은 전한다. 이문원은 가족도 없고, 집도 없이 이 사랑에서 저 사랑으로 다니면서 소리하고 그 집에 묵으면서 용돈을 얻어서 썼다는데, 묵계월에 의하면, 이런 '가객(歌客)'이 1930년대에 있었다고 한다. 이문원처럼 소리를 잘 하는 사람은 사랑에서 환영을 받았다. 이문원은 삼설기나 짝타령의 가사 내용을 다 이해하고 불렀다고 하는데, 현재 남아 있는 이문원의 녹음을 들어보면 그랬을 가능성이 크다.

이문원에게 삼설기를 배울 무렵에 묵계월은 이미 이름이 알려져서 바쁘게 되었다. 바쁘게 소리하러 다니면서 삼설기를 배우자니 자연 힘이 들었으나 삼설기의 매력 때문에 열심히 배웠다고 한다. 이문원은 하루에 조금씩 가르쳐주고, 이것을 며칠 모아서 다시 한번 정리하는 식으로 가르쳤는데, 삼설기를 다 배우기까지는 꽤 많은 시간이 들었다. 삼설기를 다 배운 후에는 짝타령도 배웠으나, 짝타령을 배우기에는 이미 묵계월은 너무 바쁜 소리꾼이 되었다. 결국 짝타령은 전체를 다 배우지 못하고 말았다.

　　양어머니집에 있을 때, 어느 날 보배라는 분이 이 집에 와서 묵계월을 보고 갔다. 보배는 홍도, 강진과 함께 1910년대 최고의 여자 잡가 소리꾼이었다. 묵계월의 기억에 의하면, 소리를 하려면 홍도, 보배같이 해야한다고 하는 얘기를 자주 들었다고 한다. 묵계월이 열서너살 때 대선생님을 만났으니, 그 감격은 말할 수 없었다. 보배는 잡가 가운데 하나를 하고, 묵계월에게도 소리를 한 번 해보라고 했는데, 묵계월은 벌벌 떨면서 했다. 묵계월의 소리를 듣더니, 잘하면 명창이 되겠다고 하고 꿈같이 잠깐 다녀갔다. 묵계월이 만났을 때, 한 50쯤 되었던 것 같은데, 인물은 그렇게 좋은 것 같지 않고, 키가 작달막하고 목이 다붙었다고 한다.

4. 양어머니집에서 소리하러 다니던 때

　　낙원동 양어머니집에 살면서 본격적으로 소리를 배우는 동안 소리만 배운 것은 아니었다. 앞에서 얘기한 대로 한편으로 소리를 배우면서 한편으로는 소리를 하러 다녔다.

　　나이가 조금 들기 전까지는 주로 사랑을 다녔다. 무슨 모임에서 부르면, 예를 들면 생일잔치 같은 데서 부르면, 가서 하루 종일 소리를 했다. 주로 노인들의 모임인데, 이런 데서는 많은 돈을 주는 것도 아니고, 또 하루 종일 해야되니까 좀 이름이 난 사람들은 잘 안 갔다. 묵계월은 이런 곳에 가서도 아무 불평도 안 하고 하루 종일 소리를 했다.

하루 종일 쉬어가면서 소리를 했는데, 소리공부도 할 겸 했다고 한다.
사랑에 가서 소리를 하면 초청한 사람이 돈을 주는데, 많이 받으면 10
원도 받았고, 적게는 5원도 받았다. 이렇게 받은 돈은 양어머니에게 그
대로 드렸다.

점차 이름이 알려지면서 묵계월은 부잣집 사랑과 요정에서 소리를
했다. 요정에서 소리를 하기 위해서는 허가장을 받아야 하기 때문에
처음에 삼화권번에 이름을 걸어놓았다가, 다음에는 조선권번에 입적을
했다. 묵계월은 나이가 어려서 반허가장을 받았다고 한다. 이때 다니는
사랑이나 요정은 모두 종로 한복판에 있는 곳들이다. 명월관, 태서관,
송죽원 등등 최고 요정에 가서 소리를 했는데, 다른 많은 소리꾼들과
함께 했다. 권번에 소속되어 허가장을 받고 노래하면서 돈은 사랑에
다니는 것보다 많이 받게 되었다.

묵계월은 이름이 알려지면서 열네살 때부터 방송에도 출연했다. 아
마도 양어머니가 아는 사람을 통해 다리를 놓은 것 같다. 정동에 있는
경성방송국에 처음 갔을 때를 기억하면서 묵계월은 웃음을 참지 못한
다. 방송국에서 자신을 데릴러 온 승용차를 탈 때, 문을 어떻게 여는지
몰라서 조수가 열어준 얘기, 방송국 수위가 쪼끄만 애가 방송국에는
뭐 하러 왔느냐고 안 드려보내려고 한 얘기, 연출자가 왜 왔느냐고 물
어본 얘기 등등 70년 전 방송에 처음 출연하던 때를 얘기하면 그 때의
기억이 생생하다고 한다. 그 이후 한두 해는 일년에 몇 차례 출연하고,
두 해 뒤부터는 매달 한번씩 고정적으로 출연했다.

이렇게 방송에도 출연하는 등 수없이 많이 노래를 불렀어도, 열여
덟살 때 처음 무대에서 공연할 때는 너무 떨려서 소리를 제대로 하지
도 못 했다. 부민관(현재 서울시의회)에서 있었던 공연으로 마이크 앞

에서 민요를 불렀는데, 객석이 꽉 찰 정도로 많은 관객을 보니 덜덜 떨리기만 했다. 숫기가 좋은 사람들은 잘 하는데, 묵계월은 떨리기만 했다고 한다.

사랑이나 요정, 방송국, 무대에서 소리하는 것 이외에도 동네에서 하는 대동놀이에 가서 소리를 하기도 했다. 특히 최정식은 그런 데를 갈 때면 묵계월을 꼭 데리고 갔다. 대동놀이에 가면 하루 종일 심지어 밤새도록 소리를 해야되기 때문에 못 가겠다고 하면, 꾀부리지 말라고 소리소리 지르곤 해서 할 수 없이 따라갔다고 한다. 이런 대동놀이에 가면 오랜 시간 노래를 불러야 하기 때문에, 알고 있는 노래는 모두 불렀다. 겨울이면 묵계월도 '깊은사랑'이라고 하는 움집에서 소리를 했다. 깊은사랑은 겨울에 동네 사람들이 놀기 위해 만들어 놓은 놀이터로, 움을 파고 사방에 기둥을 세우고 짚으로 지붕을 이은 움집이다. 서울의 변두리 지역에서 성행했는데, 6·25 이후까지도 있었다고 한다.

5. 양어머니집에서 나온 뒤

양어머니집으로 간 뒤로 친어머니하고는 아주 남처럼 지내야 했다. 친어머니는 일년에 한 번 생일날 양어머니집에 찾아와 만날 수 있었는데, 만나고 나면 마음이 너무 아파서 차라리 만나지 않은 것만 못했다. 그래서 친어머니에게 차라리 만나지 말자고 했을 정도이다. 묵계월의 양어머니처럼 어린애를 데려다 키우면서 소리공부를 시켜서 좀 큰 다음에 소리를 시켜서 돈을 버는 사람들이 꽤 있었던 것 같으나, 여기에 대한 특별한 자료가 없으니 자세한 것은 알 수 없다. 묵계월에 의하면, 어렸을 때 알던 여자 소리꾼 가운데는 이런 사람이 여럿 있었다니까, 아마도 오래 된 관습이었던 것으로 보인다.

열한살에 양어머니집에 가서 스무살까지 그 집에서 살았으나, 양어머니집에서 산 동안 행복한 것은 아니었다. 열네살 때부터 사랑에 다니면서 돈을 벌었는데, 버는 돈은 모두 양어머니를 드렸다. 묵계월이 소리로 이름이 나고 점점 바빠지면서, 양어머니는 혹시 번 돈을 다른 데로 빼돌리지 않을까 걱정을 했다. 극장을 보내도 자기 딸을 꼭 같이 보내고, 친구가 집으로 찾아오는 것도 싫어해서 친구를 만나기도 어려웠다. 10대의 소녀가 철저히 구속된 생활을 한 것이다.

소리하러 다니면서 만난 친구들 가운데 묵계월처럼 양어머니집에서 살다가 나온 사람들이 있었는데, 하나같이 빨리 나오라고 했고, 자신이 친가에 살지 않는 것을 아는 사람들은 모두들 이제는 나와도 된다고 했다. 그러나 묵계월은 양어머니집을 좀더 낫게 살게 해주고 나오겠다며 더 있었다고 한다. 묵계월은 양어머니집에 있으면서 양오빠 장가도 보내고, 낙원동 초가집에서 집을 사서 익선동으로 이사도 했다. 소리해서 벌어온 돈으로 양어머니집도 살만큼 해주었으나, 양어머니의 구속은 좀처럼 줄어들지 않고, 오히려 더 심해졌다. 결국 20세가 되어서 더 이상 그 집에 있을 수 없어서 그 집을 나와 광희동 친가로 갔다. 10년 동안을 양어머니집에 있었던 것이다.

묵계월이 양어머니집에 있던 기간은 1931년부터 1940년까지이다. 1937년 중일전쟁이 일어나 조선도 전쟁의 분위기에 들어갔지만, 이때까지는 별 제약 없이 소리를 할 수 있었으나, 1941년 태평양전쟁이 일어나면서 일제가 가무를 금지시켰기 때문에 소리할 곳이 없어졌다.

　1942년에 결혼해서, 이듬해에 딸을 낳고, 1946년에 아들, 1949년에 딸을 낳았다. 해방되던 해까지는 일제가 가무를 금지시켜 소리를 못했으나, 해방 후에는 돈암동에 살면서 삼화권번에 적을 두고 소리를 했다.

6. 6·25 이후

　6·25가 났을 때, 돈암동에 살고 있었는데, 처음에는 미처 피난을 가지 못하고 그냥 서울에 있었다. 여성동맹에서 나오라고 하는데, 나가지 않았고, 또 국악단체에 들라고 했으나 들지 않고 그냥 있었다. 그 국악단체에 나가면 먹고사는 것은 해결이 되지만 나가지 않았다. 국악하는 사람들 가운데 붙들려 간 사람도 있고, 또 부역했다고 총살당한 사람도 있다는 얘기도 들었으나 경기소리하는 가까운 사람 가운데 화를 입은 사람은 없었다. 9·28 수복이 되었지만 소리할 데가 없어서 그냥 집에 있었다.

　1·4후퇴 때는 부산으로 피난을 떠나, 갖은 고생 끝에 여드레만에 도착했다. 부산에 도착한 후, 광복동과 남포동 번화가에 나가 거기에 있는 큰 요정에 들어가서 서울서 피난 온 국악인인데 소리를 할 수 있겠느냐고 물었더니, 소리할 사람이 많다면서 거절당했다. 마침 한 집에서 다음날 나와보라고 했다. 다음날 나가서 한 자리에 들어가 소리를 했더니, 같이 노래하던 사람이나 손님이나 지배인 모두가 놀라서 어디

서 소리를 배웠느냐고 묻고, 이름이 무어냐고 묻고 야단이었다. 지방에서는 들어볼 수 없는 소리였기 때문이다. 2년 남짓 부산에서 생활하다 1953년 5월 정부가 환도하기 직전에 서울로 돌아왔다.

서울에 돌아와 보니 사방은 폐허가 되고 돈암동 집도 다 뜯어가서 네 벽만 덩그러니 남았다. 돌아오자마자 어떻게 소식을 들었는지 왕십리쪽에서 국회의원을 했던 사람이 차를 보내서 소리하러 오라고 했다. 짐도 끄르지 않아서 입고 갈 옷도 찾지 못해서 못 가겠다고 했더니, 입은 옷 그대로 그냥 오라고 했다. 할 수 없이 그냥 가서 소리를 했더니, 너무나 초라해진 모습에 놀라면서도, 그 좋은 소리는 그대로라고 하며 감탄했다.

서울에 돌아온 후, 집도 고쳐야 하고, 애들 키워야 하고, 살림 꾸려 나가야 하는 이중 삼중의 어려운 상황이라 돈은 필요한데, 당장 수중에 돈이 없었다. 언니의 보증으로 사채업자에게 돈을 빌려 급한 일은 처리하면서, 이전보다 더 바쁘게 소리하러 다녔다. 이 때의 주 활동무대는 서울 시내가 아니라 돈암동을 중심으로 왕십리 쪽 등 동대문밖이었다. 자연히 서울의 중심가와는 거리가 멀어졌다.

부산에 피난 갔을 때 어느 날 아이를 업고 방송국에 가서 방송에 출연할 수 있는지 알아보려고 했으나 수위실에서 거절당한 후 다시는 방송국에 찾아가지 않았다. 1955년쯤 어느 날 국악인 가운데 한 사람의 생일에 모였을 때, 그 자리에 마침 방송국 사람도 왔다. 사람들이 묵계월같이 소리 잘 하는 사람을 방송에 출연시키지 않고 왜 다른 사람들만 방송시키느냐고 했더니, 그 방송국 사람은 자기도 묵계월을 찾았는데 어디 사는지 몰라서 출연을 못 시켰다고 했다. 그러더니 바로 방송국에 나오라고 해서 그 때부터 다시 방송에 나가게 되었다. 1957

년 처음으로 텔레비전 방송국이 생겼을 때도 출연했고, 1962년 KBS TV가 개국하고 나서는 계속 방송에 나갔다.

7. 중요 무형문화재 57호로 지정되기까지

경기소리하는 국악인들(특히 여성 국악인들)이 스스로의 정체성에 대해 생각하기 시작한 것은 아마도 1960년대 후반이었던 같다. 정부에서 중요 무형문화재 제도를 만들어 지정하기 시작하면서, 1964년에 판소리가 중요 무형문화재 5호로 지정되고, 1968년에 선소리산타령이 19호로 지정되었다. 1971년에 안비취, 묵계월, 이은주 등이 경기소리연구회를 만든 것은, 이러한 주위의 분위기와 무관한 것은 아니다. 경기소리연구회는 우선 국악인들 자신들이 돈을 내고, 또 외부의 지원도 받아서 기금을 만들어 경기소리하는 장학생을 키우고, 여러 가지 사업도 하려고 했다. 그러나 외부의 지원이 끊기면서 해체가 되어 경기소리를 활성화시키려던 계획은 한 1년여만에 그냥 끝났다.

경기12잡가가 무형문화재로 지정되는 데까지 여러 가지 과정에서 실무적인 일은 안비취가 다 맡았다. 어느 날 안비취가 묵계월에게 경기소리도 어떻게 문화재가 되어야 하지 않겠냐고 했다. 그러나 무형문화재로 지정 받기 위해서는 그냥 소리만 잘 해서 되는 일은 아니고, 지정 받을 수 있는 길을 알아야 한다. 가만히 있는데 지정하는 수도 있겠지만, 대부분 지정 받을 사람이 나서서 일을 해야 한다. 이 일을 안비취가 맡아서 하는데, 안비취는 묵계월, 이은주와 함께 세 사람이 경기 12잡가로 지정 받을 계획을 세웠다.

안비취가 무형문화재 지정 받기 위해 이런저런 것을 알아보고 나서, 무형문화재 지정에 실제적인 영향력을 갖고 있는 위원 한 사람이 묵계월은 환갑집에 다녔기 때문에 지정해주기 어렵다고 했다는 말을 전해주었다. 여러 차례 알아보았으나 번번이 이것이 문제가 되자, 묵계월은 그 위원을 찾아가서 따져보겠다고 하니 안비취가 말렸다고 한다. 묵계월은, 먹고살기 위해 환갑집 다닌 것이 그렇게 문제가 되어서 문화재 지정 받을 수가 없다면 어쩔 수 없으니, 안비취하고 이은주 두 사람이나 신청해보라고 했다. 안비취는 그렇게 할 수는 없다며 여러 길을 알아보아서, 마침내 세 사람이 경기12잡가를 녹음해서 문화재관리국에 제출하게 되었다.

깨끗하게 녹음을 하기 위해 KBS 녹음실을 빌려 한 사람이 네 가지씩 녹음을 하는데, 안비취는 유산가, 제비가, 소춘향가, 십장가를 맡고, 묵계월은 적벽가, 선유가, 출인가, 방물가 등 네 곡을, 이은주는 평양가, 집장가, 달거리, 형장가 이렇게 넷을 맡았다. 가장 많이 알려진 것은 안비취가 하고, 잘 안 알려지거나 길고 어려운 것은 묵계월과 이은주가 맡았다.

해방 전까지는 경기소리에 12잡가라는 말은 없었던 것 같다. 그런데 무형문화재로 지정되면서 12잡가가 된 것이다. 이것은 아마도 12가사나, 판소리 열두마당 등과 격을 맞추기 위해서 경기잡가도 12잡가로 누군가 만든 것으로 보인다. 묵계월에 의하면 자신이 어렸을 때는 12잡가라는 말을 못 듣고, 8잡가라는 말을 들었다고 한다. 8잡가는 유산

가, 적벽가, 제비가, 소춘향가, 집장가, 선유가, 출인가, 평양가인데, 여
기에 십장가, 방물가, 형장가, 달거리 네 가지가 더 들어가서 현재 12잡
가가 되었다고 한다. 묵계월은 십장가나 방물가 같은 소리는 어려서
들어보지 못했고, 달거리는 배운 일이 있다고 한다.

묵계월, 이은주, 안비취 세 사람이 네 곡씩 나눠서 녹음은 했지만,
각자 전체 12곡을 모두 부를 수 있어야 하기 때문에 어떤 소리는 다 같
이 새로 배웠다. 우여곡절 끝에 1975년 7월 12일 무형문화재 지정서를
받았다. 이 증서를 받든 날은 정말 좋았다고 한다.

묵계월은 무형문화재로 지정된 날로 환갑집 다니는 것을 딱 끊었
다. 환갑집 다닌 것이 문화재 지정 받는데 그렇게까지 걸림돌이 되었
기 때문에, 지정을 받으면 안 다니기로 마음 먹었던 것이다. 정부에서
나오는 돈은 아주 적었고, 또 이것을 세 사람이 나눴기 때문에 이것으
로는 생활이 되지 않았다. 문화재로 지정되면서 생활은 더 힘들게 되
어 생활방편으로 무대공연을 했는데, 지방공연도 많이 다녔다.

8. 문화재 지정 받은 이후

문화재로 지정되기 전까지 묵계월은 소리를 가르친 일이 없었는데,
이런 사정은 이은주나 안비취도 마찬가지였다. 그런데 중요 무형문화
재 보유자로 인정되면 전수장학생을 키우도록 규정이 되어 있다. 1975
년 묵계월이 예능보유자로 인정되던 때는 보유자 한 사람이 전수장학

생 두 명을 5년 동안 의무적으로 가르쳐야 했다. 초기의 이런 제도는 나중에는 바뀌어 전수조교, 이수생, 전수생 등 여러 단계의 제자를 둘 수 있도록 했으나, 이 때는 두 명의 전수장학생만을 5년 동안 가르치도록 되어 있었다.

중요 무형문화재 57호 경기소리 보유자로 인정된 세 사람은, 인정받기 전까지 소리를 가르친 일이 없었기 때문에 따로 제자가 없었다. 이들 세 사람 모두 전수장학생을 두 사람씩 선발했는데, 묵계월은 임정란과 고주랑, 안비취는 이춘희와 김혜란, 이은주는 이은미와 김금숙을 선발했다. 그런데 보유자 세 사람이 선발한 전수장학생들은 이창배의 청구고전학원에서 소리를 배우고, 이미 활동하고 있는 기성 소리꾼들이었다.

처음에 묵계월은 따로 소리를 가르칠 장소가 없어서 집에서 가르치다가, 1979년에 임정란이 신당동에 차린 연습실에 나가서 가르쳤다. 1985년 정도까지는 임정란이 차려놓은 신당동의 연습실에서 가르쳤으나, 그 이후는 이 연습실에 나가지 않고 집에서 가르쳤다. 묵계월이 이렇게 연습실에 가지 않고 집에서 가르치게 된 이유는, 묵계월과 전수장학생 사이에 문제가 있었기 때문이다. 아마도 이런 상황은 묵계월만이 아니라 안비취와 이은주도 마찬가지였던 것으로 보인다. 경기소리 보유자와 장학생 사이에 가장 큰 문제는, 장학생들은 모두 청구고전학원 출신으로 이들은 자신들의 소리하는 제를 이미 갖고 있다는 것이었다. 한 예를 들면, 경기소리 보유자인 묵계월, 이은주, 안비취는 <소춘향가>의 첫머리를 4박으로 하는데, 이창배의 청구고전학원에서 배운 이춘희 등은 <소춘향가>의 첫머리를 6박으로 했다. 이렇게 다른 제를 갖고 있는 문제는, 보유자로서는 자신들이 배운 소리를 그대로 전수할 수 없다는 생각을 갖게 했고, 장학생들은 자신들이 이미 배운 것과 다르게 해야 하는 데 대한 의구심을 보유자들에게 나타내게 되었다. 전수장학생으로 온 사람들은 모두 기성인으로 생계를 위해 바쁘게 일을 해야 했기 때문에 어린 학생처럼 차분히 배울 수가 없었던 것도 제대로 된 전수가 이루어지지 못한 한 원인이기도 하다.

1975년부터 약 20년 동안 임정란이 전수조교로 있었고, 그 이후 2001년까지 지화자가 조교로 있었다. 이 두 사람은 상당히 알려진 경기소리의 기성 소리꾼이었고, 모두 자기 제를 갖고 있었기 때문에 묵계월의 제도를 따르지는 않았다.

9. 삼설기 전수

묵계월이 중요 무형문화재로 지정된 종목은 경기소리 전체가 아니라 경기 12잡가이다. 그러나 이 12잡가를 부르는 기회는 많지 않다. 이미 경기소리는 민요가 대종을 이루게 되었고, 이런 사정으로 묵계월도 노랫가락, 창부타령 등을 훨씬 더 많이 불렀다. 이렇게 12잡가와 민요를 부르면서도 기회가 닿는 대로 꾸준히 계속해서 부른 것이 바로 <삼설기>이다.

현재 묵계월이 부르는 <삼설기>의 내용은, 고소설 『삼설기』에 들어 있는 단편 아홉 편 가운데 하나인 <삼사횡입황천기(三士橫入黃泉記)>의 세 번째 선비가 올리는 소지(所志)의 내용이다. <삼사횡입황천

기>의 내용은 다음과 같다. 아직 죽을 때가 되지 않은 세 선비를 저승 사자가 황천으로 데려갔는데, 세 선비가 염라대왕에게 항의를 해서 다시 세상으로 나오게 되었다. 이때 염라대왕이 각자의 소원대로 이승으로 보내주겠다고 하니, 세 선비가 각각 자신의 소원을 소지로 올린다. 첫 번째 선비는 문반이 되기를 원하고, 두 번째 선비는 무반이 되기를 원하는데, 세 번째 선비는 부귀공명을 좇지 않는 청복(淸福)을 얻기를 바란다. 이와 같은 내용의 이야기는 이미 18세기에는 널리 퍼져 있었는데, 이 이야기를 현재 묵계월이 부르는 송서로 부른 것이 언제부터인지는 확실치 않다.

묵계월은 1930년대 중반에 이문원에게 송서 <삼설기>를 배웠는데, 이문원은 당시에 50대였다고 한다. 이문원 이전의 송서 <삼설기> 계보는 알 수 없지만, 묵계월이 부르는 송서 <삼설기>의 내용이 1848년에 나온 방각본『삼설기』에 들어 있는 내용과 완전히 일치하는 것으로 보아, 묵계월이 부르는 송서 <삼설기>는 조선후기에 불렸던 <삼설기>의 모습을 온전히 갖고 있다고 보아야 할 것이다. 이와 같은 가능성을 뒷받침하는 또 하나의 자료가 있는데, 바로 <짝타령>이다. <짝타령>은 19세기 중반에 서울에서 널리 읽힌 <춘향전>에 <바리가>라는 이름으로 가사가 나오는데, 이 가사는 현재 묵계월이 제자 유창과 함께 복원하는 <짝타령>과 일치한다. 이 <짝타령>도 <삼설기>와 마찬가지로 송서이다.

<적벽부(赤壁賦)>, <어부사(漁父辭)>, <등왕각서(滕王閣序)>, <출사표(出師表)> 등의 중국인이 쓴 글이나, <관산융마(關山戎馬)>처럼 우리나라 사람이 쓴 글을 송서로 소리하는데, <삼설기>는 작자가 알려진 글이 아니다. 송서가 어떤 층을 대상으로 한 것인가에 대한 연구

가 없기 때문에 자세히 알 수 없으나, 묵계월의 증언이나 <삼설기>의 내용으로 보아 송서를 좋아하는 층은 어느 정도 식자층이었던 것으로 보인다. 실제로 <삼설기> 가사는 중국의 고사와 한시를 적절히 섞어서 만든 것으로 어느 정도 식자층이 아니고는 이해하기 어렵다. 조선 조식 계층구조가 어느 정도 남아 있던 식민지 시대까지는 송서를 즐기는 층이 약간이라도 있었으나, 6·25를 지나면서 송서는 급격히 쇠퇴했던 것으로 보인다. 송서가 유행하던 때에도 <삼설기>는 대중들이 즐길 수 있는 소리는 아니었는데, 국악이 대중음악으로서의 위치를 상실해가던 무렵부터는 <삼설기>는 거의 청중을 잃어버리게 되었다.

1950년대까지만 해도 묵계월은 <삼설기>를 부른 일이 있었지만, 1960년대 들어와서는 가끔 방송에서만 불렀다고 한다. 이미 1960년대에 오면 <삼설기>를 듣고 즐기는 층은 거의 사라진 상태가 되었다. 다양한 경기소리 가운데 경기소리라고 알려진 소리를 제외한 나머지는 점차 부르지 않는 상황이었다. 3~5분 정도에 끝나는 유행가와 비슷한 정도의 시간이 걸리고, 또 서양악기 반주에 맞춰서도 부를 수 있는 노래는 살아남을 수 있지만, 그 외의 소리는 부르는 사람이나 듣는 사람 모두가 외면하게 되었다.

이런 상황 속에서도 묵계월은 <삼설기>를 전승시키려고 꾸준히 노력했다. 자신이 인정 받은 경기 12잡가도 아니고 또 생계를 위해서 부르는 경기소리도 아닌 송서 <삼설기>를, 묵계월은 기회만 있으면 소리하고, 또 전수시키려고 애를 썼다. 묵계월이 무형문화재 보유자로 인정된 이후 여러 사람이 그 밑에서 배웠으나, <삼설기>를 배운 제자는 유창을 제외하고는 없었다. 물론 첫머리를 조금 배운 제자는 있었으나, 전체를 다 배운 사람은 유창밖에 없다. 이렇게 된 가장 큰 이유는, 경기소리 하는 사람들로서는, <삼설기>는 써먹을 수 없는 소리라고 생각했기 때문인 것 같다. 1999년 9월 유창과 함께 「삼설기의 밤」에서 <삼설기>를 공연함으로써 이문원에서 묵계월로 이어진 <삼설기>의 맥은 유창으로 이어지게 되었다.

10. 제 자

1975년에 중요 무형문화재 57호로 지정된 이후 묵계월은 이전에 소리만 하던 것과는 달리 제자를 양성해야 하는 새로운 일이 생겼다. 처음에는 전수교육보조자를 임정란(본명: 林正子) 한 명만 두었으나, 1995년 8월에 지화자(池花子)를 더 선정하여 전수교육보조자가 두 명이 되었다. 그런데 임정란이 경기도 무형문화재로 지정되어 1999년 10월 그만두고, 지화자는 2001년 9월에 고인이 되어, 2001년 11월에 유창(본명: 柳義鎬)과 김영임(金英姙) 두 사람을 전수교육보조자로 선정했다.

현재 묵계월은 서울 종로구 무악동 중요 무형문화재 57호 경기12잡가전수소에서 후진을 양성하고 있다. 묵계월 문하에서 소리공부를 하고 있는 제자들의 명단은 다음과 같다.

고주랑, 조경희, 임수연, 정경숙, 최근용, 박순금, 김덕례, 최근순, 이명희, 김정옥, 문옥순, 박영화, 어영애, 오수민, 남은자, 변기영, 강옥희, 박영실, 임춘희, 김희자, 신월숙, 강병한, 강춘선, 유옥분, 유명숙, 김양, 마순애, 장세은, 김정순, 이희열, 정선민, 최월래, 신순자, 강명자,

안성찬, 박매자, 최은영, 백연종, 이동오, 이수연, 유태선, 허혜옥, 모연정, 유영애, 나옥숙, 최종란, 이영희, 이숙경, 안선자, 김정자, 배귀분, 김경림, 김현숙, 이정순, 김돌이, 신기순, 이희자, 박혜진, 이태미, 이상은, 정남훈, 김제분, 진오순, 강혜옥, 김옥자, 김화자 등이다.

후기

필자는 이 전기를 쓰면서 묵계월 선생에 대한 자료를 찾아보았으나 참고할만한 자료가 거의 없어서, 순전히 묵선생을 면담한 내용을 바탕으로 쓸 수밖에 없었다. 70년 동안 소리를 하고 있고, 현재 중요무형문화재 예능보유자이지만, 묵계월 선생에 대한 자료가 체계적으로 정리된 것은 거의 없다고 해도 과언이 아니다. 이런 상황은 다만 묵선생 한 사람에게만 해당되는 것은 아닌 것 같다. 지난날 많은 예술가들이 있었고, 또 지금도 많이 있지만, 이들에 대한 변변한 기록이 없기는 마찬가지이다. 전기를 마치면서 가장 큰 아쉬움은, 필자가 소리에 대해서 모르기 때문에, 묵선생의 소리에 대한 내용을 이 전기에 자세히 넣을 수 없었다는 점이다. 음악을 깊이 알고 있는 사람이 묵선생의 전기를 작성한다면, 훨씬 더 좋을 것이라는 생각을 떨쳐버릴 수 없다.

묵계월 선생의 소리를 전체적으로 평가한 글이 없기 때문에 필자가 본 단편적인 평 가운데 한두 가지를 소개하기로 한다.

묵계월 선생의 소리를 들어본 사람들은 한결같이 그의 목소리가

평범한 듯하지만, 풍부한 성량으로 구수하고 담백한 맛이 있다고 평한
다. 묵선생의 소리는, 함께 무형문화재 제57호 예능보유자로 인정 받은
이은주 명창의 곱고 맑은 목소리와 고 안비취 명창의 강하면서도 섬세
한 목소리와는 또 다른 맛을 풍긴다고 한다.

원로 국악인 성경린 선생은 다음과 같은 평을 한 일이 있다.

> "묵계월 여사는 타고난 영글고 단단한 목으로 이름대로 긴 소리 곧
> 긴잡가를 오랜 시간 불러내도 지치거나 막힘 없는 곰삭듯 진하며 곱고
> 넉넉한 성음이 자랑이다."
> "고희를 훌쩍 넘긴 지금도 녹슬지 않은 청음에다 서울 십이잡가를 능
> 란하게 소화하여 지킨다는 것은 소리꾼에서는 100년에 한두명 나올까
> 말까한 독보적 소리보물이다."

성경린 선생의 이런 평은 묵선생이 최고의 소리꾼임을 증명하는
것이라고 할 수 있다.

이제 소리에 문외한인 필자가 묵선생을 만나게 된 과정과 그 동안
느낀 점을 얘기하기로 한다.

고소설을 전공하는 필자가 경기소리의 대가인 묵계월 선생을 만나
게 된 계기는 우연히 본 <삼설기> 공연이었다. 1999년 9월 19일 서울
종로에 있는 운현궁에서 국악 공연이 있다는 기사를 신문에서 보고,
저녁에 이 공연을 보러 갔다. 이 날 공연의 제목은 "삼설기의 밤"이었
는데, 팜플렛에 있는 <삼설기>라는 제목을 보면서도, 이 <삼설기>와
국문학계에 소설로 알려진 『삼설기』를 연관시키지 못 했다. 공연이 시
작되어, 묵계월 선생이 제자인 유창씨와 함께 <삼설기>를 부르는데,
그 가사가 국문학계에서 소설로 알려진 『삼설기(三說記)』 가운데 <삼

사횡입황천기(三士橫入黃泉記)>의 한 대목과 같다는 것을 알고 그 때서야 비로소 묵계월 선생이 부르는 노래와 소설이 무슨 관련이 있을 것이라는 생각을 했다.

며칠 후 수소문 끝에 지하철 독립문역 바로 옆에 있는 묵선생의 연구소 "무형문화재 제57호 12잡가 전수소"를 알아내어 묵선생을 처음으로 만났다. 1960년대부터 텔레비전에서 많이 본 얼굴이라 필자에게는 낯익은 얼굴이었다. 이 때 필자의 관심사는 <삼설기>였기 때문에 <삼설기>를 언제 어디서 누구에게 어떻게 배웠는지, 또 이 소리에 대한 이밖에 다른 정보는 없는지 등에 대해서 질문했다. 이러한 질문에 대한 묵선생의 대답은 아주 간단했다. 자신은 <삼설기>를 이문원이라는 소리 선생에게 배운 후 이제까지 60년 이상 불렀지만, 아주 어린 나이에 배웠기 때문에 이 소리에 대해서 특별히 애기할만한 것이 없다고 했다. 묵선생을 만나 애기를 들으면서 놀란 것은, 묵선생은 그 동안 60년 이상 <삼설기>를 불렀는데, 어떻게 국문학계에서는 소설 <삼설기>와 국악계의 송서 <삼설기>를 연관시켜 연구하지 않았을까 하는 점이었다. 국문학계에는 소리에 관심을 갖고 있는 학자들이 많이 있어서 연구자들 가운데는 시조, 가사, 판소리 등의 노래를 잘 부르는 사람이 많다. 그런데 최초의 판각본 소설로 알려진 <삼설기> 가운데 한 편인 <삼사횡입황천기>의 내용이 국악계의 송서 <삼설기>와 같다는 사실이 알려지지 않았을까 하는 점이 의문이었다.

묵계월 선생과 면담을 통해서 송서 <삼설기>는 묵선생 이외에는 배운 사람이 없고, 묵선생에게서 <삼설기>를 전수받은 사람은 유창씨 밖에 없다는 사실을 들었다. 이 때까지 필자의 관심은 <삼설기>였기 때문에 <삼설기>만 집중적으로 묻고 또 여기에 대해서 생각했다. 그러면서 <삼설기>에 대해 고소설학회에서 발표하고, <삼설기>에 관한 논문도 두 편을 썼다. 판각본 <삼설기>에 들어 있는 <삼사횡입황천기>가 왜 전문 소리꾼에 의해서 소리로 만들어졌을까 하는 점을 계속 생각하다가, 이 문제를 해결하기 위해서는 경기소리 전반에 관한 지식이 필요하겠다는 데까지 생각이 미쳤다.

필자는 조선후기 세책본에 관심을 갖고 이 방면의 연구를 계속하고 있다. 세책본의 대종을 이루는 것은 소설인데, 이 세책본 소설의 상당수는 우리나라에 없고 외국에 보관되어 있다. 우리나라 고소설 가운데 가장 유명하고 또 재미있는 작품인 <춘향전>도 마찬가지이다. 현재 <춘향전> 세책은 3종이 알려져 있는데, 이들 3종 모두 그 소장된 곳은 우리나라가 아니라 프랑스와 일본이다. 여러 가지 객관적 조건이 우리 것을 잘 간수하기 어려웠다 하더라도, 우리 스스로가 우리 것을 홀대한 것 또한 어느 정도는 사실이다. 세책본 <춘향전>은 판소리 계통의 <춘향전>과는 다르다. 큰 줄거리는 일치하지만 세부적인 내용은 전혀 다르다. 판소리 계통의 <춘향전>과 세책 계통의 <춘향전>은 어느 것이 먼저 된 것인지는 아직까지 잘 알 수 없다. 왜냐하면 여기에 대해서 이루어진 연구가 별로 없기 때문이다. 그런데 조선 후기 서울에서 유행한 세책 <춘향전>을 이해하기 위해서는 반드시 당시 서울의 민간에서 유행한 소리를 알아야 한다.

세책 <춘향전>에는 많은 소리가 나오는데, 이 많은 소리 가운데는 현재도 부르는 것이 있지만, 어떤 소리는 이제는 알 수 없는 소리도 있다. 이렇게 알 수 없는 소리 가운데 하나가 '바리가'라는 소리였다.

황셩의 허됴벽산월이오 고목이 진입창오운이라ᄒ던 니티빅으로 흔짝
치고 삼년격니관산월이오 만국병젼초목풍이라ᄒ던 두ᄌ미로 흔짝치고
낙하ᄂ 여고목제비ᄒ고 츄슈ᄂ 공댱텬일식이라ᄒ던 왕ᄌ안으로 웃짐쳐
셔 빅노ᄂ 횡강ᄒ고 슈광은 졉텬이라ᄒ던 소동파로 말몰녀라

이렇게 시작하는 '바리가'에 대해서 <춘향전> 연구자들은 자세한
설명을 하지 않았다. 그러다가 2002년 봄에 묵계월 선생이 옛날에 배
운 송서 '짝타령'을 다시 복원하려고 한다는 얘기를 유창씨를 통해서
들었다. 필자는 20세기 초 구활자본으로 나온 잡가집을 뒤적이다가,
'짝타령'이 바로 '바리가'임을 알게 되었다. 1915년 세창서관에서 발행
한 세창서관본『신구 유행잡가』에는 '짝타령'이 들어 있는데, 첫머리는
다음과 같다.

황셩(荒城)에 허됴벽산월(虛照碧山月)이요 고목(古木)은 진닙창오운
(盡入蒼梧雲)이라ᄒ던리티빅(李太白)으로 한짝ᄒ고 삼년격이관산월(三年
笛裏關山月)이요 만국병젼쵸목풍(萬國兵前草木風)이라ᄒ던 두자미(杜子
美)로 한짝ᄒ고 락하(落霞)ᄂ 여고목제비(與孤牧齊飛)ᄒ고 츄슈(秋水)ᄂ
공장텬일식(共長天一色)이라ᄒ던 왕ᄌ안(王子安)으로 웃짐치고 빅로(白
露)ᄂ 횡강(橫江)ᄒ고 수광(水光)은 졉텬(接天)이라ᄒ던 소동파(蘇東坡)로
말몰리고

잡가집에 들어 있는 '짝타령'이 <춘향전>에 나오는 '바리가'와
같다는 사실을 묵계월 선생에게 얘기하자, 묵선생은 '짝타령'은 송서
식으로 부른다고 했다. 이런 사실은 묵선생에게 송서 <삼설기>와
'짝타령'을 가르친 이문원의 녹음이 확인됨으로써 더욱 분명해졌다.

1930년대에 녹음된 것으로 보이는 이문원의 '짝타령' 첫대목 내용은 다음과 같다.

> 황성에 허조벽산월이오 고목은 진입창오운이라하던 이태백으로 한짝
> 하고, 삼년적리관산월이오 만국병전초목풍이라하든 두자미로 한짝하고,
> 낙하는 여고목제비하고 추수는 공장천일색이라 하던 왕자안으로 웃짐
> 치고, 백로는 횡강하고 수광은 접천이라 하든 소동파로 말 몰리고.

이것을 보면, 1860년대에 필사된 『남원고사』에 나오는 '바리가'의 가사가 1930년대에 이문원이 부른 것과 아무런 차이가 없음을 알 수 있다.

1910년대부터 나온 많은 잡가집 대부분에 '짝타령'이 수록된 것으로 보아, '짝타령'은 매우 인기 있는 소리였음을 알 수 있다. 그러나 '짝타령'은 해방 이후에는 이미 불리지 않은 소리가 된 것 같다. 만약 이문원의 녹음이 남아 있지 않고, 또 묵계월 선생이 이 소리를 이문원으로부터 배웠다는 사실이 확인되지 않았다면, '짝타령'은 무슨 소리인지도 모른 채 사라졌을 가능성이 크다.

경기소리에 대한 관심이 점점 줄어들고, 경기소리를 학문적으로 연구하는 연구자들도 거의 없는 현재의 상황이 계속된다면, 경기소리의 앞날은 어둡다. 대중의 지지를 받지 못하는 대중가요는 자연스럽게 사라지는 것이라고 할 수도 있지만, 경기소리는 현재의 유행가와는 다른 각도에서 보존하고 연구해야만 한다. 왜냐하면 경기소리는 순전히 근대의 산물이라고만 말할 수 없기 때문이다. 현재 전해지고 있는 경기소리가 어떤 과정을 거쳐 현재와 같은 형태로 정착되었는지, 또 그 가

사와 곡조는 언제부터 전승되는 것인지 하는 문제는 앞으로의 연구과
제이다.

　송서 <삼설기>와 <삼사횡입황천기> 사이의 연관으로 시작되어
'짝타령'과 <춘향전>에 들어 있는 '바리가' 사이의 관련성, 나아가서
경기소리의 이해 없이는 세책 <춘향전>을 이해할 수 없다는 단계에
까지 이르게 되면서 필자는 경기소리 전반에 대한 연구의 필요성을 느
끼게 되었다. 그러나 통칭 경기잡가로 불리는 경기소리에 대한 연구는
찾아보기 어려웠다. 경기소리에 대한 학문적 접근을 위해서는 이 방면
의 연구자들이 모여서 같이 논의할 필요가 있다. 국악, 국문학, 민속학
등등의 분야에서 경기소리에 관심을 갖고 있는 연구자들이 함께 경기
소리를 연구함으로써 경기소리를 학문의 대상으로 삼을 수 있을 것이
다. 이러한 연구자들의 연구는 경기소리를 부르고 있는 소리꾼들을 격
려할 수 있을 것이고, 경기소리의 향유층을 두텁게 하여 경기소리를
활성화시킬 수 있으며, 나아가 경기소리를 보존하는데도 도움을 줄 것
이다.

　묵계월 선생을 여러 차례 만나면서, 경·서도소리학회를 만들 필요
가 있다는 의견을 얘기했더니, 묵선생은 이런 필자의 견해에 전적으로
동의하면서, 경기소리를 학문적으로 연구해야 하는 필요성을 여러 차
례 역설했다. 필자는 경기소리와 함께 서도소리도 이와 같은 연구가
필요하리라고 본다.

　2002년 4월 19일 연세대학교 무악서당에서 경·서도소리 발표회를
열어 묵계월 선생과 중요 무형문화재 57호 경기12잡가 전수교육조교
유창씨, 그리고 중요 무형문화재 29호 서도소리 전수교육조교 유지숙

씨가 <삼설기>, <초한가(楚漢歌)>, <유산가(遊山歌)>를 발표를 한 일이 있었다. 이 자리에는 주로 연세대학교 교수와 학생들이 참석했는데, 참석자들 모두 좋은 평을 했다. 최근 필자는 국악계와 국문학계의 몇몇 연구자들에게 경기소리와 서도소리를 같이 묶어서 학술적으로 연구할 수 있는 경·서도소리학회를 만드는 것이 어떤가 하는 의견을 조심스럽게 제시한 적이 있다. 대부분의 연구자들이 그 취지에 공감하고 있으나, 선뜻 나서서 경·서도소리학회를 창립하려는 데까지는 나가지 못 하고 있는 것이 현재 상황이다.

필자는 경기소리에 대한 이해를 위해서 여러 문헌을 찾아보았으나 참고가 될만한 자료가 많지 않았다. 묵계월 선생에 대한 자료도 찾아보았으나 대체로 매우 빈약한 내용뿐이었다. 그래서 묵선생에 대한 기초적인 자료라도 조사하려고, 필자는 2002년 7월 12일, 7월 17일, 7월 25일, 8월 2일 네 차례에 걸쳐 하루에 약 3시간 정도씩 묵선생을 면담했다.

앞의 묵계월선생 약전은 묵선생과 면담한 내용을 토대로 하고, 그동안 필자가 수집한 자료를 보충하여 간단한 묵선생의 전기를 꾸민 것이다. 전통예능을 보유한 예능인들에 관한 기록이 극히 적은 것은 우리의 문화풍토가 이들 예능인에 대한 봉건적인 편견을 가지고 있기 때문이다. 이러한 편견은 결국 우리의 문화를 다양하고 독창적으로 만들지 못하고, 획일적이고 종속적으로 만들었다. 이렇게 되어 전통예능을 보유한 예능인에 대한 기록도 거의 남아 있는 것이 없고, 더욱 이들 예능인이 스스로 남긴 기록은 거의 없다. 묵계월 선생이 태어나서 소리를 공부한 시기는 일제의 식민지 시절이고, 또 묵선생이 소리를 배우고 공연한 과정은 일제의 권번제도에서 비롯된 것이 많을지도 모른다.

그러나 이제 생존한 전통 예능인 가운데는 가장 오래된 소리전통을 몸에 익힌 분이다. 이번에 간단한 전기를 작성하기 위해 묵계월 선생을 면담하면서 느낀 것은 묵선생의 소리인생 자체가 경기소리 역사의 한 부분이라는 사실이다. 좀더 자료를 찾고, 면담도 더 해서 충실한 전기를 꾸며야겠다는 생각을 했다.

경기 12잡가

서울의 12잡가

권 오 성(한양대 교수)

1.

　　서울을 중심으로 한 경기지역의 12잡가는 경기소리의 한 종류로서 시조나 민요와 다른 성악의 한 갈래로서 많이 불려온 소리이다. 잡가(雜歌)란 정조(正調)가 아닌 소리란 의미에서 잡가라고 한다. 12잡가는 선소리[立唱]의 대칭(對稱)으로서 앉아서 부르는 좌창(坐唱)에 속하는 것이다. 12잡가 가운데 <유산가(遊山歌)>를 비롯해서 <적벽가(赤壁歌)>, <제비가>, <소춘향가(小春香歌)>, <선유가(船遊歌)>, <집장가(執杖歌)>, <형장가(刑杖歌)>, <평양가(平壤歌)> 등 8곡은 8잡가라고 불러 한 격 높은 것으로 취급하였고, 이 밖에 달거리, 십장가(十杖歌), 출인가(出引歌), 방물가(房物歌) 등 4곡은 잡가 중에서도 조금 격(格)이 낮아서 잡잡가(雜雜歌)라고도 불렀으며 이들을 모두 합해서 12잡가라고 한다.

　　잡가는 조선후기부터 불려지기 시작하여 19세기에 크게 유행한 시가형태로서 1910년대에는 잡가집(雜歌集)이라는 이름으로 활발히 출판되기도 하였다. 잡가란 시조(時調)나 가곡(歌曲)과 같이 본래는 음악적 명칭으로서 창법(唱法)이 정악(正樂)과는 달리 잡탕이라는 데서부터 나온 것이다. 잡가는 형식 및 주요 모티브로 볼 때 민요(民謠)나 가사(歌詞), 사설시조(辭說時調) 또는 판소리 한 대목 등 여러 갈래가 모두 잡가형성에 원용되었는데 전문 소리꾼에 의해 불렸다는 점에서 민요와도 다르고 또한 기생 중에서 등급이 낮은 삼패(三牌) 기생들이 불렀다는 점에서 시조·가사와도 다르다.

　　잡가는 창 위주이기에 규칙적인 음보율이 드물고 분절(分節)구조나 후렴(後斂)을 가진다는 점에서 가사와 구별되며 초중장(初中章) 형태를 갖추더라도 종장(終章)을 갖추지 못한다는 점에서 사설시조와 구분된다. 전문소리꾼에 의해 불리던 잡가가 대중의 호응을 얻어 일반인들도 이 잡가를 즐겨 불렀다는 것은 1930년대까지 각종 잡가집이 출판되었다는 사실을 통해 알 수 있는데 잡가를 즐긴 층은 양반계층이기보다는 당시 신흥계급인 도시 상공인층이었다고 추정된다.

　　이러한 잡가가 언제부터 생겼는지, 더구나 누가 지은 소리인지 잘 알 수 없다. 잡가는 더벅머리 삼패(三牌)의 소릿조라는 것만이 알려져 있을 뿐이다. 당대에 기생은 일패(一牌), 퇴기(退妓)는 이패(二牌)라고 불렸는데, 삼패(三牌)란 기생조합(妓生組合)에는 나가지 않고 이와 같은 잡가만을 부르던 유녀(遊女)의 별칭이었다.

　　궁중의 진연(進宴)에 참여하던 기생들은 잡가를 천하게 여겨 부르지 않았고, 여류(女流)로서는 삼패의 아가씨, 남자들로서는 사계(四契)축의 소리꾼들이 부르던 소리가 이 경기잡가인 것이다. 사계축이란 한

특수한 지역을 의미하던 것으로 현재 서울의 서울역 앞에서 뒤로 만리
동 고개 위를 멀리 돌아서 다시 남쪽으로 내려와 청파동인 청패까지를
아우르는 둥그런 그 일대를 가리키던 이름이었다. 서울의 옛날 소리꾼
은 「우대」도 있었고 「아래대」도 있었으며, 문안에도 있고 문밖에도 있
었지만, 장사처럼 불려다니며 소리를 직업으로 하여 돈을 벌던 사람들
은 모두 이 사계축 소리꾼들이었다.

1820년대에 잡가의 대가로서 추교신(秋敎信), 조기준(曹基俊), 박춘
경(朴春景) 세 사람이 있었다고 한다. 그 셋 중에서 나이는 가장 아래
이면서 재주는 제일 뛰어났던 추교신(秋敎信), 「애오개」에서 갓의 대우
를 만들던 소리가 좋고 기골이 장대한 조기준(曹基俊), 그리고 본래의
직업은 농사꾼으로 밭농사를 지으면서 잡가를 잘 부르던 박춘경(朴春
景)이 그들이었다. 그 중에서 박춘경이 그 사계축이었다.

어떤 버젓한 사랑방을 쓰던 것도 아니고, 그저 한 겨울에 파를 기
르는 파움이 그들의 소리방이었다. 겉으로 보기에는 하잘 것 없는 움
막이지만 그러나 내부의 장식은 어지간히 호사스럽게 차려 놓았다고
한다. 천정(天井)엔 반자를 하고 주위는 병풍을 두르고 바닥은 보료를
깔고서, 멋을 아는 친구들이 모여서 소리를 즐기는 곳으로서 큰 손색
이 없는 그러한 장소였다.

잡가를 부르던 소리꾼 중에서 탁순흥(卓順興), 이경준(李慶俊), 주수
봉(朱壽奉)과 같은 이들이 구전으로 전해지고 있으며, 최경식(崔景植),
박춘경, 박춘재(朴春載) 등의 이름도 얼마 전까지도 생존했던 그들의
제자들의 입을 통하여 확인할 수 있었던 이름들이다.

서울의 잡가는 그 발생연대를 알기 어려우나 그 사설의 내용으로
봐서 판소리나 단가의 영향을 받은 것 같으므로 조선조 중엽 이상으로

치켜 올라갈 수 없을 것 같으며 널리 불려지던 시기는 조선조 말엽부터일 것 같다.

판소리의 연행 모습에 관하여는 신자하(申紫霞—申緯)의 <관극시(觀劇詩)>(純祖 26년)와 윤달선(尹達善)의 <광한루악부(廣寒樓樂府)> 등에서 그 단편적인 윤곽을 알 수 있는데 비해서 이 잡가의 연행에 관하여는 남아 있는 문헌이 없어 정확한 발생 연대나 연행 방식을 알기 어렵다. 또한 판소리의 전승은 정확한 계보(系譜)를 이루고 있는 데 비하여 잡가는 세습도 없고 사승(師承)도 약한 것이 대조적인 현상이라고 할 수 있다. 판소리를 부르던 사람들을 가리키던 광대(廣大)나 재인(才人)이란 호칭이 있었던 데 비해 잡가를 부르던 사람들은 일정한 호칭도 없었던 것이다.

이 잡가를 가르치기 위해 사범을 모시고 교습하기 시작한 것은 아마도 권번(券番)에서 비롯된 것으로 보인다. 한성권번(漢城券番)의 주수봉, 유개동(柳開東), 조선권번(朝鮮券番)의 최정식(崔貞植), 종로권번(鐘路券番)의 박인섭(朴仁爕), 삼화권번(三和券番)의 박인섭, 예성사(禮星社)의 최정식 등이 긴잡가를 가르쳤고, 이때부터 잡가의 창자들이 직업적인 음악가로서 행세했던 것이다. 그리고 가무별감(歌舞別監)에 안춘민(安春民), 정성만, 최상욱(崔相旭), 박춘재 등을 들 수 있는데 이들은 가곡, 가사를 주로 하였고, 박춘재 한 사람만이 잡가를 겸했던 것이니 이를 보면 궁중 밖의 서민들 사이에서 잡가가 성행했었음을 알 수 있다.

2.

잡가의 성격에 관한 논의는 다양하다. 민요와 가까운 것으로, 속요·속가로 파악하기도 하고 전문 가수가 부르는 유행가의 일종으로 보기도 한다.

국문학자 가람(嘉藍) 이병기(李秉岐)는 잡가를 민요, 속요, 동요를 총칭한 것으로 보았다. 이를 또 역대로 보면 노래, 별곡(別曲), 타령(打令), 잡가(雜歌)라고 명칭한 것으로 이것은 우리 민족, 우리 민중의 소리로서 시가(詩歌)의 원천이었다고 보았다.

장덕순은 잡가는 문학적 작품으로 볼 때에는 주정적가사(主情的歌辭)와 별로 다르지 않으나 음악에서 차이가 있다고 보아, 잡가와 가사와의 차이를 문학상으로는 구별할 수 없고 음악적인 면에서 구별할 수 있는 것이라고 하였다.

한편 고정옥은 속가(俗歌)는 상층인(上層人)의 창작가사가 연산군의 기악애호(妓樂愛好) 등이 동기가 되어 유흥가에 내려와서 기생들의 입에 오르고부터 유행하게 되어 드디어 초동(樵童)들까지도 부르게 된 종류의 노래를 일컫는 것으로, 가창 범위가 가장 광범위한 것이지만 그것은 민요도 아니고 가사(歌辭)도 아닌 현재의 유행가의 일익(一翼)을 형성하는 노래라 하였다.

이태극은 잡가는 사당패, 삼패층의 소리이고, 민요는 그 고장에 유행하던 흙내음 짙은 소박한 노래들이며, 잡가는 조선조 말경에 유행되던 서민층 소유의 가요를 총칭하는 것으로 지금의 청파동 일대에 자리

잡고 살던 사계축들과 공장(工匠)인들이 체모도 의관도 갖출 것 없이 무리져서 흥겹게 불러대던 노래라고 보았다.

또한 잡가는 문학양식상으로도 속가(俗歌)나 판소리와는 구별되며 현대의 속가인 <아리랑>, <노들강변>, <도라지타령> 등은 바로 고려의 속가인 <청산별곡>, <가시리>, <서경별곡> 등과 한 계통으로 삼국시대부터 현대까지 꾸준히 이어온 같은 유형의 노래이고, 잡가는 판소리와 가사(歌辭) 계통이므로 따라서 문학유형상으로도 서로 다르다는 것이다.

우선 형식상으로 본다고 할지라도 속가는 대개 4구(句) 정도의 짧은 한 절(節)에 여음(餘音)이 붙어서 그 한 절 한 절이 독립성을 지닌 채 잇달아 나가는 것으로 가사의 내용도 단적인 감흥이나 정서를 노래한 것인데, 잡가는 그런 분절형식(分節形式)이 없는 긴 노래로서 내용도 일장(一場)의 서경(敍景)이나 어떤 사건의 한 장면을 노래한 것이다. 또 잡가가 판소리와도 틀리는 점은 판소리는 춘향가와 같이 한 사건을 처음부터 끝까지 노래한 것인데 비해서 잡가는 그 한 장면에 불과한 것이니만큼 그 사설(辭說)이 자연히 판소리보다는 짧은 것도 당연한 일이다.

또 잡가는 가사(歌辭)와 구별되지만, <어부사(漁父詞)>, <춘면곡(春眠曲)>, <처사가(處士歌)> 등 12가사(歌詞) 중의 일부와는 하등의 차이가 없다.

잡가는 판소리 계통이다. 그 선후관계는 별문제로 하고 그것이 처음 광대들로부터 시작되어 기생들에게서 불리다가 일반화된 것으로 볼 때 그렇고, 창법(唱法)이 유사한 점, 또 그것을 판소리와 비교된 명칭으로 단가(短歌)라고도 부르던 것으로 보아도 그렇다. 또 12가사 가운데 <소춘향가>, <집장가>, <형장가> 등이 판소리 <춘향전>의 한 장면과 같다는 점에서도 양자가 한 계통임을 알 수 있다.

잡가와 같은 이러한 창(唱) 위주의 가요는 거의 그 작자를 모른다. 그것은 그러한 가요를 짓는다는 것을 쑥스럽게 여기는 마음에서 작자가 자신을 내세우거나 문집에 싣지 않았다는 까닭도 있겠지만 그것보다도 잡가 역시 민요적인 것이어서 처음 어떤 사람이 그 가사를 지었다 한들 그것이 가창으로 구전(口傳)되는 동안에 스스로 가사가 바뀌지므로 엄밀한 의미에서 작가가 있을 수도 없을 것이라는 게 김준영의 견해이다.

경기 긴잡가의 노랫말을 볼 때 그것이 만들어진 계기는 중국의 사부(辭賦) 문학의 영향도 무시할 수 없을 것 같다. 즉, 당시에 한문학에 능숙하던 문인들의 체질에서 우러나온 것이 아닐까 생각되며 그것이 당시 사람들의 기호(嗜好)에 맞는 일도 될 것이란 점이다.

끝으로 조윤제는 다음과 같은 견해를 보여주고 있다. 즉 "경기잡가 중에는 시가적 운치가 충분한 것도 있지마는 그 대개는 시가라 하기보다는 도리어 한문학에서 볼 수 있는 문필에 가까운 것이 아닌가 하는 생각이 듦을 금할 수 없다."고 하였고 이어서 "잡가란 가사(歌辭)와 구별한다면 내용으로는 더 속미(俗味)를 띤 것이라 하겠고 형식으로는 다소 4·4조가 파격(破格)된 것이라 하겠다. 원래 조선시가 형식이란 것은 4·4조인 중에도 가사와 같이 그것이 엄격히 지켜진 시가는 없었다. 그런데 2·3, 3·4, 4·3, 4·5, 5·4, 5·5조 등이 4·4조에 많이 섞여 나온다. 이것은 아마 그 창조(唱調)가 복잡하고 또 처음부터 가사와 같이 읽는 것이 아니라 <유산가>, <사시풍경가>, <소산팔경가>와 같이 산수의 풍경과 그 유흥을 읊을 것도 있고, <방물가>, <맹꽁이타령>과 같이 사랑을 부른 것도, 세상을 경계한 <담바귀타령>, 청춘을 훈계한 <이팔청춘가>, 새를 노래한 <새타령>, 송축(頌祝)의 노래, <맹인덕담경(盲人德談經)>같은 것도 있지마는 잡가의 가장 특색이라는 것은 그보다도 인생의 향락에 있는 듯하다."라고 하였다.

이와 같은 견해에서는 경·서도입창, 남도 창조인 단가까지도 잡가 속에 포함하였는데 그것은 국문학의 형식상 격조가 비슷한 점에서 같이 잡가의 범주 속에 넣었으리라 생각된다. 하지만 성악곡으로서의 잡가는 남도창의 단가와 남도잡가와는 구별되며 더욱이 그것들과 경기잡가와는 그 창조가 구별되는 것이다. 가사의 형식상 구조가 비슷한 점에서 남도창의 단가형식의 영향을 받아 경기잡가를 모작(模作)한 것이 아닐까 하며 그러나 창조(唱調)만은 경기가요조로 부른 것이 아닐까도 생각할 수 있다.

남도의 판소리, 단가와 경기긴잡가라는 그 선후관계에 있어서 남도 판소리와 단가가 먼저이고 경기잡가를 그 뒤로 볼 수 있는 점은 <유산가>와 같이 강산의 경승을 노래한 것은 남도의 단가에서 <만고강산>, <죽장망혜>, <사시풍경가> 등에서 얼마든지 볼 수 있는 점과 <소춘향가>, <집장가>, <형장가> 등은 모두 판소리 <춘향전>을 소재로 한 점, 그리고 경기잡가의 사설 중에 남도창의 사투리가 섞여 있는 점에서 그렇게 볼 수 있을 것이다.

따라서 <적벽가>나 <제비가>도 판소리나 단가에서 나온 것이라고 할 것이다. 판소리나 단가가 경기잡가보다 먼저 성행하였다는 것은 다시 말해서 경기잡가가 그 후에 일어났다는 것을 말해주기 때문이다.

3.

잡가창을 삼패의 아가씨며 사계축의 남자들이 서울의 여러 군데에서 성창하던 쟁이(匠)들에 의한 것이었다는 것은 이미 개설에서 서술한 바와 같다. 서울 근교의 밭쟁이들은 움집에서 모여 앉아 불렀고, 서울 복판의 공장(工匠)이들은 손을 놀려 일하면서 입은 한가하게 잡가를 부르며 즐겼던 것이다.

움집은 추수를 끝내고 농한기인 겨울에 논과 밭 근처에 움을 파서 집 모양의 사랑을 꾸민 것이다. 대개 넓이가 9척(尺), 길이가 30척, 높이가 6척에 지하가 4척 정도로 땅을 파고 짓는 것으로 지상에 출입구가 있어도 앉는 좌석은 지하이다. 남창을 달아서 햇빛을 받게 하고 지하에서 추위를 막기 위하여 파를 기를 수도 있고, 콩나물을 기를 수도 있는 것이었다.

소리방이면서 때로는 야경(夜警)방이 되기도 하였고 한마을 사람들이 모여 앉아 노는 동네 사랑도 되었으며 공청(公廳)의 역할도 하였다. 사람들이 모여 앉아 돌림으로 소리를 하기도 하였고, 때로는 소리 잘하는 소리꾼을 초청하여 듣기도 하고 배우기도 하였다. 때로는 동네 어느 집에서 장만한 밤참을 먹으며 밤이 새도록 잡가 등의 소리를 하며 즐겁게 놀았던 것이다.

어떤 마을은 노인움집, 젊은이들 움집이 따로 있기도 하였고 큰 움집은 백여 명이 한 자리에 앉을 수 있는 규모였으며 겨울이 지나면 철거해 버렸다. 이러한 것들은 뚝섬, 왕십리, 마포, 마포강변, 두무개,

서빙고, 무쇠막, 청파동 등의 서울 근교에 있는 밭두렁에 있었으며 30여 년 전만 해도 가끔 볼 수 있었으나 요즘에는 전혀 볼 수 없는 것이다.

쟁(匠)이란 서울 도처에 산재해 있던 갈매(염색)쟁이, 마전쟁이, 창호쟁이, 끈쟁이, 신쟁이, 쌈지쟁이, 놋각쟁이 등이었다. 그것을 지역별로 보면 ①모화관(慕華館)—갈매쟁이 (林基俊, 朴春京), ② 누각골—갓모쟁이 (崔相旭), ③ 동소문밖, 성북동골—마전쟁이, ④ 애오개—망근띠기, 놋각쟁이, ⑤ 자문밖(자하문밖)—창호쟁이, ⑥ 양사골—나막신쟁이 (한인호), ⑦ 시구문안—끈쟁이 (黃明善), ⑧ 사계축—밭쟁이, 콩나물 (李慶俊), ⑨ 쌍림동—갓바치신쟁이 (嚴泰泳), ⑩ 마포—새우젓장사 (崔學植, 金泰達), ⑪ 뚝섬—집방꾼 (이태문, 이동원, 이정운(입창)), ⑫ 동대문밖—(元範山), ⑬ 누상동—쌈지쟁이 등이 있었는바 소리꾼들의 직업은 불분명하지만 공장(工匠)이거나 혹은 장사꾼이었을 것이다.

오궁골에서 약방기생(藥房妓生)들이 가곡·가사를 많이 애창(愛唱)한 데 비해서 잡가는 서울 근교의 「움집」에서 혹은 그 밖의 여러 곳에서 '쟁이'들이 즐겨 불렀던 것이다.

4.

경기긴잡가는 좌창으로, 이와 대칭되는 입창이 씩씩해서 억센 남자들의 목에 알맞는다고 한다면, 긴잡가는 연약한 여자들의 목에 어울린다고 할 수 있다(모두가 그런 것은 아니지만). 긴잡가는 경기 특유의 율조(律調)로서 대개 서경적(叙景的) 혹은 서정적(抒情的)인 장문(長文)의 사설(辭說)인데 율조는 거의 굴곡이 많지 않은 평탄한 곡으로 되어 있어 큰 변화 없이 불려지지만 간혹 변조(變調)가 되는 부분도 있다. 또한 긴잡가 가운데에는 12가사와 같은 창조(唱調)가 있는 것도 있다.

장단도 보통 6박의 도드리장단에 맞추어 하는데 같은 도드리장단이면서도 빨라지는 경우가 있다. 12가사와 같은 유장(悠長)한 창조보다도 어떤 대목은 급히 떠는 창법을 쓰는 점이 가사와 다른 점이다.

제비가는 느린 6박에서 빠른 6박으로 변하고, 집장가는 처음부터 빠른 도드리로 치는 것이 특색이며, 달거리는 처음에 빠른 도드리에서 반대로 느린 도드리 장단으로 쳐나가다가 또다시 굿거리로 변하기도 한다.

경기잡가는 경우에 따라 약간의 빠르고 느린 부분이 있지만 거의 도드리장단을 중심으로 불러 나가는 데에 비해서 서도잡가는 장단의 변화가 다양하며 어떤 것은 일정한 장단이 없이 부르는 때도 있어서 다른 특징을 보여주고 있다. 경기잡가는 아늑하게 꺾어 넘어가는 경기소리풍이 특색인데 대하여 서도잡가는 슬픈 수심가의 토리를 기초로 한 것이 다른 점이라고 할 수 있다.

긴잡가말고도 휘모리잡가는 서울을 중심으로 널리 서민들 사이에 불려지는 노래로서 그 사설의 내용은 풍자, 과장, 해학적인 것이 많고, 창조는 말이 많기 때문에 빨리 주워 넘기는 것이 특징이다.

1) 유산가(遊山歌)

　서울지방 12잡가의 하나이다. 12가사 가운데에서 백구사를 첫 번째로 꼽는다면 12잡가에서는 유산가를 맨 처음으로 꼽을 수 있다. 이 유산가는 4계축의 박춘경의 곡으로 전하는 것이다. 유산가에는 옛날 구조(舊調)인 유산가와 요즘에 부르는 유산가의 두 종류가 있다. 옛날 유산가는 사설만 길고 현행의 것보다도 곡조도 매우 싱거웠다고 한다.

　유산가는 누구나 '화란춘성'이 허두(虛頭)인지를 알지만 구조의 사설은 그 위에도 말이 많고 '화란춘성'은 뒤 끝에 붙었었다. 그것을 박춘경이 고쳐서 이 박춘경의 새로운 유산가의 곡조가 널리 퍼져서 오늘날에 전하는 것이라 한다. 좋은 절기에 경승을 찾는 산놀이의 노래는 한가롭고 우아하며 명랑한 서울조에서도 뛰어난 곡이다.

　이 박춘경이 문학적 견식이 얼마나 있었는지는 모르나 치렁치렁하게 긴 유산가를 머리를 잘라 불렀는데 지금의 이 유산가가 조금도 어색하지 않고 보다 단아하게 짜여져 있어 잘 통일되어 있는 것도 그의 견식을 보여주는 좋은 예이다. 유산가는 삼춘가절(三春佳節)을 당하여 도처에서 우리가 향유할 수 있는 금수강산 무궁한 경개를 중국의 명승지에 견주어 가면서 절찬한 내용으로 엮어져 있다.

　음악형식은 12가사의 예와 마찬가지로 되풀이되는 마루가 많을 뿐만 아니라 6/4박자의 도드리 장단에 의한 점이라든가 목쓰는 법 등이 가사의 많은 영향을 받은 것 같다. 전반과 후반이 각기 7마루씩 모두 14마루로 되어 있으며 전부 81장단으로 되어 있다.

　이 유산가는 문체도 가사와 같고 곡도 역시 가사의 영향을 받았는데 그것은 원래 잡가를 잘 부르는 사람은 가사, 시조를 정통해야만 가능하기 때문이었다. 잡가를 잘 부르던 박춘경도 가사를 잘 불렀고, 사설지름시조에 뛰어났다고 전해진다. 이 유산가는 문학적인 가치로 보아서 잡가라고 하기엔 너무 아까울 정도로 걸작이다.

2) 적벽가(赤壁歌)

관운장의 얘기처럼 소리로써 사람을 감동시키고 흥분케 하는 것은 드물다고 하겠다. 봉(鳳)의 눈, 누에눈섭, 수염길고 키 큰 장수 관우는 유현덕 장비와 더불어 도원(桃園)에서 동년 동월 동일에 나기를 구하지 않고 다만 한날 한시에 죽기를 맹세한 의리의 사람이다. 동한(東漢)의 헌제(獻帝) 때인 진안 5년에 유비(劉備)는 조조(曹操)에게 패하여 원소(袁紹)에게 의지하는 바 되고, 관우는 잡혀 장요을 통해 세 가지 청을 넣고 부끄러이 항복한 몸이었다.

3일은 소연(小宴)이며 5일간의 큰 잔치가 싸움에 패한 그에게 기쁠 턱이 없으나 조조의 고마운 대접 때문에 하북의 명장 안량(顔良)과 문추(文醜)의 머리를 베었다. 그러나 새로운 은혜가 비록 두텁지만 옛 의리는 더욱 무거워서 관우는 조조에게 글을 드려 하직하고 이제 유현덕을 찾아 적토마(赤兎馬)에 올랐다.

관우가 떠났단 말을 듣고 조조는 크게 한숨 짓고, 좌우가 그를 쫓자고 하는 것도 손을 저어 만류하였다.

"운장이 옛 주인을 잊지 않고 오고 가는 것이 이렇듯 명백하니 참으로 장부로다 너희들은 모름지기 저 사람을 본받아라."

때는 흘러 건안 13년 적벽강의 화전(火戰)은 9년 전 관우와 조조의 자리를 바꾸어 놓았다. 쫓기는 조조가 좁은 길 화룡도(華容道)를 어찌 벗어날 것인가? 그러나 5백 도부수(刀斧手)의 앞장이 관운장인 것이 천만 의외이다. 정욱의 말대로 조조가 예전 저에게 베푼 은혜를 들어 빌었더니 신의가 두터운 관우는 너그러이 길을 터 주었다. 그렇게 화란을 벗어난 조조의 군사는 겨우 27기(騎)이었다.

서울의 적벽가는 그런 <삼국지연의>의 이 대목을 노래로 부르는 것이다. 남도소리의 적벽가는 후한 말 황건적을 위시하여 유현덕의 제갈량 삼고초려와 공명의 주유격동이며 공명의 동남제풍, 조조가 패한 적벽대전 그리고 조조의 가련한 신세 등을 엮었다. 서울의 적벽가는 관우의 의리를 귀감으로 삼은 것이다.

유산·적벽이라고 일컫듯이 긴잡가의 차례로는 <유산가> 다음에 그 둘째가 <적벽가>요, 전편은 모두 다른 잡가처럼 한 장단 여섯 박이 끝까지 반복되는 것이다. 별로 특출한 목이나 아기자기하게 짜여진 소리는 못되지만 사나이의 의리처럼 튼튼한 소리인 것이다. 가볍고 날리듯 하는 것이 서울소리의 특징이지만 적벽가는 그러한 투를 많이 벗어나고 있다. 전후 12절로 120각, 120장단이다.

3) 제비가

"만첩청산 늙은 범 살찐 암캐를 물어다 놓고 어르고 놀린다. 광풍에 낙엽처럼 벽해 둥둥 떠나간다."

이렇게 서두만은 기발한 솜씨로 툭 튀어나오기는 했으나 그 이하는 전편을 통해서 소잡하여 마치 조각보를 모아놓은 듯한 느낌을 주고

있다. 그러면서도 이 노래가 가장 널리 애창되고 있는 이유는 그 곡조
와 리듬(rhythm)의 변화에서 연유되는 것이다.

처음 시작에서 18장단은 유산가와 같이 1각이 6박인 도드리로 쳐
나가다가 「제비 후리러 나간다」의 부분부터 빠른 도드리 즉 세마치 장
단으로 리듬을 바꾸는 동시에 다른 긴잡가에서는 도저히 맛볼 수 없는
비약적인 가락과 멋진 시김새에 의해서 불리어진다. 이러한 변화가 많
은 사람의 귀를 기울이게 하는 것이 아닐까 생각된다.

내용은 남도의 새타령을 많이 빌었으면서도 서울목으로 재치 있게
꾸민 멋진 소리이다. 빠른 도드리면 세마치 즉 ¾박자가 되는 것인데
높게 빼는 부분과 흐늘거리는 부분이 무척 멋스럽다.

경기긴잡가라고 하면 의례히 유산, 적벽, 제비가를 일컫는다. 유산
가, 적벽가는 긴잡가형의 원형이지만 제비가는 원형을 탈피한 멋스러
운 노래로 12잡가에서 빼놓을 수 없는 노래이다.

4) 소춘향가(小春香歌)

소춘향가의 이름은 판소리 춘향가와 구별하기 위하여 이렇게 부르
는 것 같다. 또한 소춘향가의 가사는 춘향전의 한 토막을 노래로 부르
는 관계로 마땅히 작은 춘향가라는 의미로서 그 곡명을 붙여야 할 것
이다. 그러나 이 소춘향가는 남도의 육자배기 토리가 아닌 서울소리인
경토리에 의해 부르는 것이 춘향전과 크게 다르며 또한 재미있다. 춘
향의 이야기를 가져온 서울의 긴잡가는 소춘향가 외에도 집장가, 형장
가, 십장가 등이 또 있다.

그러나 판소리에 있어서 춘향가에 오르는 소리가 없듯이 서울잡가
에 있어서도 널리 쓰이는 소리에 이 소춘향가를 능가할 만한 소리가
없다. 어느 소리보다도 이 소춘향가의 가사가 매우 짧다. 그러나 가사
의 장단과 곡조의 쉽고 어려움은 상관없이 소춘향가처럼 부침새가 어
려운 소리도 없을 듯 싶다.

춘향이 수줍은 듯 이도령에게 제집을 가리키는 전반부는 우물물처
럼 깊이 뜨는 목이 많고, 이도령의 응수인 후반부는 또한 속목으로 부
르는 아룬성이 까다롭다고 한다. 판소리에 비기면 진양조로 시원히 뽑
는 "저 건너 봉황대" 하는 바로 그 대목이다. 춘향의 사설은 남도목에
서만 구수하지 않고 화려한 서울소리로도 재미있는 것을 소춘향가가
실증하고 있는 듯하다. 장단은 다른 긴잡가와 같이 6박의 도드리 장단
으로 쳐 나간다.

5) 선유가(船遊歌)

산놀이를 주제로 한 것이 유산가라면 물놀이를 노래한 것이 이 선
유가이다. 그러나 그윽한 산골짜기의 아름다움을 부르면서 말이 잘 정
리되어 있는 유산가와는 달리 선유가는 별로 물놀이의 풍정을 잘 묘사
하지 못하고 있다.

"가세 가세 자네 가세 가세 가세 놀러가세 배를 타고 놀러들 가세
지두 덩기어라 둥게둥덩 덩실로 놀러가세"

이렇게 후렴 속에 '배를 타고 놀러가세'라는 구절이 있고 그 선유
가란 이름은 아마 그것에서 붙인 듯하지만 전편에서 오는 느낌은 이

선유가도 잡가의 일반적인 주제인 남녀의 사랑으로 일관되는 듯하다.

이 선유가는 조금 까다로운 맵시로 되어있다. 원마루가 못되는 여음인 '가세 가세 자네 가세'로 시작되는 것부터가 까다롭고 원마루의 첫 절은 그 뒤에 비로소 나온다.

"앞집이며 뒷집이라 각위 각집 처자들로 장부간장 다 녹인다" 하는 이 원마루 다음에 또 후렴인데 이번에는 조금 다르게 부른다.

"동삼월 계삼월 호양도 봉봉 돌아들 오소 아나 월선이 돈받소" 이것도 역시 여음에 속하는 것이다.

이렇게 두 개의 같지 않은 후렴이 늘 원마루 사이에 끼어 있다. 원마루가 모두 6절, 그리고 원 노래보다 후렴 '가세 가세'로 시작되니까 '가세 가세'의 후렴은 전후 4번이 있게 되고 '동삼월 계삼월'은 사이사이 꼭 3번이 반복된다. 원마루고 여음이고의 구별 없이 선유가는 여섯 박 이른바 긴잡가 장단이 반복된다.

"배를 타고 놀러를 가세 지두 덩기어라 둥게둥덩 덩실로 놀러가세"

미끄러지듯이 구르는 듯한 처량한 성음과 번갈아 메기고 받는 여음은 조금도 귀에 설지 않고 들을수록 감미롭다.

"호양도 봉봉 돌아들 오소"의 후렴 부분은 특별한 목을 쓰는 관계로 아룬성이 더욱 멋지다.

6) 집장가(執杖歌)

집장가도 춘향의 이야기 중의 한 대목으로 이도령이 서울로 올라간 뒤 신관사또가 내려와 무고하게 춘향이를 매질하는 대목이다. <집

장가〉, 〈형장가〉, 〈십장가〉 중에서 비교적 듣기 좋고 부르기 어려운 소리가 이 집장가이다.

이 집장가는 모두 네 마루로 되어있다.

"집장 군노 거동을 보아라" 하는 3절까지는 앞머리에 이 가사를 부르고, 4절만은 "꽃은 피었다가 저절로 지고" 하는 식의 조금 다른 말이지만 원율은 역시 앞의 3절과 같다.

잡가에서도 장단에 맞추느라고 가사를 띄엄띄엄 성기게 붙이는 것도 있지만, 이 집장가는 거드럭거리는 목도 목이려니와 그 붙임새가 더욱 묘미가 있다. 쫑그라니, 드럼더 덤씨, 좌르르, 느긋느긋, 능청능청, 둥기 둥덩실 등 한 노래에 이렇게 많은 형용사가 잇대어 나오는 소리도 드물 것이다.

장단과 소리에 이것이 어떻게 어울리는가를 집장가는 무슨 큰산이라도 떠멘 듯 집장군노의 우쭐거리는 거동이 잘 표현되어 있는데, 재치 있는 사람의 목에 맞추어 들으면 꽤 들을 만하다. 이 집장가의 장단은 다른 집장가의 장단과 같이 치지 않고, 빠른 도드리나 세마치조의 아주 미끄럽고 흥청거리는 경쾌한 장단으로 쳐 나간다.

7) 형장가(刑杖歌)

이 형장가는 판소리 춘향전으로 말하자면 춘향이가 매맞고 흐느껴 우는 자탄가에 해당한다. 처음에는 구경꾼의 동정하는 투로 시작되지만 그 뒤에는 발악적인 춘향의 서러운 푸념이 계속 된다. 집장가의 호기스런 분위기에 비기면 시름겨운 울음이다. 형장가는 그다지 목을 화려하게 구사하지 않는 수수함을 견지해야 함에도 불구하고, 슬프다고만 형언할 수 없는 억울한 죄인 춘향이가 우는 형장가는, 목이 좋은 창자가 부르면 참으로 가슴을 울릴 수 있는 소리이다.

처음의 4절은 알맞은 6박의 긴잡가 장단으로 부르다가 그 다음부터 조금 빨라지면서 세마치장단조로 넘어간다. 그러한 장단의 변화에 맞춰서 소리도 달라지는데 즉 청이 달라지는 것이다. 즉 처음 4절은 긴잡가형이고 그 다음 마루부터는 세마치로 끝까지 맺는 것인데 18마루가 별 변화 없이 반복된다.

8) 평양가(平壤歌)

평양가는 곡목이 평양가로 되어있다 뿐이지 전통적인 도읍으로서의 평양을 노래한 것도 아니고 대동강 기슭의 아름다운 풍광을 노래한 것도 아니다. 그 옛날 이 고장 백성이 예절을 알고 매우 겸손해서 임금을 높이고 어른을 공경하는 뜻에서 지었다는 서경(西京)이란 노래와도 비교될 수 없는 노래이다.

평양가는 평양에 있는 월선이란 기생집에 놀러 가자는 야유랑(冶遊郎)의 콧노래이다. 예로부터 색향으로 이름 높은 평양에 얼굴이 고운 월선이가 있고, 그 월선이에게 넋을 잃고 쫓아다니는 사나이가 시글거리는 것도 보통 있을 법한 일이다.

평양가는 가사나 선율면에서 매우 오래된 소리 같아서 재미있다. 불같은 사나이의 정열이 그냥 민민한 말로 표현되었고 노래 또한 담담한 꺾임으로서 일관되어 있다. 전편은 11절로 되어있으며 10절에 가서 높은 음으로 바뀐다. 이 10절만을 제외하고 거의 똑같은 선율의 반복이다. 별로 특이한 표현이나 장단의 변화도 없이 단조로워서 오히려 옛 모습을 간직한 노래가 아닌가 하는 생각을 갖게끔 한다. 그리고 이 평양가는 가사의 자수가 선율과 장단에 비해서 부르기가 거북스럽다.

9) 달거리

이 달거리는 12잡가 중에서 가장 많이 불려지는 소리이다. 조금 품위가 떨어진다고 해서 잘 부르지 않았던 소리였지만 요즈음엔 이 달거리를 못 부르면 도리어 행세하기 어렵다고 할 수 있을 정도이다. 그 달 그 달에 있었던 옛일을 들추고 그 달의 정경을 말하고서 그 달의 행사를 챙기고 그 달의 회포를 늘어놓는 소위 월령체(月令體)의 소리로서 오랜 전통을 가진 형식의 노래라고 할 수 있다.

고려가요의 동동(動動)도 월령체의 달거리이며 농가월령가(農家月令歌)나 12월가도 그런 유(類)이다. 이 경기소리의 달거리도 어지간히 오래된 소리인 것은 그 사설과 소리의 음조직에서도 알 수 있을 것 같다. 이 달거리를 좋아하는 것은 육담조의 재미있는 사설에도 있지만 그것보다도 늦추고 조이는 변화 있는 장단에서 더욱 흥미를 끌게 하는 것이라고 생각된다.

처음에는 흥청대는 가볍고 빠른 속도이다가 6박 긴잡가의 원장단은 「적수단신(赤手單身) 이내 몸이 나래 돋힌 학이나 되면 훨훨 수루루룩 가련마는」하는 그 대목에서 비로소 원장단으로 들어간다. 다시 뒤끝의 매화타령은 또 한번 장단을 바꾸어서 굿거리로 치다가 끝내는 것

이다. 이 뒤의 매화타령을 달거리에서 떼어내어 민요와 같이 부르기도
한다.

10) 십장가(十杖歌)

이 십장가는 형틀에 오그리고 앉아 매를 견디는 집장가의 계속이
고 이 소리는 그대로 "형장 태장(刑杖·笞杖·삼모진 도리매)" 하는 그
형장가에 연결되고 있다. 여덟 가지 소리에 들지 못하는 달거리처럼
십장가의 특조는 말도 곡도 제법 재미있는 것으로 알려져 있다. 매 한
대에 소리 하나씩, 하나는 하나에 맞게, 또 둘은 둘에 맞게 꼭꼭 숫자
를 앞머리에 붙인 것도 재미있다. 장단은 처음부터 끝까지 6박 한 장단
이 반복되고 있다.

서울소리가 춘향의 이야기에서 다만 고난에 대해 항거하는 형장의
매로서 시종하는 것은 재미있는 현상이다. 이 십장가의 가사는 사람에
따라서 사설이 약간 다르게 불려지기도 한다.

11) 방물가(房物歌)

방물가에는 신방물가, 구방물가, 가진방물가의 3종이 있다. 방물이
라 함은 여자의 소용인 패물이나 잡화들을 말하는 것이다. 그러나 방
물만을 섬기는 것이 아니고 남녀의 사랑이 주제인 방물가가 있다. 정
든 님과 이별할 제 데리고 가지 못하는 안타까운 심정에서 기어이 따

라가겠다고 보채는 억지, 이것을 달래느라고 가진 좋은 말로 소원을 묻는다.

제1명당에다 좋은 집을 지어주랴고도 하고 연지분을 위시하여 옥지환이나 칠보족도리까지 해주랴고 달랜다. 이 노래에 나오는 세간이나 의복 또는 화장품 등은 조선시대에 있던 희귀한 귀중품과 고급품을 멋스럽게 엮은 것이다. 이 방물가도 도드리장단에 맞춰 부르는 일반적인 긴잡가와 같다.

12) 출인가(出引歌)

이 출인가는 선유가의 일종이면서도 뒤끝은 별조로 취급되어 출인가라고 하였다. 그리고 떠나는 도령을 붙잡고 전별을 아까워한 데서 이 대목을 따로 출인가로 일컫는다.

이 출인가는 대개 3단으로 볼 수 있다. "풋고추 저린김치"로 시작되는 첫마루와 "곤히 잠든 행여나 깨울세라"로 이어지는 둘째마루, "오늘 놀고 내일 놀고"로 휘감기듯이 셋째마루가 되는 것이다. 그리고 장단은 6박의 도드리장단이지만 중간 후렴에 "놀고가세" 하는 부분은 4박으로 되는 점이 특이하다.

서울소리는 슬퍼도 단정한 맵시를 부리는 것이 또한 재미있다고 하겠다.

경기12잡가 가사 및 주석

이 윤 석 · 류 의 호

여기에 실린 경기12잡가 가사는 묵계월 선생이 녹음한 경기12잡가 (대도레코드: DDCD−141·142)를 바탕으로 한 것이다. 이 가사는 세 부분으로 되어 있다. 첫 번째 부분은 묵선생의 소리를 그대로 옮긴 것이고, 두 번째 부분은 이 가사를 바탕으로 괄호 안에 한자를 넣고 필요한 부분에 주석을 붙인 것이고, 세 번째는 각 노래의 가사를 현대어로 쉽게 풀이한 것이다.

12곡의 배열 순서는 이 녹음의 순서대로 했다. 적벽가, 선유가, 출인가, 방물가, 제비가, 형장가, 유산가, 집장가, 달거리, 소춘향가, 평양가, 십장가이다.

1. 적벽가(赤壁歌)

삼강은 수전이요 적벽은 오병이라. 난데없는 화광이 충천허니 조조가 대패허여 화룡도로 행헐 즘에, 응포일성에 일원대장이 엄신갑옷에 봉투구 저켜 쓰고, 적토마 비껴 타고 삼각수를 거스릅시고, 봉안을 크게 뜹시고 팔십근 청룡도 눈 우에 선뜻 들어, "에따, 이놈 조조야. 날다, 길다?" 허시는 소래, 정신이 산란허여,

"비나이다. 비나이다. 잔명을 살으소서. 소장에 명을 장군전하에 비나이다. 전일을 생각하오. 상마에 천금이요 하마에 백금이라. 오일에 대연허고 삼일에 소연헐 제, 한수정후 봉한 후에 고대광실 높은 집에 미녀충궁하였으니 그 정성을 생각허오. 금일 조조가 적벽에 패허야 말은 피곤, 사람은 주리워 능히 촌보를 못하겠으니 장군 후덕을 입사와지이다."

"네 아무리 살려고 허여도 사지 못헐 말 듣거라. 네 정성 갚으려고 백마강 싸움에 하북명장 범 같은 천하장사 안량 문추를 한 칼에 선뜻 버혀 네 정성을 갚은 후에, 한수정후 인병부 끌러 원문에 걸고 독행천리허였으니, 네 정성만 생각허느냐? 이놈 조조야. 너 잡으러 여기 올 제 군령장 두고 왔다. 네 죄상을 모르느냐. 천정을 거역허고 백성을 살해허니, 만민도탄을 생각지 않고 너를 어이 용서허리. 간사헌 말을 말고 짜른 목 길게 늘여 청룡도 받으라." 허시는 소래 일촌간장이 다 녹는다.

"소장을 잡으시려고 군령장 두셨으나, 장군님 명은 하날에 달립시고, 소장에 명은 금일 장군전에 달렸소, 어집신 성덕을 입사와 장군전

하 살아와지이다.”

　관왕이 들읍시고 잔잉히 여기사, 주창으로 허여금 오백 도부수를 한편으로 치우칩시고 말머리를 돌립시니, 죽었든 조조가 화룡도 벗어나 조인 만나 가드란 말가.

　삼강(三江)은 수전(水戰)이요 적벽(赤壁)은 오병(鏖兵)[1]이라. 난데없는 화광(火光)이 충천(衝天)하니 조조(曹操)가 대패(大敗)하여 화용도(華容道)[2]로 행(行)할 즈음에, 응포일성(應砲一聲)에 일원대장(一員大將)이 엄심갑(掩心甲)옷에 봉(鳳)투구 젖겨 쓰고, 적토마(赤兎馬)[3] 비껴 타고 삼각수(三角鬚)[4]를 거스릅시고, 봉안(鳳眼)을 크게 뜹시고 팔십근(八十斤) 청룡도(靑龍刀)[5] 눈 위에 선뜻 들어,

　“옜다, 이놈 조조야. 날다, 길다?”
하시는 소리, 정신이 산란(散亂)하여,

　“비나이다, 비나이다. 잔명(殘命)을 살으소서. 소장(小將)의 명(命)을 장군전하(將軍前下)에 비나이다. 전일(前日)을 생각하오. 상마(上馬)에 천금(千金)이요 하마(下馬)에 백금(百金)이라. 오일(五日)에 대연(大宴)하고 삼일(三日)에 소연(小宴)[6]할 제, 한수정후(漢壽亭侯) 봉(封)한 후에

---

1) 삼강은 중국의 지명으로 세 강이 합치는 곳인데, 이곳에서는 물에서 싸웠다. 적벽도 지명으로 이곳에서는 조조의 군사가 전멸했다.
2) 화용은 지명인데, 이곳은 길이 매우 험하다. 조조가 적벽에서 패한 후, 이곳으로 달아나다가 관우를 만났다.
3) 관우가 타던 좋은 말.
4) 관우의 세 갈래로 뻗친 수염.
5) 관우가 쓰던 무게가 80근이 되는 큰 칼.
6) 조조가 관우의 환심을 사려고, 말을 탈 때 천금을 주고, 말에서 내릴 때 백금을 주었으며, 닷새에 한 번 큰 잔치를 하고, 사흘에 한 번 작은 잔치를 베풀었다.

고대광실(高臺廣室) 높은 집에 미녀충궁(美女充宮)하였으니 그 정성을 생각하오.7) 금일 조조가 적벽(赤壁)에 패하야 말은 피곤, 사람은 주리어 능히 촌보(寸步)를 못하겠으니 장군 후덕(厚德)을 입사와지이다."

"네 아무리 살려고 하여도 사지 못할 말 듣거라. 네 정성 갚으려고 백마강(白馬江) 싸움에 하북명장(河北名將) 범 같은 천하장사(天下壯士) 안량(顔良) 문추(文醜)를 한 칼에 선듯 버혀8) 네 정성을 갚은 후에, 한수정후(漢壽亭侯) 인병부(印兵符) 끌러 원문(轅門)에 걸고 독행천리(獨行千里)9)하였으니, 네 정성만 생각하느냐? 이놈 조조야. 너 잡으러 여기 올 제 군령장(軍令狀)10) 두고 왔다. 네 죄상을 모르느냐. 천정11)을 거역(拒逆)하고 백성을 살해(殺害)하니, 만민도탄(萬民塗炭)12)을 생각지 않고 너를 어이 용서하리. 간사한 말을 말고 짜른 목 길게 늘여 청룡도(靑龍刀) 받으라."

하시는 소래 일촌간장(一寸肝臟)이 다 녹는다.

"소장(小將) 잡으시려고 군령장 두셨으나, 장군님 명(命)은 하늘에 달립시고, 소장(小將)의 명은 금일 장군전(將軍前)에 달렸고, 어지신 성덕(聖德)을 입사와 장군전하(將軍前下) 살아와지이다."

관왕(關王)13)이 들읍시고 잔잉히 여기사, 주창(周倉)14)으로 하여금

<hr>

7) 조조는 관우에게 수정후 벼슬을 주었다.
8) 안량과 문추는 하북의 명장이었으나 두 사람 모두 백마강 싸움에서 관우의 손에 죽었다.
9) 관우가 조조에게 인사를 하고 떠나려고 했으나, 조조가 번번이 만나주지 않자, 수정후 벼슬의 표지를 군영의 문에 걸어놓고 유비의 두 부인을 모시고 유비를 찾아 천리를 혼자 갔다.
10) 군대의 명령을 적은 종이. 제갈공명은 관우에게 조조를 죽이지 않으면 군법으로 다스리겠다고 미리 다짐을 받았다.
11) 천명(天命)의 잘못.
12) 만백성이 모두 고통에 빠짐.

오백 도부수(刀斧手)[15]를 한편으로 치우칩시고 말머리를 돌립시니, 죽었던 조조가 화용도(華容道) 벗어나 조인(曹仁)[16] 만나 가더란 말가.

삼강의 싸움은 물에서 싸움이요, 적벽의 싸움에서는 적을 몰살시켰다. 난데 없는 불꽃이 하늘을 찌르니 조조가 대패하여 화용도로 달아나는데, 대포소리 한 번 나더니, 한 대장이 가슴을 가리는 갑옷을 입고, 봉이 그려진 투구를 젖겨 쓰고, 적토마를 비껴 타고, 세 갈래 수염을 거스르며, 봉의 눈을 부릅뜨고, 팔십근 청룡도를 눈 위로 선뜻 들고,

"옜다, 이 놈 조조야. 날아갈래, 기어갈래?"
하시는 소리에 조조가 정신이 어지러워,

"비나이다 비나이다. 남은 목숨을 살려주시옵소서. 소장의 명을 장군님께 비나이다. 지난날 일을 생각하십시오. 말을 타면 천금을 드리고, 말에서 내리면 백금을 드렸고, 닷새에 한 번 큰 잔치를 하고, 사흘에 한 번 작은 잔치를 차려드렸습니다. 한수정후 벼슬을 시킨 후에는, 크고 좋은 집에 아름다운 여인들을 가득 채워드렸던 그 정성을 생각해주십시오. 오늘 제가 적벽에서 패하여, 말은 피곤하고 사람은 굶어, 한 발자국도 옮기지 못하겠으니, 장군의 후한 덕을 입어 살아가게 해주십시오."

"네가 아무리 살려고 해도 살 수 없는 이유를 들어보아라. 네 정성을 갚으려고, 백마강 싸움에서 하북지방의 명장으로 호랑이같이 용맹스러운 천하장사 안량과 문추를 한 칼에 선뜻 베어 네 정성을 갚은 후

---

13) 관우가 죽은 후 도교에서 섬기는 인물이 되어 왕으로 불렀다.
14) 관우의 부하 장수.
15) 오백 명의 큰 칼과 도끼를 쓰는 군사.
16) 조조의 장수.

에, 한수정후 벼슬끈을 풀어 군영의 문에 걸어두고, 혼자서 천리를 갔으니, 네 정성만 생각하느냐? 이 놈 조조야. 너 잡으러 여기 올 때, 너를 죽이지 못하면 벌을 받겠다는 군령장을 써놓고 왔다. 네 죄상을 모르느냐? 하늘의 명을 거역하고 백성을 살해하고, 모든 백성이 진흙탕과 불구덩이에 빠져 고생하는 생각을 하지 않으니, 너를 어떻게 용서하겠느냐. 간사한 말은 그만 두고, 짧은 목을 길게 늘여 청룡도를 받으라.”
하는 소리에 일촌 간장이 다 녹는다.

“소장을 잡으시려고 군령장을 두고 오셨으나, 장군님의 명은 하늘에 달렸고, 소장의 명은 오늘 장군님에게 달렸으니, 어지신 성덕을 입어 장군님 앞에서 살아나가고 싶습니다.”

관운장이 이 말을 들으시고 자닝히 여기시어, 주창에게 오백명 도부수들을 한쪽으로 치워 길을 열어주라 하시고 말머리를 돌리니, 죽은 목숨이었던 조조가 화용도를 벗어나 조인을 만나러 가더란 말인가.

2. 선유가(船遊歌)

가세 가세 자네 가세. 가세 가세 놀러 가세. 배를 타고 놀러를 가세. 지두덩기여라 둥게 둥덩 덩실로 놀러 가세.

앞집이며 뒷집이라 각위 각집 처자들로 장부간장 다 녹인다. 동삼월 계삼월 호이양도 봉봉 돌아를 오소. 아나 월선이 돈 받소. 가든 임이 잊었는지 꿈에 한번 아니 보인다. 내 아니 잊었거든 젠들 설마 잊을

소냐. 가세 가세 자네 가세. 가세 가세 놀러 가세. 배를 타고 놀러를 가세. 지두덩기여라 둥게 둥덩 덩실로 놀러 가세.

이별이야 이별이야. 이별 이자 내인 사람 날과 백년 원수로다. 동삼월 계삼월 호이양도 봉봉 돌아를 오소. 아나 월선이 돈 받소. 살아 생전 생이별은 생초목에 불이 나니, 불 꺼줄 이 뉘 있습나. 가세 가세 자네 가세. 가세 가세 놀러 가세. 배를 타고 놀러를 가세. 지두덩기여라 둥게 둥덩 덩실로 놀러 가세.

나는 죽네 나는 죽네 임자로 허여 나는 죽네. 나 죽는 줄 알양이면 불원천리 허련마는. 동삼월 계삼월 호이양도 봉봉 돌아를 오소. 아나 월선이 돈 받소. 박랑사중 쓰고 남은 철퇴 천하장사 항우를 주어, 깨치리라 깨치리라, 이별 두 자 깨치리라. 가세 가세 자네 가세. 가세 가세 놀러 가세. 배를 타고 놀러를 가세. 지두덩기여라 둥게 둥덩 덩실로 놀러 가세.

가세 가세 자네 가세. 가세 가세 놀러 가세. 배를 타고 놀러를 가세. 지두덩기어라 둥게 둥덩 덩실로 놀러 가세.

앞집이며 뒷집이라 각위(各位) 각집 처자(處子)들로 장부간장(丈夫肝臟) 다 녹인다. 동삼월(冬三月) 계삼월(季三月)[17] 회양도(淮陽道) 봉봉(峯峯) 돌아를 오소. 아나 월선이 돈 받소.[18] 가던 임은 잊었는지 꿈에 한번 아니 보인다. 내 아니 잊었거든 전들 설마 잊을소냐.

가세 가세 자네 가세. 가세 가세 놀러 가세. 배를 타고 놀러를 가세.

---

17) 사람 이름인 것 같다.
18) 옛날 가사에는 '아나 월선이 돈밧소'가 아니라, '에남나에 일손이 돈밧소'라고 되어 있다.

지두덩기어라 둥게 둥덩 덩실로 놀러 가세.

　　이별(離別)이야 이별이야 이별 이자(二字) 내인 사람 날과 백년 원수로다. 동삼월 계삼월 회양도 봉봉 돌아를 오소. 아나 월선이 돈 받소. 살아 생전 생이별은 생초목(生草木)에 불이 나니,[19] 불 꺼줄 이 뉘 있습나.

　　가세 가세 자네 가세. 가세 가세 놀러 가세. 배를 타고 놀러를 가세. 지두덩기어라 둥게 둥덩 덩실로 놀러 가세.

　　나는 죽네 나는 죽네 임자로 하여 나는 죽네. 나 죽는 줄 알양이면 불원천리(不遠千里) 하련마는. 동삼월 계삼월 회양도 봉봉 돌아를 오소. 아나 월선이 돈 받소. 박랑사중(博浪沙中) 쓰고 남은 철퇴(鐵槌) 천하장사(天下壯士) 항우(項羽)를 주어, 깨치리라 깨치리라, 이별 두 자 깨치리라.[20]

　　가세 가세 자네 가세. 가세 가세 놀러 가세. 배를 타고 놀러를 가세. 지두덩기어라 둥게 둥덩 덩실로 놀러 가세.

　　가세 가세 자네 가세. 가세 가세 놀러 가세. 배를 타고 놀러 가세. 지두덩기어라 둥게 둥덩 덩실로 놀러 가세.

　　앞집 뒷집 각 집의 처자들은 장부의 간장을 다 녹인다. 동삼월 계삼월아 회양도 봉봉 돌아를 오소. 자 월선이 돈 받소. 가던 임은 잊었

---

19) 생초목에 불 붙는다는 말은, 갑자기 뜻밖의 재난을 입거나, 아까운 사람이 젊어서 죽었을 때 쓰는 말이다.

20) 진시황(秦始皇)을 죽이려고 창해역사(倉海力士)가 박랑사라는 곳에서 120근 철퇴로 진시황이 탄 수레를 쳤으나, 다른 수레를 쳐서 진시황을 죽이지 못했는데, 이 창해역사가 쓰던 철퇴를 천하장사인 항우에게 주어 이별 두 자를 깨버리겠다는 뜻이다. 이 대목은 지름시조로도 불린다.

는지 꿈에도 한 번 보이지 않는다. 내가 잊지 않았는데, 제가 설마 나를 잊을소냐.

가세 가세 자네 가세. 가세 가세 놀러 가세. 배를 타고 놀러를 가세. 지두덩기어라 둥게 둥덩 덩실로 놀러 가세.

이별이야 이별이야. 이별 두 글자를 만든 사람은 나와 백년 원수로다. 동삼월 계삼월아 회양도 봉봉 돌아를 오소. 자 월선이 돈 받소. 살아 생전에 생이별은 생초목에 불이 붙는 것 같으니, 불 꺼줄 사람 누가 있는가?

가세 가세 자네 가세. 가세 가세 놀러 가세. 배를 타고 놀러를 가세. 지두덩기어라 둥게 둥덩 덩실로 놀러 가세.

나는 죽네 나는 죽네 임자로 하여 나는 죽네. 나 죽는 줄 알 것 같으면 천리를 멀다 하지 않고 오련마는. 동삼월 계삼월아 회양도 봉봉 돌아를 오소. 자 월선이 돈 받소. 박랑사에서 창해역사가 쓰던 쇠몽둥이를 천하장사 항우에게 주어, 깨뜨려버리리라 깨뜨려버리리라, 이별 두 글자 깨뜨려버리리라.

가세 가세 자네 가세. 가세 가세 놀러 가세. 배를 타고 놀러를 가세. 지두덩기어라 둥게 둥덩 덩실로 놀러 가세.

3. 출인가(出引歌)

풋고추 절이김치 문어 전복 곁들여 황소주 꿀 타, 향단이 들려 오리정으로 나간다. 오리정으로 나간다. 어느 년 어느 때에 어느 시절에 다시 만나, 그리든 사랑을 품안에 품고, 사랑 사랑 내 사랑아, 에― 어화둥개 내 건곤. 이제 가면 언제 오료, 오만 한을 일러주오. 명년 춘색 돌아를 오면, 꽃 피거든 만나 볼까. 놀고 가세 놀고 가세, 나구 너구, 너구 나구만 놀고 가세.

곤히 든 잠 행여나 깨울세라, 등도 대고 배도 대며 쩔래쩔래 흔들면서, 일어나오 일어나오. 겨우 든 잠 깨여나서 눈떠 보니 내 낭군일세. 그리든 임을 만나 만단정회 채 못하여 날이 장차 밝어 오니, 글로 민망해노매라. 놀고 가세 놀고 가세, 너구 나구, 나구 너구만 놀고 가세. 오날 놀고 내일 노니 주야장천에 놀아 볼까. 인간 칠십을 다 산다고 하여도, 밤은 자고 낮은 일어나니, 사는 날이 몇 날인가.

풋고추 절이김치 문어 전복 곁들여 황소주(黃燒酒) 꿀 타, 향단(香丹)이 들려 오리정(五里亭)21)으로 나간다. 오리정으로 나간다. 어느 년(年) 어느 때 어느 시절에 다시 만나 그리던 사랑을 품안에 품고, 사랑 사랑 내 사랑아, 에― 어화둥개 내 건곤(乾坤).22)

이제 가면 언제 오료. 오만 한(限)을 일러주오. 명년 춘색(春色) 돌아를 오면, 꽃 피거든 만나 볼까.

놀고 가세 놀고 가세, 나고 너고, 너고 나고만 놀고 가세.

곤히 든 잠 행여나 깨울세라, 등도 대고 배도 대며 쩔래쩔래 흔들면서, 일어나오 일어나오. 겨우 든 잠 깨어나서 눈떠 보니 내 낭군(郎君)일세. 그리던 임을 만나 만단정회(萬端情懷)23) 채 못하여 날이 장차

---

21) 남원 동북쪽 5리 쯤에 있는 정자.
22) 건곤(乾坤)은 하늘과 땅으로 이 세상 전부라는 뜻.

밝아 오니, 글로 민망하노매라.

놀고 가세 놀고 가세, 너고 나고, 나고 너고만 놀고 가세.

오늘 놀고 내일 노니 주야장천(晝夜長川)에 놀아 볼까. 인간 칠십을 다 산다고 하여도, 밤은 자고 낮은 일어나니, 사는 날이 몇 날인가.

풋고추, 겉절이, 문어, 전복을 곁들여서 황소주에다 꿀을 타서, 향단이에게 들려서 오리정으로 나간다. 오리정으로 나간다. 어느 해, 어느 때, 어느 시절에 다시 만나 그리던 사랑을 품안에 품고, 사랑 사랑 내 사랑아, 에— 어화둥개 이 세상 전부인 내 사랑.

이제 가면 언제 오뇨. 온다는 기한을 알려주오. 내년 봄이 돌아오면, 꽃 피거든 만나 볼까.

놀고 가세 놀고 가세, 나하고 너하고, 너하고 나하고만 놀고 가세.

곤히 든 잠 행여나 깨울세라, 등도 대고 배도 대며 쩔레쩔레 흔들면서, 일어나오 일어나오 하는 소리에, 겨우 든 잠 깨어나서 눈을 떠보니 내 낭군일세. 그리던 임을 만나 가슴에 품은 만 가지 회포를 채 풀지도 못했는데, 날이 장차 밝아 오니 그것 때문에 민망하구나.

놀고 가세 놀고 가세, 너하고 나하고, 나하고 너하고만 놀고 가세.

오늘 놀고 내일 노니 낮이고 밤이고 함께 놀아 볼까. 인생 칠십년을 다 산다고 하여도, 밤은 자고 낮은 일어나니 사는 날이 몇 날이나 되는가.

---

23) 여러 가지 얽힌 회포.

4. 방물가(房物歌)

서방님 정 떼고 정 이별헌대도 날 버리고 못 가리라. 금일 송군 임 가는데 백년소첩 나도 가오. 날 다려 날 다려 날 다려가오. 한양낭군님 날 다려가오. 나는 죽네 나는 죽네 임자로 허여 나는 죽네.

네 무엇을 달라고 허느냐. 네 소원을 다 일러라. 제일명당 터를 닦어 고대광실 높은 집에 내외분합 물림퇴며 고불도리 선자추녀 헝덩그렇게 지어나 주랴.

네 무엇을 달라고 허느냐. 네 소원을 다 일러라. 연지분 주랴, 면경 석경 주랴, 옥지환 금봉차 화관주 딴머리 칠보족두리 허여나 주랴.

네 무엇을 달라고 허느냐. 네 소원을 다 일러라. 세간 치레를 허여나 주랴. 용장 봉장 귓도리책상이며, 자개 함농 반다지, 삼층 각계수리 이층 들미장에, 원앙금침 잣벼게 샛별 같은 쌍 요강을 발치발치 던져나 주랴.

네 무엇을 달라고 허느냐. 네 소원을 다 일러라. 의복 치레를 허여나 주랴. 보라 항릉 속저고리 도리불수 겉저고리, 남문 대단 잔솔치마, 백방수화주 고장바지, 물면주 속속곳에, 고양 나이 속버선에, 몽고삼승 겉버선에, 자지 상직 수당혜를 명례궁 안에 맞추어 주랴.

네 무엇을 달라고 허느냐. 네 소원을 다 일러라. 노리개 치레를 허여나 주랴. 은조로롱 금조로롱, 밀화불수 산호가지 밀화장도 곁칼이며, 삼천주 바둑실을 남산데미만큼 허여나 주랴.

나는 싫소 나는 싫소, 아무 것도 나는 싫소. 고대광실도 나는 싫고,

금의옥식도 나는 싫소. 원앙충충 걷는 말에 마부담허여 날 다려 가오.

　서방(書房)님 정(情) 떼고 정(正) 이별(離別)한대도 날 버리고 못 가리라. 금일 송군(送君) 임 가는데 백년소첩(百年小妾) 나도 가오. 날 다려 날 다려 날 다려가오. 한양낭군(漢陽郎君)님 날 다려가오. 나는 죽네 나는 죽네 임자로 하여 나는 죽네.

　네 무엇을 달라고 하느냐. 네 소원을 다 일러라.

　제일명당(第一名堂) 터를 닦아 고대광실(高臺廣室) 높은 집에 내외분합(內外分閤) 물림퇴며 고불도리 선자(扇子)추녀 헝덩그렇게 지어나 주랴.24)

　네 무엇을 달라고 하느냐. 네 소원을 다 일러라.

　연지분(臙脂粉) 주랴, 면경(面鏡) 석경(石鏡) 주랴, 옥지환(玉指環) 금봉차(金鳳釵) 화관주(花冠珠) 딴머리 칠보(七寶)족두리 하여나 주랴.25)

　네 무엇을 달라고 하느냐. 네 소원을 다 일러라.

　세간 치레를 하여나 주랴. 용장(龍欌) 봉장(鳳欌) 귓도리 책상이며, 자개 함롱(函籠) 반다지, 삼층(三層) 각계수리 이층(二層) 들미장(欌)에, 원앙금침(鴛鴦衾枕) 잣벼게 샛별 같은 쌍(雙) 요강을 발치발치 던져나 주랴.26)

---

24) 내외분합은 안팎으로 분합문을 단 것이고, 물림퇴는 물림간으로 집의 원채에 덧붙인 공간이다. 고불돌이는 굴도리, 선자추녀는 부채 모양 같은 추녀, 헝덩그렇게는 덩그렇게를 강조하는 접두사 형을 더 붙인 것.
25) 면경과 석경은 작은 거울, 금봉차는 머리 장식, 화관주는 장식을 단 머리에 쓰는 관, 딴머리는 덧붙이는 머리로 가발, 칠보족두리는 칠보로 장식한 족두리.
26) 용장, 봉장은 용무늬, 봉황무늬가 있는 장, 귓도리책상은 미상, 자개함롱은 자개로 장식한 농, 반닫이는 위쪽 반이 열리게 된 장, 가께수리는 왜궤(倭櫃)라고도 하는 것으로 남자들이 쓰는 서랍이 많은 궤, 들미장은 문을 들어올리는 장, 잣베개는 잣

네 무엇을 달라고 하느냐. 네 소원을 다 일러라.

의복 치레를 하여나 주랴. 보라 항릉(亢綾) 속저고리 도리불수 겉저고리, 남문 대단 잔솔치마, 백방수화주(白紡水禾紬) 고장바지, 물면주 속속곳에, 고양 나이 속버선에, 몽고삼승 겉버선에, 자지(紫地) 상직(上織) 수당혜(繡唐鞋)를 명례궁(明禮宮) 안에 맞추어 주랴.27)

네 무엇을 달라고 하느냐. 네 소원을 다 일러라.

노리개 치레를 하여나 주랴. 은(銀)조로롱 금(金)조로롱, 밀화불수(蜜花佛手) 산호(珊瑚)가지 밀화장도(蜜花粧刀) 곁칼이며, 삼천주 바둑실을 남산(南山)더미만큼 하여나 주랴.28)

나는 싫소 나는 싫소, 아무 것도 나는 싫소. 고대광실도 나는 싫고, 금의옥식(錦衣玉食)도 나는 싫소. 원앙충충 걷는 말에 마부담(馬負擔)하여 날 다려 가오.29)

서방님 정을 떼고 정말 이별한다고 해도 날 버리고는 못 가리라.

모양의 베개, 발치발치는 바리바리인 것 같음.
27) 은조로롱 금조로롱은 은조롱 금조롱인 것 같음. 항릉은 항라(亢羅), 도리불수는 도리사(중국비단)인 것 같음, 남문 대단 잔솔치마는 남색 무늬의 비단으로 만든 잔 주름을 넣은 치마, 백방수화주는 흰색 수아주, 고장바지는 고쟁이로 여자 속옷의 한 가지, 물면주 단속곳은 물명주로 만든 고쟁이 위에 입는 여자 속옷, 고양 나이는 무명, 몽고삼승은 몽고에서 나는 무명, 자지 상직 수당혜는 당초무늬를 수 놓은 고급의 자주빛 신발, 명례궁안은 미상.
28) 산호 가지는 산호의 가지이고, 밀화불수는 호박(琥珀)으로 불수감(佛手柑) 모양을 만든 것이다. 둘 다 여자들이 차는 노리개이다. 밀화장도는 호박으로 손잡이를 장식한 작은 칼이고, 곁칼은 장식용 칼인 것 같다. 삼천주 미상, 바둑실은 바둑쇠(바둑돌 모양의 단추)의 잘못인 것 같다.
29) 금의옥식은 비단 옷과 좋은 음식, 원앙충충은 말의 걸음걸이의 의태어, 마부담은 말에 짐 싣듯이 실어달라는 의미.

오늘 그대를 보내어 임이 가는데, 평생 같이 살 나도 데려가오. 나를 데려가오, 나를 데려가오, 나를 데려가오. 한양낭군님 날 데려가오. 나는 죽네 나는 죽네, 임자로 하여 나는 죽네.

네 무엇을 달라고 하느냐. 네 소원을 다 일러라.

제일 명당 터를 닦아 고대광실 높은 집에 내외 분합 물림퇴며 '굴도리 선자추녀 홍덩그렇게 지어나 주랴.

네 무엇을 달라고 하느냐. 네 소원을 다 일러라.

연지분을 주랴, 면경 석경을 주랴, 옥지환 금봉차 화관주 딴머리 칠보족두리를 하여나 주랴.

네 무엇을 달라고 하느냐. 네 소원을 다 일러라.

세간 치레를 하여나 주랴. 용장 봉장 궷도리책상이며, 자개 함롱 반다지, 삼층 가께수리 이층 들미장에, 원앙금침 잣베개 샛별 같은 쌍요강을 바리바리 던져나 주랴.

네 무엇을 달라고 하느냐. 네 소원을 다 일러라.

의복 치레를 하여나 주랴. 보라 항릉 속저고리, 도리불수 겉저고리, 남문 대단 잔솔치마, 백방수아주 고쟁이, 물명주 단속곳에, 고양 무명 속버선에 몽고 삼승 겉버선에, 보라색 잘 짠 수놓은 신발을 명례궁 안에 맞추어 주랴.

네 무엇을 달라고 하느냐. 네 소원을 다 일러라.

노리개 치레를 하여나 주랴. 은조롱 금조롱, 밀화불수 산호가지 밀화장도 곁칼이며, 삼천주 바둑쇠를 남산더미만큼 하여나 주랴.

나는 싫소 나는 싫소, 아무것도 나는 싫소. 고대광실도 나는 싫고, 금의옥식도 나는 싫소. 원앙충충 걷는 말에 말 태워 날 데려 가오.

5. 제비가(鷰子歌)

만첩산중 늙은 범 살찐 암캐를 물어다 놓고 에— 어루구 노닌다. 광풍에 낙엽처럼 벽허 둥둥 떠나간다. 일락서산 해는 뚝 떨어져 월출동령에 달이 솟네. 만리장천에 울고 가는 저 기러기.

제비를 후리러 나간다. 제비를 후리러 나간다. 복희씨 맺힌 그물을 두루쳐 메고서 나간다. 망당산으로 나간다. 우여— 어허어 어이구, 저 제비 네 어디로 달아나노. 백운을 박차며 흑운을 무릅쓰고 반공중에 높이 떠, 우여— 어허어 어이구 달아를 나느냐. 내 집으로 훨훨'다 오너라.

양류상에 앉은 꾀꼬리 제비만 여겨 후린다. 아하 이에에 에헤야, 네 어디로 행허느냐. 공산야월 달 밝은데, 슬픈 소리 두견성 슬픈 소리 두견제, 월도천심야삼경에 그 어느 낭군 날 찾아오리.

울림비조 뭇새들은 농춘화답 짝을 지워 쌍거쌍래 날어든다. 말 잘하는 앵무새, 춤 잘 추는 학두루미, 문채 좋은 공작, 공기 적다 공기 뚜루루루루룩 숙궁 접동, 스르라니 호반새 날어든다. 기러기 훨훨, 방울새 떨렁. 다 날아들고 제비만 다 어디로 달어나노.

만첩산중(萬疊山中) 늙은 범 살찐 암캐를 물어다 놓고 에—어르고 노닌다. 광풍(狂風)의 낙엽(落葉)처럼 벽허(碧虛)[30] 둥둥 떠나간다. 일락

---

30) 푸른 하늘이라는 의미인데, 옛날 가사에는 벽해(碧海)라고 되어 있다.

서산(日落西山) 해는 뚝 떨어져 월출동령(月出東嶺)에 달이 솟네. 만리장천(萬里長天)에 울고 가는 저 기러기.

제비를 후리러 나간다. 제비를 후리러 나간다. 복희씨(伏羲氏) 맺은 그물[31]을 두루쳐 메고서 나간다. 망탕산(芒碭山)[32]으로 나간다. 우여─ 어허어 어이구, 저 제비 네 어디로 달아나노. 백운(白雲)을 박차며 흑운(黑雲)을 무릅쓰고 반공중(半空中)에 높이 떠, 우여─ 어허어 어이구, 달아를 나느냐. 내 집으로 훨훨 다 오너라.

양류상(楊柳上)에 앉은 꾀꼬리 제비만 여겨 후린다. 아하 이에 에헤야, 네 어디로 행(行)하느냐. 공산야월(空山夜月) 달 밝은데, 슬픈 소리 두견성(杜鵑聲), 슬픈 소리 두견제(杜鵑啼), 월도천심야삼경(月到天心夜三更)에[33] 그 어느 낭군(郎君) 날 찾아오리.

울림비조(鬱林飛鳥) 뭇새들은 농춘화답(弄春和答)에[34] 짝을 지어 쌍거쌍래(雙去雙來) 날아든다. 말 잘하는 앵무(鸚鵡)새, 춤 잘 추는 학(鶴)두루미, 문채(紋彩) 좋은 공작(孔雀), 공기 적다 공기 뚜루루루루룩 숙궁 접동,[35] 스르라니 호반새 날아든다. 기러기 훨훨, 방울새 떨렁. 다 날아들고 제비만 다 어디로 달아나노.

첩첩히 깊은 산중에 늙은 호랑이가 살찐 암캐를 물어다 놓고 어르고 놀린다. 광풍에 날리는 낙엽처럼 푸른 하늘로 둥둥 떠나간다. 서산

---

31) 중국 고대의 전설상의 임금. 여러 가지를 만들었는데, 그물을 짜서 고기잡는 것도
    가르쳤다.
32) 중국에 있는 산 이름.
33) 달이 하늘 한 가운데 이르러 삼경이 되었다.
34) 무성한 수풀에 나는 새들은 봄을 희롱하며 서로 부른다.
35) 새의 울음소리를 묘사한 것이다. 새타령에 보면, "공기 격동 공기 뚜루룩 숙궁 소
    쩡"이라고 되어 있다.

으로 지는 해는 뚝 떨어지고, 동쪽 언덕으로 달이 솟아오른다. 아득히 높은 하늘에 울고 가는 저 기러기.

제비를 후리러 나간다. 제비를 후리러 나간다. 복희씨가 짠 그물을 둘러메고 나간다. 망탕산으로 나간다. 우여 어허어 어이구, 저 제비 너 어디로 달아나느냐. 흰구름을 박차고, 검은구름을 무릅쓰고, 공중에 높이 떠서, 우여 어허어 어이구, 달아나느냐? 내 집으로 훨훨 다 오너라.

버드나무 위에 앉은 꾀꼬리를 제비인줄 알고 후린다. 아하 이에에 에헤야, 너 어디로 가느냐? 빈 산에 깊은 밤 달은 밝은데, 두견이 우는 슬픈 소리, 두견이 우는 슬픈 소리. 달은 하늘 한 가운데 와서 밤은 깊은데, 그 어느 낭군이 나를 찾아 오겠는가?

울창한 숲속의 나는 새들은 봄을 희롱하며 서로 화답하여 짝을 지어 쌍쌍이 날아든다. 말 잘하는 앵무새, 춤 잘 추는 두루미, 무늬 좋은 공작, 공기 적다 공기 뚜루루루루룩 숙궁 접동, 스르라니 호반새가 날아든다. 기러기는 훨훨, 방울새는 떨렁, 다 날아들고 제비만 어디로 달아나노.

6. 형장가(刑杖歌)

형장 태장 삼모진 도리매로 하날 맞고 짐작헐까, 둘을 치고 그만 둘까, 삼십도에 맹장허니 일촌간장 다 녹는다.

"걸렸구나 걸렸구나. 일등춘향이 걸렸구나. 사또 분부 지엄허니 인정일랑 두지 마라.”

“국곡투식 허였느냐 엄형중치는 무삼 일고? 살인도모 허였느냐 항 쇄족쇄는 무삼 일고? 관전발악 허였느냐 옥골최심은 무삼 일고?”

불쌍하고 가련허다, 춘향 어미가 불쌍하다. 먹을 것을 옆에다 끼고 옥 모퉁이로 돌아들며,

“몹쓸 년에 춘향이야 허락 한 마디 허려무나.”

“아이구 어머니 그 말씀 마오. 허락이란 말이 웬 말이오. 옥중에서 죽을망정 허락허기는 나는 싫소. 새벽 서리 찬 바람에 울고 가는 기러기야. 한양성내 가거들랑 도련님께 전하여 주렴. 날 죽이오 날 죽이오, 신관사또야 날 죽이오. 날 살리오 날 살리오, 한양낭군님 날 살리오. 옥 같은 정갱이에 유혈이 낭자허니 속절없이 나 죽겠네.”

옥 같은 얼굴에 진주 같은 눈물이 방울 방울 방울 떨어진다. 석벽 강상 찬 바람은 살 쏘듯이 드리불고, 벼룩 빈대 바구미는 예도 물고 제 도 뜯네. 석벽에 섰는 매화 나를 보고 반기는 듯, 도화유수묘연히 뚝 떨어져 굽이굽이굽이 솟아난다.

형장(刑杖) 태장(笞杖)[36] 삼(三)모진 도리매로 하날치고 짐작(斟酌) 할까, 둘을 치고 그만 둘까, 삼십도(三十度)에 맹장(猛杖)[37]하니 일촌간 장(一寸肝臟) 다 녹는다.

“걸렸구나 걸렸구나. 일등춘향(一等春香)이 걸렸구나. 사또분부(使 道吩付) 지엄(至嚴)하니 인정(人情)일랑 두지 마라.”

---

36) 태형(笞刑)과 장형(杖刑). 태형은 태장으로 볼기를 치는 것이고, 장형은 곤장으로 볼기를 치는 것.
37) 매를 몹시 치는 것.

"국곡투식(國穀偸食) 하였느냐 엄형중치(嚴刑重治)는 무삼 일고? 살인도모(殺人圖謀) 하였느냐 항쇄족쇄(項鎖足鎖)는 무삼 일고? 관전발악(官前發惡)하였느냐 옥골최심(玉骨摧甚)은 무삼 일고?"38)

불쌍하고 가련(可憐)하다, 춘향 어미가 불쌍하다. 먹을 것을 옆에다 끼고 옥 모퉁이로 돌아들며,

"몹쓸 년의 춘향이야 허락 한 마디 하려무나."

"아이구 어머니 그 말씀 마오. 허락이란 말이 웬 말이오. 옥중에서 죽을망정 허락하기는 나는 싫소. 새벽 서리 찬 바람에 울고 가는 기러기야. 한양성내(漢陽城內) 가거들랑 도련님39)께 전하여 주렴. 날 죽이오 날 죽이오, 신관사또(新官使道)야 날 죽이오. 날 살리오 날 살리오, 한양낭군(漢陽郎君)님 날 살리오. 옥(玉) 같은 정갱이에 유혈(流血)이 낭자(狼藉)40)하니 속절없이 나 죽겠네."

옥 같은 얼굴에 진주 같은 눈물이 방울방울방울 떨어진다. 석벽강상41) 찬 바람은 살 쏘듯이 드리불고, 벼룩 빈대 바구미는 예도 물고 제도 뜯네. 석벽(石壁)에 섰는 매화(梅花) 나를 보고 반기는 듯, 도화유수묘연(桃花流水渺然)42)히 뚝 떨어져 굽이굽이굽이 솟아난다.

---

38) 국곡투식은 나라곡식을 훔쳐 먹는 것. 엄형중치는 엄한 형벌로 무겁게 다스림. 항쇄는 목에 씌우는 큰칼이고, 족쇄는 발에 채우는 차꼬. 관전발악은 관리 앞에서 악을 쓰는것이고, 옥골 최심은 뼈가 모두 부서졌다는 뜻.
39) 옛날에 부르던 형장가의 가사는 대부분 여기서 끝난다.
40) 피를 많이 흘려 여기저기 피가 묻어 있음.
41) 미상.
42) 이태백의 시 산중문답(山中問答)에 도화유수묘연거(桃花流水渺然去)라는 구절이 있다. 복숭아꽃은 흐르는 물에 아득히 떠내려간다는 뜻인데, 여기서는 간다는 의미로 썼다.

형장 태장 세모난 도리매로 한 대를 치고 그만둘까, 두 대를 치고 그만 둘까 하고 짐작했는데, 삼십대를 몹시 치니 일촌 간장이 다 녹는다.

"걸렸구나 걸렸구나. 일등 춘향이 걸렸구나. 사또 분부가 지엄하니 인정일랑 두지 마라."

"나라 곡식을 훔쳐 먹었느냐 엄한 형벌로 무겁게 다스리는 것은 무슨 일인가? 살인 꾀했느냐 목에는 큰칼을 씌우고 발에는 차꼬가 웬일인가? 관장 앞에서 발악하였느냐 옥 같은 뼈를 부러뜨리는 것은 무슨 일인가?"

불쌍하고 가련하다, 춘향 어미가 불쌍하다. 먹을 것을 옆에다 끼고 옥 모퉁이로 돌아들며,

"몹쓸 년의 춘향이야 허락 한 마디 하려므나."

"아이구 어머니 그 말씀 마오. 허락이란 말이 웬 말이오. 옥중에서 죽을망정 허락하기는 나는 싫소. 새벽 서리 찬 바람에 울고 가는 기러기야 한양성내 가거들랑 도련님께 전하여 주렴. 날 죽이오 날 죽이오, 신관사또야 날 죽이오. 날 살리오 날 살리오, 한양낭군님 날 살리오. 옥 같은 정강이에 흐르는 피가 낭자하니 속절없이 나 죽겠네."

옥 같은 얼굴에 진주 같은 눈물이 방울방울방울 떨어진다. 석벽강상 찬 바람은 살 쏘듯이 드리불고, 벼룩 빈대 바구미는 여기도 물고 저기도 뜯네. 석벽에 섰는 매화 나를 보고 반기는 듯, 복숭아꽃은 흐르는 물에 아득히 뚝 떨어져 굽이굽이굽이 솟아난다.

7. 유산가(遊山歌)

화란춘성허고 만화방창이라. 때 좋다 벗님네야 산천경개를 구경을 가세. 죽장망혜단표자로 천리강산 들어를 가니, 만산홍록들은 일년일도 다시 피어 춘색을 자랑노라 색색이 붉었는데, 창송취죽은 창창울울헌데 기화요초난만중에 꽃속에 자든 나비 자취 없이 날어난다.

유상앵비는 편편금이요 화간접무는 분분설이라. 삼춘가절이 좋을씨고 도화만발점점홍이로구나. 어주축수애삼춘이라든 무릉도원이 이 아니냐. 양류세지사사록허니 황산곡리당춘절에 연명오류가 이 아니냐?

제비는 물을 차고 기러기 무리져서 거지 중천에 높이 떠 두 나래 훨씬 펴, 펄—펄—펄— 백운간에 높이 떠서 천리강산 머나먼 길을 어이 갈꼬 슬피 운다. 원산 첩첩 태산은 주춤허여, 기암은 층층 장송은 낙락. 에— 허리 구부러져 광풍에 흥을 겨워 우줄우줄 춤을 춘다.

층암절벽상에 폭포수는 콸콸 수정렴 드리운 듯, 이 골 물이 수루루 루룩 저 골 물이 솰솰, 열의 열 골 물이 한데 합수허여, 천방져 지방져 소쿠라져 펑퍼져 넌출지고 방울져, 건너 병풍석으로 으르렁 콸— 콸— 콸 흐르는 물결이 은옥과 같이 흩어지니, 소부 허유 문답허든 기산 영수가 예 아니냐?

주곡제금은 천고절이요 적다정조는 일년풍이라. 일출낙조가 눈앞에 어려라 경개무궁 좋을씨고.

화란춘성(花爛春城)하고 만화방창(萬花方暢)[43]이라. 때 좋다 벗님네

야 산천경개(山川景槪)를 구경을 가세. 죽장망혜단표자(竹杖芒鞋單瓢子)44)로 천리강산(千里江山) 들어를 가니, 만산홍록(滿山紅綠)45)들은 일년일도(一年一度) 다시 피어 춘색(春色)을 자랑노라 색색이 붉었는데, 창송취죽(蒼松翠竹)은 창창울울(蒼蒼鬱鬱)46)한데 기화요초난만중(琪花瑤草爛漫中)47)에 꽃속에 자든 나비 자취 없이 날아난다.

　　유상앵비(柳上鶯飛)는 편편금(片片金)48)이요 화간접무(花間蝶舞)는 분분설(紛紛雪)49)이라. 삼춘가절(三春佳節)이 좋을씨고 도화만발점점홍(桃花滿發點點紅)50)이로구나.　어주축수애삼춘(漁舟逐水愛三春)이라던 무릉도원(武陵桃源)51)이 예 아니냐? 양류세지사사록(楊柳細枝絲絲綠)52)하니 황산곡리당춘절(黃山谷裏當春節)53)에 연명오류(淵明五柳)54)가 예 아니냐?

---

43) 봄에 성 가득히 꽃은 만발하고, 온갖 꽃이 바야흐로 한창임.
44) 대지팡이와 짚신 그리고 표주박 하나. 산천 구경하는 간단한 차림.
45) 온 산이 꽃과 나무로 붉고 푸르다.
46) 푸른 솔과 대나무는 울창한데.
47) 기이한 꽃과 아름다운 풀이 흐드러지게 핀 가운데.
48) 버들 위에 날아다니는 꾀꼬리는 한 조각 금과 같다. 편편금은 조각조각이 모두 금이라는 뜻으로, 매우 아름다운 것을 이르는 말이다.
49) 꽃 가운데 춤추는 나비는 어지러이 날리는 눈 같다.
50) 복숭아꽃은 활짝 피어 점점이 붉다.
51) 무릉도원은, 중국 당(唐)나라 시인 도연명(陶淵明)이 지은 「도화원기(桃花源記)」에 나오는 복숭아꽃이 만발한 곳으로 이상향을 말한다. 어주축수애산춘(漁舟逐水愛山春)은, 도연명의 「도화원기」에서 시상을 빌려와 왕유(王維)가 지은 「도원행(桃源行)」의 첫 구절로, "고깃배가 물을 따라 산의 봄을 사랑할 때"라는 뜻이다.
52) 버드나무의 가는 가지는 가지가지가 푸르다.
53) 황산곡(黃山谷)에서 봄철을 만난다는 뜻이지만, 중국 송(宋)나라 때 시인 황정견(黃庭堅)의 호가 산곡(山谷)이므로 황정견을 가리키키도 한다. 언어유희로 볼 수 있다.
54) 중국 진(晉)나라 시인 도연명(陶淵明)이 자기 집앞에 다섯 그루의 버드나무를 심고 스스로 호를 오류선생(五柳先生)이라고 했다.

제비는 물을 차고 기러기 무리져서 거지 중천(中天)에 높이 떠 두 나래 훨씬 펴고, 펄펄펄 백운간(白雲間)에 높이 떠서 천리강산(千里江山) 머나먼 길을 어이 갈꼬 슬피 운다. 원산(遠山)은 첩첩(疊疊) 태산(泰山)은 주춤하여, 기암(奇岩)은 층층(層層) 장송(長松)은 낙락(落落). 에ㅡ ㅡ 허리 구부러져 광풍(狂風)에 흥을 겨워 우줄우줄 춤을 춘다.

층암절벽상(層岩絶壁上)[55]의 폭포수(瀑布水)는 콸콸 수정렴(水晶簾)[56]드리운 듯, 이 골 물이 수루루루룩 저 골 물이 쏼쏼, 열의 열 골 물이 한데 합수(合水)하여, 천방(天方)져 지방(地方)져 소쿠라져 펑퍼져 넌출지고 방울져, 건너 병풍석(屛風石)으로 으르렁 콸콸 흐르는 물결이 은옥(銀玉)과 같이 흩어지니, 소부(巢父) 허유(許由) 문답(問答)하던 기산(箕山) 영수(潁水)[57]가 예 아니냐?

주곡제금(奏穀啼禽)은 천고절(千古節)[58]이요 적다정조(積多鼎鳥)는 일년풍(一年豊)[59]이라. 일출낙조(日出落照)[60]가 눈앞에 어려라 경개무궁(景槪無窮) 좋을씨고.[61]

성안에 봄이 와 온갖 꽃이 흐드러지게 핀 좋은 시절이라. 이 좋은

---

55) 층층이 바위를 쌓아놓은 것 같은 절벽.
56) 수정(水晶)으로 엮은 발.
57) 중국의 요(堯) 임금이 천하를 허유에게 넘겨주려고 했으나, 허유는 이를 거절하고 더러운 소리를 들었다며 영천의 흐르는 물에 귀를 씻었다. 이 물을 소에게 먹이려 던 소부는 그 더러운 물을 소가 먹을까봐 소를 데리고 다른 곳으로 갔다. 기산은 허유가 은거한 산 이름.
58) 주곡은 주걱새(두견이)를 한자로 쓴 것이다. 두견새 울음은 천고의 절개.
59) 소쩍새 우는 소리가 '솥 적다(積多鼎)'로 들리면 풍년이 든다고 함. 積多는 우리말 '적다'를 한자로 적은 것.
60) 아침에 해가 뜨는 것과 저녁에 해 지는 것.
61) 경치가 한없이 좋다는 뜻.

때에 벗님들이여 산천의 경치를 구경 가세. 대지팡이에 짚신 신고, 표주박 하나 들고 천리 강산을 들어가니, 온 산에 붉고 푸른 꽃과 나무는 일년에 한 번 다시 피어 봄색을 자랑하노라 색색이 붉고, 푸른 솔과 싱싱한 대나무는 울창하고, 기이한 화초는 탐스럽게 피었는데, 꽃속에서 자던 나비가 자취없이 날아간다.

버드나무 위에서 날아 다니는 꾀꼬리는 금조각 같이 아름답고, 꽃 사이에서 춤추는 나비는 눈 날리는 것 같다. 아름다운 봄이 좋을씨고, 복숭아꽃은 만발하여 붉게 피었구나. 고깃배가 물길을 따라가며 봄의 산 경치를 사랑한다는 싯귀에 나오는 복숭아꽃 피는 이상향이 여기가 아니냐? 버드나무 가는 가지는 가지마다 푸르른데, 황산곡에서 봄을 맞으니, 오류선생 도연명이 살던 곳이 여기가 아니냐?

제비는 물을 차며 날고, 기러기는 무리 지어 거진 하늘 한 가운데 높이 떠서 두 날개를 펴고 펄펄 날아가며, 흰 구름 사이에 높이 떠가며 천리강산 머나먼 길을 어떻게 갈까 하며 슬피 운다. 먼산은 첩첩하고 태산은 주춤하며, 기이한 바위는 층층이 쌓여 있고, 우뚝 서 있는 키 큰 소나무는 허리가 구부러져 미친듯한 바람에 흥이 겨워 우줄우줄 춤을 춘다.

층층이 쌓인 바위 절벽 위에서 폭포수가 콸콸 쏟아지는 것이 마치 수정으로 만든 발을 드리운 것 같고, 이 골 물은 솔솔, 저 골 물은 솰솰, 열 골의 물이 한데 합쳐져서 이리저리 솟구치고 펑퍼지며, 넌출지고 방울져서 저 건너에 있는 병풍같은 큰 바위로 으르렁 콸콸 흘러가 부딪쳐 은구슬같이 흩어지니, 여기가 바로 소부와 허유가 서로 얘기하던 기산 영수가 아니냐?

두견이 우는 소리는 천고의 절개이고, 솥 적다고 우는 소쩍새 소리에 한 해가 풍년이라. 아침에 해 뜨고 저녁에 해 지는 것이 눈앞에 벌였으니, 그 경치가 한없이 좋을씨고.

8. 집장가(執杖歌)

집장군노 거동을 봐라. 춘향을 동틀에다 쫑그라하니 올려매고, 형장을 한아름을 디립다 덤석 안어다가 춘향이 앞에다가 좌르르 펼뜨리고, 좌우 나졸들이 집장 배립하야, "분부 듣쭈어라. 여쭈어라 바로바로." "아뢸 말삼 없소. 사또안전에 죽여만 주오."

집장군노 거동을 봐라. 형장 하나를 고르면서, 이놈 집어 느긋느긋, 저놈 집어 능청능청. 춘향이를 곁눈을 주며, "저 다리 들어라, 골 부러질라. 눈 감어라 보지를 마라. 나 죽은들 너 매우 치랴느냐. 걱정을 말고 근심을 마라."

집장군노 거동을 봐라. 형장 하나를 골라 쥐고 선뜻 들고 내닫는 형상, 지옥문 지키었든 사자가 철퇴를 들어미고 내닫는 형상, 좁은 골에 벼락치듯 너른 들에 번개하듯 십리만치 물러섰다가 오리만치 달려들어와서 하나를 디립다 딱 부치니. "어이구 이 일이 웬 일이란 말요. 어이구."

"야, 년아 말 듣거라. 꽃은 피었다가 저절로 지고, 잎은 돋았다가 다 뚝뚝 떨어져서, 허 한치 광풍에 낙엽이 되여, 청버들을 좌르르 훑터 맑고 맑은 구곡지수에다가 둥기덩실 지두덩실 흐늘거려 떠나려 가는

구나. 말이 못된 네로구나."

　집장군노(執杖軍奴)62) 거동을 봐라. 춘향(春香)을 동틀에다 쫑그라니 올려매고, 형장(刑杖)63)을 한아름을 들입다 덥석 안아다가 춘향의 앞에다가 좌르르 펼뜨리고, 좌우 나졸(邏卒)들이 집장(執杖) 배립(排立)64)하여,
　"분부(吩付) 들주어라. 여쭈어라 바로바로."
　"아뢸 말삼 없소. 사또안전(使道案前)에 죽여만 주오."
　집장군노 거동을 봐라. 형장 하나를 고르면서, 이놈 집어 느긋느긋, 저놈 집어 능청능청. 춘향이를 곁눈을 주며,
　"저 다리 들어라, 골(骨) 부러질라. 눈 감아라 보지를 마라. 나 죽은들 너 매우 치랴느냐. 걱정을 말고 근심을 마라."
　집장군노 거동을 봐라. 형장 하나를 골라 쥐고 선뜻 들고 내닫는 형상(形狀), 지옥문(地獄門) 지키었던 사자(使者)가 철퇴(鐵槌)를 들어메고 내닫는 형상, 좁은 골에 벼락치듯 너른 들에 번개하듯 십리만치 물러섰다가 오리만치 달여 들어와서 하나를 들입다 딱 부치니.
　"아이구 이 일이 웬 일이란 말요. 어이구."
　"야 년아 말 듣거라. 꽃은 피었다가 저절로 지고, 잎은 돋았다가 다 뚝뚝 떨어져서, 허 한치65) 광풍(狂風)의 낙엽이 되어, 청버들을 좌르르 훑어 맑고 맑은 구곡지수(九曲之水)66)에다가 둥기덩실 지두덩실 흐늘

---

62) 집장은 매를 치는 일을 집행하는 것이고, 군노는 그 일을 맡은 사람이다.
63) 죄인을 때릴 때 쓰는 길고 넓적한 막대기.
64) 줄지어 죽 늘어섬.
65) 옛날 가사에는 '허 한치'가 '허허한치나'로 되어 있다. 무슨 뜻인지 알 수 없다.
66) 굽이굽이 구부러진 시내.

거려 떠나려 가는구나. 말이 못된 네로구나."

　　매를 치는 군노의 거동을 봐라. 춘향이를 형틀에다 쫑그라니 올려매고, 형장을 한아름 들입다 덥석 안아다가 춘향이 앞에다 좌르르 펼쳐놓고, 좌우 나졸들이 형장을 들고 죽 서서,
　　"분부를 들어라. 바로바로 여쭈어라."
　　"아뢸 말씀 없소. 사또 안전에 죽여만 주오."
　　매를 치는 군노의 거동을 봐라. 형장 하나를 고르면서, 이 놈 집어 느긋느긋, 저 놈 집어 능청능청하며, 춘향이에게 곁눈을 주며,
　　"저 다리 들어라, 뼈 부러질라. 눈 감아라 보지를 마라. 내가 죽더라도 너를 매우 치겠느냐. 걱정 말고 근심 마라."
　　매를 치는 군노의 거동을 봐라. 형장 하나를 골라 쥐고 선뜻 들고 내닫는 형상은 지옥문 지키는 사자가 쇠몽둥이를 들쳐메고 내닫는 형상으로, 좁은 골에 벼락치듯 너른 들에 번개하듯 십리만치 물러섰다가 오리만치 달려들어와서, 하나를 들입다 딱 치니.
　　"아이구 이 일이 웬 일이란 말이오. 아이구."
　　"이 년아 말 듣거라. 꽃은 피었다가 저절로 지고, 잎은 돋았다가 다 뚝뚝 떨어져서 허 한치나 광풍에 낙엽이 된다. 청버들을 좌르르 훑어 맑고 맑은 구곡지수에다가 둥기덩실 지두덩실 흐늘거려 떠나려 가는구나. 말이 못된 네로구나."

9. 달거리(月令歌)

네가 나를 볼 양이면, 심양강 건너와서 연화분에 심었든 화초 삼색 도화 피었드라. 이 신구 저 신구, 잠자리 내 신구. 일조낭군이 네가 내 건곤이지. 아무리 허여도 네가 내 건곤이지.

정월이라 십오일에 망월허는 소년들아. 망월도 허려니와 부모 봉양 생각세라. 이 신구 저 신구, 잠자리 내 신구. 일조낭군이 네가 내 건곤이지. 아무리 허여도 네가 내 건곤이지.

이월이라 한식날에 천추절이 적막이로다. 개자추에 넋이로구나. 면산에 봄이 드니 불탄 풀 속잎 난다. 이 신구 저 신구 잠자리 내 신구. 일조낭군이 네가 내 건곤이지. 아무리 허여도 네가 내 건곤이지.

삼월이라 삼짇날에 강남서 나온 제비 왔노라 현신헌다. 이 신구 저 신구 잠자리 내 신구. 일조낭군이 네가 내 건곤이지. 아무리 허여도 네가 내 건곤이지.

적수단신 이내 몸이 나래 돋친 학이나 되면 훨—훨— 수루루룩 가련마는. 나아하에 지루에도 산이로구나.

안올림벙거지에 진사상모를 덤벅 달고, 만석당혜를 좌르르 끌며 춘향아 부르는 소리 사람에 간장이 다 녹는다. 나아하에 지루에도 산이로구나.

경상도 태백산은 상주 낙동강이 둘러 있고, 전라도 지리산은 뒤치강이 둘러 있고, 충청도 계룡산은 공주 금강이 다 둘렀다. 나아하에 지루에에도 산이로구나.

좋구나 매화로다. 에헤야 데헤야 에헤야 에— 디여라. 사랑도 매화
로다.

인간 이별 만사중에 독수공방이 상사난이란다. 좋구나 매화로다.
에헤야 데헤야 에헤야 에— 디여라. 사랑도 매화로다.

안방 건너방 가루다지 국화 새김에 완자무늬란다. 좋구나 매화로
다. 에헤야 데헤야 에헤야 에— 디여라. 사랑도 매화로다.

어저께 밤에도 나가 자고. 그저께 밤에는 구경가고. 무삼 염치로 삼
승 버선에 볼 받아 달래나. 좋구나 매화로다. 에헤야 데헤야 에헤야 에
— 디여라. 사랑도 매화로다.

나 돌아감네 나 돌아감네 떨떨거리고 나 돌아가누나. 좋구나 매화
로다. 에헤야 데헤야 에헤야 에— 두견이 울어라 사랑도 매화로다.

네가 나를 볼 양이면, 심양강(潯陽江) 건너와서 연화분(蓮花盆)에
심었던 화초 삼색도화(三色桃花) 피었더라.67)

이 신구 저 신구, 잠자리 내 신구. 일조낭군(一朝郎君)이 네가 내 건
곤(乾坤)68)이지. 아무리 하여도 네가 내 건곤이지.

정월이라 십오일에 망월(望月)69)하는 소년들아. 망월도 하려니와
부모 봉양 생각세라.

이 신구 저 신구 잠자리 내 신구. 일조낭군이 네가 내 건곤이지. 아
무리 하여도 네가 내 건곤이지.

---

67) 심양강은 중국 강소성(江蘇省) 구강현(九江縣)을 지나는 강 이름, 연화분은 연꽃 모
양의 화분, 삼색도화는 세 가지 색의 꽃이 피는 복숭아나무.
68) 건곤은 온 세상을 가리키므로 여기서는 내 사랑이라는 뜻이다.
69) 달맞이.

이월이라 한식(寒食)날에 천추절(千秋節)이 적막(寂寞)이로다. 개자추(介子推)의 넋이로구나. 면산(緜山)에 봄이 드니 불탄 풀 속잎이 난다.[70]

이 신구 저 신구 잠자리 내 신구. 일조낭군이 네가 내 건곤이지. 아무리 하여도 네가 내 건곤이지.

삼월이라 삼짇날에 강남(江南)서 나온 제비 왔노라 현신(現身)한다.

이 신구 저 신구 잠자리 내 신구. 일조낭군이 네가 내 건곤이지. 아무리 하여도 네가 내 건곤이지.

적수단신(赤手單身)[71] 이내 몸이 나래 돋친 학(鶴)이나 되면 훨훨 수루루룩 가련마는.

나아하에 지루에에도 산이로구나.

안올림벙거지에 진사상모(眞絲象毛)를 덤벅 달고, 만석 당혜(唐鞋)를 좌르르 끌며 춘향(春香)아 부르는 소래. 사람의 간장(肝臟)이 다 녹는다.[72] 나아하에 지루에에도 산이로구나.

경상도 태백산(太白山)은 상주(尙州) 낙동강(洛東江)이 둘러 있고, 전라도 지리산(智異山)은 두치강(豆治江)[73]이 둘러 있고, 충청도 계룡산(鷄龍山)은 공주(公州) 금강(錦江)이 다 둘렀다. 나아하에 지루에에도 산이로구나.

좋구나 매화로다. 어헤야 데헤야 에헤야 에ー 디여라. 사랑도 매화

---

70) 중국 진(晉)나라 사람 개자추가 면산에서 불에 타 죽었으므로, 이 날은 불을 피우지 않고 찬 음식을 먹는다.
71) 아무 것도 가진 것이 없는 홀몸.
72) 안올린벙거지는 장교 이상이 쓰는 벙거지, 진사상모는 명주실로 만든 상모, 만석 당혜는 당혜 가운데도 좋은 것이라는 의미인 듯.
73) 동국여지승람(東國與地勝覽)에 두치진(豆治津)이 하동현(河東縣)에 있는 것으로 보아 섬진강을 말한다.

로다.

인간 이별 만사중(萬事中)에 독수공방(獨守空房)이 상사난(相思難)이란다.[74] 좋구나 매화로다 어헤야 데헤야 에헤야 에— 디여라 사랑도 매화로다.

안방 건넌방 가루다지 국화 새김의 완자무늬란다. 좋구나 매화로다 어헤야 데헤야 에헤야 에— 디여라 사랑도 매화로다.

어저께 밤에도 나가 자고. 그저께 밤에는 구경가고. 무슨 염치로 삼승(三升) 버선에 볼 받아 달람나. 좋구나 매화로다. 어헤야 데헤야 에헤야 에— 디여라 사랑도 매화로다.

나 돌아감네 에헤 나 돌아감네. 떨떨거리고 나 돌아가노라. 좋구나 매화로다 어헤야 데헤야 에헤야 에— 두견이 울어라 사랑도 매화로다.

네가 나를 볼 양이면, 심양강 건너와서 연화분에 심었던 화초 삼색 도화 피었더라.

이 친구 저 친구, 잠자리 내 친구. 하룻밤 낭군인 네가 내 사랑이지. 아무리 하여도 네가 내 사랑이지.

정월이라 십오일에 달놀이하는 소년들아. 달놀이도 하려니와 부모 봉양 생각하라. 이 친구 저 친구, 잠자리 내 친구. 하룻밤 낭군인 네가 내 사랑이지. 아무리 하여도 네가 내 사랑이지.

이월이라 한식날에 천추절이 적막이로다. 개자추의 넋이로구나. 면산에 봄이 드니 불탄 풀에 속잎이 난다. 이 친구 저 친구, 잠자리 내 친구. 하룻밤 낭군인 네가 내 사랑이지. 아무리 하여도 네가 내 사랑이지.

---

74) 인간의 많은 이별 가운데 사랑하는 사람과 헤어져 혼자 빈방을 지키고 있는 것이 가장 어렵다.

삼월이라 삼짇날에 강남에서 나온 제비가 왔다고 문안인사한다. 이 친구 저 친구, 잠자리 내 친구. 하룻밤 낭군인 네가 내 사랑이지. 아무리 하여도 네가 내 사랑이지.

빈손에 홀몸인 이내 몸이 날개 돋친 학이나 되면 훨훨 수루루룩 가련마는. 나아하에 지루에 에도 산이로구나.

안올린벙거지에 진사상모를 덤벅 달고, 만석당혜를 좌르르 끌며 '춘향아' 하고 부르는 소리에 사람의 간장이 다 녹는다. 나하에 지루에 에도 산이로구나

경상도 태백산은 상주 낙동강이 둘러 있고, 전라도 지리산은 두치강이 둘러 있고, 충청도 계룡산은 공주 금강이 다 둘렀다. 나아하에 지루에 에도 산이로구나

좋구나 매화로다. 어헤야 데헤야 에헤야 에— 디여라. 사랑도 매화로다.

인간 이별 만사중에 독수공방이 상사난이란다. 좋구나 매화로다 어헤야 데헤야 에헤야 에— 디여라 사랑도 매화로다.

안방 건넌방의 가로닫이 문은 국화무늬에 완자무늬란다. 좋구나 매화로다 어헤야 데헤야 에헤야 에— 디여라 사랑도 매화로다.

어저께 밤에도 나가 자고. 그저께 밤에는 구경가고. 무슨 염치로 삼승 버선을 기워달라고 하나. 좋구나 매화로다. 어헤야 데헤야 에헤야 에— 디여라 사랑도 매화로다.

나 돌아가네 에헤 나 돌아가네. 떨떨거리고 나 돌아가노라. 좋구나 매화로다 어헤야 데헤야 에헤야 에— 두견이 울어라 사랑도 매화로다.

10. 소춘향가(小春香歌)

춘향에 거동 봐라. 오인손으로 일광을 가리고 오른손 높이 들어 저 건너 죽림 보인다. 대 심어 울허고 솔 심어 정자라. 동편에 연정이요 서편에 우물이라. 노방에 시매고후과요 문전에 학종선생류. 긴 버들 휘늘어진 늙은 장송 광풍에 흥을 겨워 우쭐 활활 춤을 춘다.

"사리문 안에 삽사리 앉어 먼 산을 바라보며 꼬리치는 저집이오니, 황혼에 정녕이 돌아를 오소."

떨치고 가는 형상 사람에 간장을 다 녹이느냐. 아하, 너는 어연 계집 아희관데 나를 종종 속이느냐. 아하, 너는 어연 계집 아희관데, 에 헤, 장부간장을 다 녹이느냐.

녹음방초승화시에 해는 어이 아니 가노. 오동야월 달 밝은데 밤은 어이 수이 가노. 일월무정 덧없도다. 옥빈홍안이 공노로다. 우는 눈물 받아 내면 배도 타고 가련마는 지척동방 천리로다. 바라를 보니 눈에 암암.

춘향(春香)의 거동(擧動) 봐라. 오인손으로 일광(日光)을 가리고 오른손 높이 들어 저 건너 죽림(竹林) 보인다. 대 심어 울하고 솔 심어 정자(亭子)라. 동편(東便)에 연정(蓮亭)이요 서편(西便)에 우물이라. 노방(路傍)에 시매고후과(時賣故侯瓜)요 문전(門前)에 학종선생류(學種先生柳).75) 긴 버들 휘늘어진 늙은 장송(長松) 광풍(狂風)에 흥을 겨워 우쭐 활활 춤을 춘다.

　　"사립문 안에 삽사리 앉아 먼 산을 바라보며 꼬리치는 저집이오니,
황혼(黃昏)에 정녕(丁寧)히 돌아를 오소."
　　떨치고 가는 형상(形狀) 사람의 간장(肝臟)을 다 녹이느냐. 아하, 너
는 어연 계집 아희관데 나를 종종 속이느냐. 아하, 너는 어연 계집 아
희관데, 에헤, 장부간장(丈夫肝臟)을 다 녹이느냐.
　　녹음방초승화시(綠陰芳草勝華時)[76]에 해는 어이 아니 가노. 오동야
월(梧桐夜月) 달 밝은데 밤은 어이 수이 가노. 일월무정(日月無情) 덧없
도다. 옥빈홍안(玉鬢紅顔)이 공로(空老)[77]로다. 우는 눈물 받아 내면 배
도 타고 가련마는 지척동방(咫尺洞房) 천리(千里)[78]로다. 바라를 보니
눈에 암암(暗暗).

　　춘향의 거동 봐라. 왼손으로 햇빛을 가리고, 오른손 높이 들어 저
건너 대나무숲을 가리킨다. 대나무 심어 울타리하고, 소나무 심어 정자
를 만들었다. 동쪽에는 연꽃 핀 정자요, 서쪽에는 우물이 있다. 길거리
에서 동릉후의 오이를 팔고, 문앞에 버드나무를 심은 것은 도연명에게
배웠다. 긴 버드나무 가지와 휘늘어진 오래된 큰 소나무 가지는 광풍
에 흥이 겨워 우쭐우쭐, 활활 춤을 춘다.
　　"사립문 안에 삽살개가 앉아서 먼 산을 바라보며 꼬리치는 저 집이

---

75) 중국 당(唐)나라 왕유(王維)의 시 「노장행(老將行)」의 한 구절로, "때로는 길가에서
　　동릉후(東陵侯)의 오이를 팔고, 문 앞에 버드나무 심는 것은 도연명(陶淵明)에게 배
　　운다."는 뜻이다. 중국 진(秦)나라의 소평(召平)은 동릉후에 봉해졌으나 나라가 망하
　　자 오이를 팔아 생계를 이었고, 도연명은 벼슬을 그만두고 집앞에 버드나무 다섯
　　그루를 심고 스스로 오류선생(五柳先生)이라고 했다는 고사가 바탕이다.
76) 우거진 나무 그늘과 향기로운 풀이 꽃보다 더 나은 때. 초여름을 말한다.
77) 옥같이 아름다운 머리와 발그레한 얼굴이 헛되이 늙는다.
78) 가까운 곳에 있는 침실이 천리나 멀리 떨어진 것 같다.

우리집이오니, 해 떨어질 무렵에 꼭 오세요."

하고, 옷을 떨치고 가는 형상은 사람의 간장을 다 녹인다. 아아, 너는 어떤 계집앤데 나를 종종 속이느냐. 아아, 너는 어떤 계집앤데 장부의 간장을 다 녹이느냐.

우거진 나무그늘과 향기로운 풀이 꽃보다 아름다운 초여름에, 해는 어이하여 빨리 가지 않고, 오동나무에 달빛 비추는 달밝은 밤은 어이하여 이리 빨리 가는가. 무정한 세월은 덧없이 지나가니, 아름다운 얼굴이 헛되이 늙어간다. 우는 눈물을 받아내면 배도 타고 갈 수 있겠는데, 가까운 춘향의 방이 천리나 되는 것 같다. 바라보니 눈앞에 선하구나.

11. 평양가(平壤歌)79)

갈까보다, 가리 갈까보다, 임을 따러 임과 둘이 갈까보다. 잦은 밥을 다 못 먹고, 임을 따러 임과 둘이 갈까보다. 부모 동생 다 이별허고, 임을 따러 임과 둘이 갈까보다.

불붙는다 불이 불붙는다. 평양성내 불이 불붙는다. 평양성내 불이 불붙으면 월선이 집이 행여 불 갈세라. 월선이 집이 불이 불붙으면 육방관속이 제가 제 알리라.

"가세 가세 노리 놀러 가세. 월선이 노리 놀러를 가세."

---

79) 옛날 노래집에는 이 노래의 제목이 <평양가>가 아니고 <갈가타령>으로 되어 있다.

월선이 나와 소매를 잡고,

"가세 가세 어서 들어를 가세."

"놓소 놓소 노리 놓소그려, 직령 소매 노 노리 놓소그려."

떨어진다 떨어진다 떨어진다 떨어진다. 직령 소매 동 동이 동떨어진다. 상침 중침 다 골라 내여 세모시 당사로 가리 감춰 줌세.

갈까보다, 가리 갈까보다, 임을 따라 임과 둘이 갈까보다. 잦은 밥을 다 못 먹고, 임을 따라 임과 둘이 갈까보다. 부모(父母) 동생 다 이별하고, 임을 따라 임과 둘이 갈까보다.

불붙는다 불이 불붙는다. 평양성내 불이 불붙는다. 평양성내 불이 불붙으면 월선이 집이 행여 불 갈세라. 월선이 집이 불이 불붙으면 육방관속(六房官屬)[80]이 제가 제 알리라.[81]

"가세 가세 노리 놀러 가세. 월선이 노리 놀러를 가세."

월선이 나와 소매를 잡고,

"가세 가세 어서 들어를 가세."

"놓소 놓소 노리 놓소그려, 직령(直領)[82] 소매 노 노리 놓소그려."

떨어진다 떨어진다 떨어진다 떨어진다. 직령 소매 동 동이 동떨어진다. 상침(上針) 중침(中針) 다 골라 내어 세(細)모시 당사(唐絲)[83]로 가리 감춰 줌세.

---

80) 지방 관청에 소속된 아전.

81) 옛날 가사에는, "월선이 집이 불이 붙으면 육방관속이 부불리 불 꺼줄까"라고 되어 있다.

82) 옛날 옷의 한 가지로, 소매가 넓고 깃이 빳빳한 웃옷.

83) 상침은 좋은 바늘, 중침은 중간 정도 질의 바늘. 세모시는 고은 모시이고, 당사는 중국에서 수입한 명주실이다.

갈까 보다, 갈까 보다, 임을 따라 임과 둘이 갈까 보다. 물이 잦아진 밥도 다 못 먹고, 임을 따라 임과 둘이 갈까 보다. 부모 동생 다 이별하고, 임을 따라 임과 둘이 갈까 보다.

불붙는다 불이 불붙는다. 평양성안에 불리 불붙는다. 평양성안에 불이 불붙으면 월선이 집에 행여 불이 옮겨 갈세라. 월선이 집에 불이 붙으면 육방의 아전들 저희들은 알리라.

"가세 가세 놀러 가세. 월선이 놀러 가세."

월선이 나와 소매를 잡고,

"가세 가세 어서 들어 가세."

"놓으시오, 놓으시오, 놓으시구려, 직령 소매 놓으시구려."

떨어진다 떨어진다 떨어진다 떨어진다. 직령 소매 동이 떨어진다. 좋은 바늘에 좋은 감에 좋은 실로 떨어진 것 꿰메서 감춰 줌세.

12. 십장가(十杖歌)

전라좌도 남원 남문 밖 월매 딸 춘향이가 불쌍허고 가련허다.

하나 맞고 허는 말이, "일편단심 춘향이가 일종지심 먹은 마음 일부종사하쟀더니 일각일시 낙미지액에 일일칠형 무삼 일고."

둘을 맞고 허는 말이, "이부불경 이내 몸이 이군불사 본을 받어 이수중분백로주 같소. 이부지자 아니어든 일구이언은 못허겠소."

셋을 맞고 허는 말이, "삼한갑족 우리 낭군 삼강에도 제일이요. 삼춘화류승화시에 춘향이가 이도령 만나 삼배주 나눈 후에 삼생연분 맺었기로, 사또 거행은 못 하겠소."

넷을 맞고 하는 말이, "사면 차지 우리 사또 사서삼경 모르시나. 사시장춘 푸른 송죽 풍설이 잦아가도 변치 않소. 사지를 찢어다가 사방으로 두르서도 사또 분부는 못듣겠소."

다섯 맞고 허는 말이, "오매불망 우리 낭군 오륜에도 제일이요. 오날 올까 내일 올까, 오관참장 관운장같이, 날랜 장수 자룡같이, 우리 낭군만 보고지고."

여섯 맞고 허는 말이, "육국유세 소진이도 날 달래지 못하려니. 육례연분 훼절헐 제, 육진광포를 질끈 동여 육리청산 버리서도 육례연분은 못 잊겠소."

일곱 맞고 허는 말이, "칠리청탄 흐르는 물에 풍덩실 넣으서도, 칠월칠석 오작교에 견우직녀 상봉처럼 우리 낭군만 보고지고."

여덟 맞고 허는 말이,

"팔자도 기박하다. 팔괘로 풀어봐도 벗어날 길 바이없네. 팔년풍진 초한시에 장량같은 모사라도 팔진광풍 이 난국을 모면하기 어렵거든. 팔팔결이나 틀렸구나. 애를 쓴들 무엇허리."

아홉 맞고 하는 말이, "구차한 춘향이가 굽이굽이 맺힌 설움 구곡지수 아니어든 구관 자제만 보고지고."

열을 맞고 허는 말이, "십악대죄 오날인가. 십생구사할지라도 십왕전에 매인 목숨 십륙세에 나는 죽네. 비나이다 비나이다 하나님전 비나이다. 한양 계신 이도령이 암행어사 출도하여 이내 춘향을 살리소서."

전라좌도(全羅左道)84) 남원(南原) 남문(南門) 밖 월매(月梅) 딸 춘향(春香)이가 불쌍하고 가련하다.

하나 맞고 하는 말이,

"일편단심(一片丹心) 춘향이가 일종지심(一從之心) 먹은 마음 일부종사(一夫從事)하쟀더니 일각일시(一刻一時) 낙미지액(落眉之厄)에 일일칠형(一日七刑) 무삼 일고."85)

둘을 맞고 하는 말이,

"이부불경(二夫不更) 이내 몸이 이군불사(二君不事) 본을 받아 이수중분백로주(二水中分白鷺洲) 같소. 이부지자(二父之子) 아니어든 일구이언(一口二言)은 못하겠소."86)

셋을 맞고 하는 말이,

"삼한갑족(三韓甲族) 우리 낭군 삼강(三綱)에도 제일이요. 삼춘화류승화시(三春花柳勝華時)에 춘향이가 이도령(李道令) 만나 삼배주(三盃酒) 나눈 후에 삼생연분(三生緣分) 맺었기로, 사또 거행(擧行)은 못 하겠소."87)

---

84) 조선조 때는 각 도를 지금과 같이 남북으로 나누지 않고 동서로 나누어서, 동쪽은 좌도(左道), 서쪽은 우도(右道)라고 했다. 남원은 전라좌도에 속했다.

85) '일'자로 첫 글자를 시작하도록 운을 맞춘 것이다. 이 아래도 각기 숫자로 운을 맞췄다. 일편단심은 한 조각 정성스러운 마음. 일종지심은 한 사람을 좇겠다는 마음. 일부종사는 한 남편을 섬기는 것. 일각일시 낙미지액은 갑자기 눈앞에 닥친 재앙. 일일칠형은 하루에 일곱 번이나 형벌을 당함.

86) 이부불경은 두 남편을 바꾸는 것. 이군불사는 두 임금을 섬김. 이수중분백로주는 두 강물은 백로주를 중간을 갈라 흐른다는 뜻으로 이태백의 시 등금릉봉황대(登金陵鳳凰臺)의 한 귀절임. 여기서 이 싯귀는 특별한 뜻은 없이 '이'자로 시작하기 때문에 쓴 것이다. 이부지자는 아버지가 둘인 사람. 일구이언은 한 입으로 두 말을 하는 것.

87) 삼한갑족은 우리나라에서 으뜸가는 집안. 삼강은 삼강오륜의 삼강으로 임금과 신

넷을 맞고 하는 말이,

"사면(四面) 차지 우리 사또 사서삼경(四書三經) 모르시나. 사시장
춘(四時長春) 푸른 송죽(松竹) 풍설(風雪)이 잦아가도 변치 않소. 사지
(四肢)를 찢어다가 사방으로 두르셔도 사또 분부는 못듣겠소."

다섯 맞고 하는 말이,

"오매불망(寤寐不忘) 우리 낭군 오륜(五倫)에도 제일이요. 오날 올
까 내일 올까, 오관참장(五關斬將) 관운장(關雲長)같이, 날랜 장수 자룡
(子龍)같이, 우리 낭군만 보고지고."88)

여섯 맞고 하는 말이,

"육국유세(六國遊說) 소진(蘇秦)이도 날 달래지 못하리니. 육례연분
(六禮緣分) 훼절(毀節)할 제, 육진광포(六鎭廣布)로 질끈 동여 육리청산
(六里靑山) 버리셔도 육례연분(六禮緣分)은 못 잊겠소."89)

일곱 맞고 하는 말이,

"칠리청탄(七里靑灘)90) 흐르는 물에 풍덩실 넣으셔도, 칠월칠석 오

하, 아버지와 자식, 부부 사이에 지켜야할 도리. 삼촌화류승화시는 버들이 꽃보다
아름다운 봄. 삼생연분은 전생, 이생, 후생에 걸쳐 끊을 수 없는 깊은 인연으로 부
부 사이의 인연을 말함.
88) 오매불망은 사랑하는 사람을 꿈속에서도 잊지 못함. 오륜은 삼강오륜의 오륜. 오
관참장 관운장은 관운장이 조조를 떠나 다섯 관문을 지나면서 조조의 부하 여섯명
을 죽인 일. 자룡은 유비의 장군 조운.
89) 소진은 여섯 나라를 돌아다니면서 강한 진(秦)나라를 막기 위해 여섯나라가 연합
해야 한다고 각 나라 임금을 설득하여 연합을 성사시켰다. 육례는 옛날에 혼인을
하기 위한 여섯 가지 절차를 말한다. 육례연분은 정식 혼인절차로 맺어진 인연. 육
진광포는 조선시대 북쪽 변방의 육진에서 나는 폭이 넓은 베. 육리청산은 6리 떨어
진 공동묘지.
90) 칠리청탄은 7리가 되는 푸른 여울이란 뜻이나, 칠리탄(七里灘)은 중국 후한(後漢)
의 엄자릉(嚴子陵)이 벼슬을 하지 않고 숨어 살던 곳이다.

작교(烏鵲橋)에 견우직녀(牽牛織女) 상봉(相逢)처럼 우리 낭군만 보고
지고.”

　여덟 맞고 하는 말이,

　“팔자(八字)도 기박(奇薄)하다. 팔괘(八卦)로 풀어봐도 벗어날 길 바
이없네. 팔년풍진초한시(八年風塵楚漢時)에 장량(張良)같은 모사(謀士)
라도 팔진광풍(八陣狂風)이 난국(難局)을 모면(冒免)하기 어렵거든. 팔
팔결이나 틀렸구나. 애를 쓴들 무엇하리.”[91]

　아홉 맞고 하는 말이,

　“구차(苟且)한 춘향이가 굽이굽이 맺힌 설움 구곡지수(九曲之水) 아
니어든 구관(舊官) 자제(子弟)[92]만 보고지고.”

　열을 맞고 하는 말이,

　“십악대죄(十惡大罪) 오날인가. 십생구사(十生九死)할지라도 시왕전
(十王前)에 매인 목숨 십륙세(十六歲)에 나는 죽네. 비나이다 비나이다
하나님전 비나이다. 한양(漢陽) 계신 이도령(李道令)이 암행어사(暗行御
使) 출또하여 이내 춘향을 살리소서.”[93]

　전라좌도 남원 남문밖에 사는 월매의 딸 춘향이가 불쌍하고 가련
하다.

---

91) 팔자는 사람이 태어난 년(年), 월(月), 일(日), 시(時)의 간지(干支)로, 이것에 따라 인
　간의 운명이 정해진다고 한다. 팔괘는 음양(陰陽)으로 이루어진 여덟 가지 괘로 주
　역(周易)의 기본 괘이다. 팔괘로 풀어보는 것은 점을 친다는 뜻이다. 팔년풍진초한
　시는 중국의 초(楚)나라와 한(漢)나라가 8년 동안 싸운 그 시절. 장량은 한나라를 위
　해 많은 꾀를 내었다. 팔진은 진을 치는 방법이다. 팔진광풍은 진을 쳤는데, 바람이
　몹시 부는 어려운 상황을 말한다. 팔팔결은 아주 틀린 것.
92) 먼저 번의 수령의 아들이니 이도령을 가리킨다.
93) 십악대죄는 조선 시대의 열 가지 큰 죄. 십생구사는 아홉번 죽었다가 열번을 살아
　남. 시왕은 저승에서 죽은 사람을 재판한다는 열 명의 대왕.

하나 맞고 하는 말이,

"일편단심 춘향이가 한 번 따르겠다고 먹은 마음으로 한 남편을 섬기려고 했더니, 갑자기 눈앞에 재액이 닥쳐서 하루에 일곱 번 형벌을 받으니 이것이 무슨 일인고."

둘을 맞고 하는 말이,

"남편을 바꾸는 일은 하지 않은 이 내 몸이, 두 임금을 섬기지 않는 충열을 본받아, 이수는 백로주를 둘로 나누는 것 같소. 두 아버지의 자식이 아니어든 한 입으로 두 가지 말은 못하겠소."

셋을 맞고 하는 말이,

"우리 나라에서도 으뜸가는 집안의 자식인 우리 낭군은 삼강에도 제일이요. 버들꽃이 꽃보다 아름다운 봄에 춘향이가 이도령을 만나 석 잔 술 나눈 후에 삼생연분 맺었기로, 사또의 명령은 따르지 못하겠소."

넷을 맞고 하는 말이,

"사면을 차지하고 있는 우리 사또 사서삼경 모르시나. 언제나 푸른 소나무와 대나무는 바람과 눈이 잦아도 변하지 않소. 팔다리를 찢어다가 사방에 둘러도 사또 분부는 못듣겠소."

다섯 맞고 하는 말이,

"꿈에도 잊지 못하는 우리 낭군은 오륜에도 제일이요. 오늘 올까 내일 올까, 다섯 관문의 장수들을 다 목 베인 관운장같이, 날랜 장수 조자룡같이, 우리 낭군만 보고지고."

여섯 맞고 하는 말이,

"여섯 나라를 다니면서 임금들을 달래던 소진이도 날 달래지는 못하리니. 정식 혼인을 치른 연분을 훼절시키려고, 육진에서 나는 폭이 넓은 베로 나를 질끈 동여매어 육리 떨어진 공동묘지에 버려도, 이도령과 혼인한 연분은 못 잊겠소.”

일곱 맞고 하는 말이,

“칠리탄처럼 맑게 흐르는 물에 풍덩실 넣으셔도, 칠월칠석 오작교에 견우와 직녀가 상봉하는 것처럼 우리 낭군만 보고지고.”

여덟 맞고 하는 말이,

“팔자도 기박하다. 점을 쳐봐도 벗어날 길 바이없네. 팔년 동안 초나라와 한나라가 싸우던 때, 한나라의 장량같은 모사라도, 팔진을 쳤는데, 광풍이 불어대는 이 어려운 형국을 모면하기 어렵구나. 팔팔결이나 틀렸구나. 애를 쓴들 무엇하리.”

아홉 맞고 하는 말이,

“구차한 춘향이가 굽이굽이 맺힌 설움 아홉구비 구부러진 시냇물 아니어든 지난번 사또 자제 이도령만 보고지고.”

열을 맞고 하는 말이,

“열 가지 큰 죄를 다스리는 날이 오늘인가. 구사일생할지라도 시왕전에 매인 목숨 십륙세에 나는 죽네. 비나이다 비나이다 하나님전 비나이다. 서울에 계신 이도령이 암행어사 출또하여 이 내 춘향을 살리소서.”

송　서

묵계월 전승 서울식 송서 연구*

성 기 련(서울대·수원대 강사)

1. 머리말

송서(誦書)란 고문(古文)이나 옛 소설 등 글을 읽을 때에 가락을 넣어 구성지게 읽어 나가는 것을 말한다. 송서는 독서성에서 출발한 음악 양식으로 글방에서 책을 읽는 독서성과 비슷한 음악적 특징을 가지고 있다. 그러나 송서에 어느 정도 선율구성의 특징과 사설붙임 방식이 존재하는데 비해 독서성은 개인마다 읽는 방식의 편차가 커서 양식적 특성을 뚜렷하게 규명하기가 어렵다. 다시 말해서 독서성은 글 읽는 사람의 음악성에 따라 매우 단순할 수도 있고 노래에 가까울 수도 있으며 곡조도 즉흥적이어서 규칙성을 찾아내기 어렵다는 점에서 송

서와 구별되는 것이다.

장사훈은 송서에 대해 다음과 같이 기술한 바 있다.[1]

> 고문이나 옛 소설에 가락을 넣어 구성지게 읽어 나가는 것. 엄밀한
> 뜻에서 음악이라 할 수 없음. 예전 안동 기생은 <대학>, 영흥 기생은
> <출사표>를 잘 외웠는데, 국악을 즐기는 층 중에서 유식한 사람들 가
> 운데에는 송서와 영시(詠詩)를 잘 읊는 이가 있어 1950년 무렵까지도 방
> 송의 한 종목으로 등장한 때가 있었음. 이 송서의 종목은 대개 <전적벽
> 부>(前赤壁賦)·<후적벽부>(後赤壁賦)·<출사표>(出師表)·굴원(屈原)의
> <어부사>(漁父辭)·<삼설기>(三說記)와 같은 것들임.

이창배는 『한국가창대계』에서 송서에 대해 다음과 같은 의견을 제
시하고 있다.[2]

> 송서(誦書)란 글을 읽는 것을 말한다. 그러나 글방에서 읽는 식과는
> 달리 멋을 넣어서 읽는다. 그래서 예전에 안동 기생은 <대학>을 읽었
> 고, 함흥 기생은 공명의 <출사표>를 잘 읽었으며, 영흥 기생은 <용비
> 어천가>를 잘 읽었다고 한다. 『고문진보』에 나오는 전·후 <적벽부>와
> <어부사>는 보통 사서(四書)나 삼경(三經)을 외는 것과는 또 조금 다르
> 다. 그러나 <삼설기>나 <추풍감별곡>은 더욱 멋스럽고 소릿조에 가
> 까운 송서식이다. <삼설기>는 서울식 송서요, <추풍감별곡>[3]은 서도

---

1) 장사훈, 『국악대사전』(서울: 세광음악출판사, 1984), 430쪽 참조.
2) 이창배, 위의 책, 357쪽 참조.
3) 이창배의 『한국가창대계』에는 '<관산융마>는 서도식 송서로서'라고 기술되어 있
  으나, 여기서 <관산융마>는 내용상 <추풍감별곡>이라고 해야 옳다. 이는 출판
  과정에서 잘못 인쇄된 실수로 보인다.

식 송서로서, 청(淸)을 붙여서 멋스럽고 구성지게 넘어가는 특유한 송서
이다.

장사훈과 이창배는 송서에 대해 글을 구성지게 읽어나가는 음악
갈래로 국악을 전문적으로 하는 이들이 즐겨 했었다는 점과 대표적인
송서 레퍼토리들을 공통적으로 지적하고 있다.

이창배와 장사훈의 기술에서 각 지방마다 즐겨 불리는 고문과 그
로 유명한 기생들이 있었음을 알 수 있는데, 지금도 지방을 다니다 보
면 전통 음악문화를 경험하고 보유하고 있는 70세에서 80세 이상이 된
일반 고로(古老)들이 글을 읽을 때에 낭랑하게 곡조에 얹어 부르는 경
우를 찾을 수 있으며, 특히 경북의 상주, 선산 등지 반촌의 연세 드신
종손 며느님들 중에는 여전히 <적벽부>나 <출사표> 등을 소리내어
즐겨 읽는 분들이 있다. 이로 보아 전통사회에서 일반인들에 의해 즐
겨 읽혔던 <출사표>나 굴원의 <어부사> 등의 몇몇 유명한 글들이
언젠가부터 기생이나 가객처럼 전문적으로 소리하는 이들에 의해 음
악적으로 세련되면서 송서라는 음악갈래가 완성된 것으로 보인다. 독
서성은 일반인 누구나 부를 수 있는 것으로 대단한 음악성 없이도 가
능한 것이지만, 송서는 그 음악양식에 익숙하도록 음악적 훈련을 받은
사람이 아니면 부르기 어려운 소리라는 점도 두 갈래의 차이를 잘 보
여주는 예이다.

전통사회가 붕괴되면서 송서 향유문화는 사라져가고 있고 20세기
후반에 들어서는 전문 음악인들에 의해 송서가 연주회장에서 불리는
경우도 흔하지 않다. 다행히 1930년대에 서울지역 가객인 이문원에게
서울식 송서를 학습한 경기소리 명창 묵계월이 <삼설기>에 이어 이

문원의 또 다른 서울식 송서 레퍼토리인 <짝타령>과 <등왕각서> 등을 복원해 내어 앞으로 서울식 송서가 다시 전승될 수 있는 가능성을 열었으며, 또한 문화재연구소에서 최근 소장하고 있던 박헌봉의 시창과 송서 자료를 CD 자료화하여 시창과 송서에 대한 학계의 관심을 불러일으킬 수 있는 계기가 마련되었다. 본고에서는 묵계월의 증언을 중심으로 1930년대 서울 지역의 송서 향유문화와 가객 이문원으로부터 묵계월로 이어지는 송서 전승과정, 그리고 묵계월이 전수한 서울식 송서의 음악적 특징을 살펴보고자 한다.

2. 20세기 초엽 경기소리 창자의 공연문화

19세기 이래 도시문화의 발달과 함께 서울지역에서는 다양한 갈래의 음악문화가 꽃피기 시작하여 19세기 말에서 20세기 초엽까지 그 발달의 절정에 달했다. 현존 경기소리 창자들 중 묵계월 명창은 10대에 소리공부를 시작하고 여러 공연 활동에 참여하여 1930년대 서울지역의 음악문화를 직접 체험한 산 증인이다. 묵계월 명창은 2001년 7월 3일과 2001년 12월 10일, 그리고 2002년 6월 25일 세 차례에 걸쳐 서대문 학원에서의 면담을 통해 소리 학습 과정 등에 대해 상세히 증언해 주셨다.[4] 그의 증언을 중심으로 1930년대 서울 지역에서 활동한 경기

---

4) 이 자리에는 이보형 선생님(고음반연구회장)께서 함께 해 대담을 이끌어 주셨다. 본고에서 인용한 묵계월 명창의 증언은 위의 세 차례 대담에서 채록한 것이다. 본

소리 창자들의 공연문화의 일면을 살펴 보겠다.

묵계월의 본명은 이경옥이며 1921년 辛酉生으로, 묵계월은 10세 경인 1930년 무렵에 소리공부를 시작했다고 한다. 처음에는 관철동 학원에서 이광식에게 소리를 배웠으며 이후 주수봉, 김윤태, 최정식 등에게 시조, 가사, 12잡가 등을 두루 배웠다고 한다. 묵계월이 여러 선생에게 소리를 익힌 것은 선생마다 제도가 달랐기 때문이라고 하는데, 그들은 각기 장기로 내세우는 소리와 계통도 달랐던 것으로 보인다. 예를 들어 주수봉은 시조와 가사를 주로 했고 김윤태는 시조·지름시조·가사와 잡가를 했는데 그 중에서도 12잡가를 주전공으로 했다고 한다.

묵계월의 증언을 통하여 20세기 초엽 서울 지역에서 시조·지름시조·가사와 잡가를 주로 부르던 경기 명창들은 대개 서울 장안과 서울 근교를 주 활동권으로 하여 ①깊은 사랑, ②사랑방, ③극장 무대, ④라디오,5) ⑤사적인 연회 등에서 활동했음을 알 수 있다. 한편, 20세기 전반기 당시에는 경기 선소리 산타령을 하는 창자들은 시조 및 가사, 잡가를 하던 창자들과는 다른 공연문화를 가지고 있었으므로 함께 공연하거나 이들을 접할 기회는 많지 않았다고하며 이를 통해 전통사회에서는 같은 서울지역에서 활동하는 창자들이라도 계통에 따라 공연양

고에서는 묵계월 명창의 증언이 학술적 가치가 있다고 판단하여 대담 내용 중 중요한 부분을 그대로 옮겼다.

5) 『경성방송국 국악방송곡 목록』을 통해서 확인한 1930년대 전반기 묵계월의 방송 출연 기록은 다음과 같다. 아래의 방송 기록은 『경성방송국 국악방송곡 목록』(성남: 정신문화연구원, 2000), 157쪽 참조.

  1933. 10. 8(일) 12:05 — 小女歌唱會 1. 긴잡가
  　　　　　　　　　　　가) 遊山歌
  　　　　　　　　　　　나) 제비가
  　　　　　　　　　　　다) 執杖歌　墨桂月

상이 분명히 구분되었다는 사실을 다시 한 번 확인할 수 있다.

> 성기련: 선생님 활동하신 게 서울 장안의 사랑방하고요, 근교의 깊은 사
> 랑하고요. 더 멀리는 안 나가시고요? 서울 밖으로는요?
> 묵계월: 서울 밖으로는 별로 안 나갔어요.
> 성기련: 서울 밖에는 또 활동하시는 분들이 계셨나요?
> 묵계월: 잘 모르겠어요.
> 성기련: 선소리하시는 분들도 잘 모르시죠?
> 묵계월: 그 옛날에 한 분들은 다 돌아가고.
> 성기련: 같이 공연을 할 기회가 별로 없으셨나요?
> 묵계월: 선소리를 내가 한 것이 나이가 들어서 했기 때문에 그 전에 그
> 분들을 내가 별로 접촉을 안 했어요.

묵계월 명창이 직접 체험한 공연문화 중 극장 공연과 라디오 방송
은 20세기 초엽 이후 새로 생성된 공연 환경에서 이루어진 것이고, 깊
은 사랑이나 사랑방에서의 공연은 전통적인 공연 환경에서 이루어진
것이다. 서울의 극장무대와 라디오를 통한 공연양상은 신문이나 방송
기록을 통해서도 알 수 있으므로 여기서는 이러한 기록매체에 잘 기록
되지 않은 깊은 사랑과 사랑방을 중심으로 한 공연양상을 중점적으로
살피기로 하겠다.

'깊은 사랑'이란 마을의 공회당 역할을 하는 장소로 보통 농사가
끝난 후 겨울에 땅을 반지하로 파서 만든 움막으로 되어 있었다고 한
다. 깊은 사랑을 꾸미는 방법이나 크기, 용도는 마을마다 조금씩 차이
가 있지만 서울과 서울 근교 마을에서는 정월에 한두 번씩 전문적인
소리꾼들을 불러 크게 마을 잔치를 벌였다고 한다. 묵계월에 의하면

특히 한남동과 왕십리·사근동·뚝섬·만리재·서빙고·화양리(현 구이동)
등 서울과 근교의 마을에 있는 깊은 사랑에 소리속을 잘 아는 사람들
이 많았다고 하며, 이런 곳에서 소리할 때는 시조·여창지름·남창지름·
가사를 부르고 다음으로 12잡가를 불렀으며 마지막으로 짧은 민요를
여흥으로 불렀다고 한다. 다음은 묵계월이 깊은 사랑에서의 공연 순서
와 종목에 대해 증언한 내용이다.

성기련: 깊은 사랑에서 공연하실 때 공연 순서가 시조서부터 지름시조,
　　　　가사 그런 거 다 하고 그 다음에 12잡가 하시고요.
묵계월: 네. 소리를 많은 시간에 하니까 길고 늘어지는 것을 먼저 다
　　　　해요.
성기련: 얼마나 길게 하시는데요, 보통?
묵계월: 거기 깊은 사랑 가면 저녁을 먹고 시작을 해요. 그래서 밤 1-2시
　　　　까지 소리를 하고 놀아요. 밤새도록 해도 그분들은 시원찮죠. 1
　　　　년에 한 번 두 번 동네 잔치로 하니까.
성기련: 몇 분이나 가세요?
묵계월: 소리하는 사람은 한 서너 너댓명, 또 악기하는 사람 한두 분 갈
　　　　때도 있고 안 갈 때도 있고. 동네마다 틀려요. 악기를 하면 소
　　　　리를 못 듣는다고 악기 불지 말라고 하는 동네도 있어요.
성기련: 12잡가를 마지막으로 하시나요? 아니면 12잡가 끝에…
묵계월: 짧은 민요를 하죠. 젊은 사람들이 흥에 겨워 춤도 추고 그래야
　　　　하니까. 그러니까 상중하(上中下)가 다 모여 있어요. 깊은 사랑
　　　　에. 노인들을 위해서는 시조 모두 가사, 12잡가 어느 정도 하고.
　　　　중간 연령되는 분들은 듣기 좋게 소리하라고 해서 그런 소리를
　　　　해야 하고, 나중에 젊은 층들은 흥에 겨워서 억지로 참고 있으
　　　　니까, 민요 이것저것 다 하고 창부타령도 하고.

성기련: 그러면 시조나 가사 이런 것 할 때 노인분들이 같이 하기도 하
시나요?
묵계월: 거기서 좀 끼가 있는 분들은 따라 하기는 하지만 우리하고 맞
지는 않죠.
이보형: 가사는 주로 무엇무엇 하셨어요?
묵계월: 가사는 주로 수양산가, 황계사 그런 정도로 대부분 하죠.
이보형: 휘모리 잡가는 안 하고요?
묵계월: 왜요, 하죠.
이보형: 12잡가 긴 잡가 다음에 휘모리 잡가…
묵계월: 네, 소리란 소리는 다 털어 놔야 해요.
이보형: 그럼 3, 4, 5명이 갔으면 돌아가면서 합니까?
묵계월: 휘모리잡가는 같이 하죠.
성기련: 시조도요?
묵계월: 네.
이보형: 그럼 다 합창하겠네요?
묵계월: 네, 다 합창으로 하다가 민요는 따로 하죠.
성기련: 가사도 같이 하시고요?
묵계월: 네.

그런데 이런 '깊은 사랑'에서는 송서를 '무슨 뜻인지 몰라서' 싫어
하여 <삼설기>와 같은 송서를 부르는 일은 없었다고 한다. 20세기 초
엽 이문원이 불러 유성기 음반에 남긴 서울식 송서인 <삼설기>와 <짝
타령>, <등왕각서> 등은 모두 대가댁이나 글을 아는 유식한 이들의
사랑방에서 향유되던 음악 갈래였다.

성기련: 이런 데(깊은 사랑)서 송서는 안 좋아한다고 그러셨죠?

묵계월: 네, 그분들이 글을 모르는 분들이니까 잘 못 알아 들어요.
이보형: 송서는 서울 장안에 대가댁 사랑방 같은 데서…
묵계월: 네, 그렇죠.

　　묵계월은 14살에서 15살 무렵에도 사랑에 혼자 가서 소리를 하곤
했다고 한다. 사랑방에 있는 노인들은 자손들이 경제적 능력이 어느
정도 갖추어진 사람들로 특별히 봄·여름·가을·겨울을 막론하고 자기
네 집 뒷채에 사랑을 크게 만들어 가지고 친구들 만나서 얘기하고 소
리 들으며 시간을 보내었다고 하는데, 이들이 즐겨 듣던 소리는 시조,
12잡가로 12가사를 부르는 경우도 있긴 하지만, 12잡가가 더 선호되었
다고 한다.

성기련: 선생님, 사랑도 가끔 가셨어요?
묵계월: 네, 가끔이 아니라 주로 그 사랑방에 많이 갔어요. 노인들이 조
　　　　그만 거 소리 잘 한다고 불러다가 소리 들으시려고 오라 그래
　　　　서 가고 그랬어요.
성기련: 그럼 선생님 주로 뭐 하셨어요?
묵계월: 시조 이런 거…내가 배운 기초서부터 하루 종일 하니까.
성기련: 낮에 가셨어요?
묵계월: 네, 아침 먹고 가면은 저녁 때까지 소리를 하고 놀다가 하고 놀
　　　　다가 하고, 당신네들 얘기 좀 하시다가 너 소리 한 번 해라 그
　　　　러면 또 하고.
성기련: 그러면 가사나 잡가도 하셨나요? 아니면 시조만 하셨나요?
묵계월: 시조도 하고 잡가도 12잡가…
성기련: 가사도 하시나요? 12가사?
묵계월: 가사도 뭐 할 때도 있고 안 할 때도 있고…

성기련: 주로 12잡가를 더 좋아하세요?

묵계월: 잡가를 더 좋아하기보다는 조금 더 선뜩선뜩하니까 듣기가 더
　　　　좋으신가 봐요.

이보형: 어떤 것들 하셨어요?

묵계월: 뭐, 유산가, 적벽가 뭐 그런 것들을 좋아하시죠.

또한, 사랑방에 모인 이들은 송서 <삼설기>와 <짝타령>을 좋아
하였는데, 묵계월이 송서를 잘 부르던 이문원을 만나 서울식 송서를
전승할 수 있게 된 계기도 사랑방으로 소리 공연을 다니다가 이문원을
만났기 때문에 마련되었다고 한다. 다음으로는 20세기 초엽 서울의 송
서 향유문화와 가객 이문원에게 묵계월이 서울식 송서를 전승하게 된
과정을 살펴보겠다.

3. 묵계월의 서울식 송서 전승

1) 20세기 초엽 서울의 송서 향유문화와 가객 이문원

20세기 전반기에 출판된 가사집이나 잡가집, 그리고 유성기 음반
목록 등을 살펴보면 현재는 전승되지 않는 다양한 소리들이 불리고 있
었음을 알 수 있는데, 송서도 당시 유행하던 여러 소리 양식의 하나였
다. 20세기 전반기에 발매된 유성기 음반 목록을 보면 송서가 여러 번
취입되었음을 알 수 있는데, 유성기 음반 취입은 사전에 상업성이 어

느 정도 예측되어야 이루어졌다는 점을 고려하면 적어도 1930년대까지만 해도 송서나 혹은 시창과 같은 낭송조 소리의 향유층이 상당수 존재하고 있었던 것을 알 수 있다. 또한,『경성방송국 국악방송곡 목록』에 의해 송서가 라디오 방송으로도 여러 차례 방송되었음이 드러난다.6)

1933. 12. 25(월) 21:00 -	詩吟	<時調, 秋風感別曲>	李大源7)
1935. 5. 14(화) 21:00 -	誦書와 詠詩	<藤王閣序, 關山戎馬>	申國均
1935. 8. 13(화) 21:00 -	誦書	<時調, 지름, 前「赤壁賦」>	李文源/金永根(大笒)
1935. 11. 12(화) 21:00 -	誦書	<秋聲○賦8), 竹樓○>	申國均
1936. 3. 5(목) 21:00 -	詠詩와 誦書	<時調, 三說記>	李文源
1936. 5. 14(목) 21:45 -	時調와 誦書	<時調, 三說記>	李文源
1936. 8. 10(월) 21:00 -	時調와 誦書	<時調, 藤王閣序>	張玉花
1936. 9. 20(일) 20:20 -	時調와 誦書	<時調, 짝타령>	李文源
1937. 5. 15(토) 20:25 -	時調와 誦書	<時調, 짝타령>	李文源
1937. 7. 19(월) 21:55 -	誦詩及 誦書	<琵琶行, 赤壁賦(전편)>	趙娘子
1937. 11. 18(목) 20:55 -	誦書	<後赤壁賦, 出師表>	劉聖玉

이로써 1930년대까지만 해도 송서나 혹은 시창과 같은 낭송조 소리의 향유층이 상당수 존재하고 있었으며, 송서를 잘 했던 창자층도

---

6)『경성방송국 국악방송곡 목록』(성남: 정신문화연구원, 2000), 169, 236, 247, 256, 270, 279, 289, 295, 331, 339, 353쪽 참조.

7)『경성방송국 국악방송곡 목록』에는 李大源으로 되어 있으나 이는 매일신보 광고 기사를 판독하는 과정에서 잘못 추정한 것으로 보이며, 시조와 송서인 <추풍감별곡>을 함께 부른 것으로 보아서 李文源이 옳은 것으로 보인다.

8)『경성방송국 국악방송곡 목록』을 작성하는 과정에서 매일신보의 방송목록에 기록된 <後赤壁賦>의 '後赤壁'의 세 자를 '秋聲○'으로 잘못 판독하여 생긴 것으로 추정된다.

두터웠던 것이 증명된다. 특히 1930년대 송서 관련 방송 11회 중 이문원은 6회에 출연하여 송서 분야에서 그의 명성이 매우 높았음을 확인시켜 준다.9)

20세기 초 이래 가장 널리 알려진 송서로는 서도식 송서인 <추풍감별곡>이 있지만 서울 지역에서 이문원이 부른 서울식 송서는 이와는 음악적 특징 및 향유양상에 있어서 차이가 있다. 서도식 송서가 잡가류를 부르는 창자에 의해 불려서 소위 서도소리 음악문화권인 황해도 및 평안도, 그리고 서울지역에 이르기까지 다양한 향유층을 확보하며 대중적인 인기를 얻었던 것에 비해서 서울식 송서는 보다 좁은 지역권에서 소수의 향유층을 대상으로 향유되었던 것으로 보인다.10)

1930년대 초 콜럼비아사에서 서울식 송서를 취입한 창자로는 장옥화와 이문원이 있다. 이 두 창자에 대해서는 현재 생몰연대와 활동상황 등이 구체적으로 알려지지 않았지만, 유성기 음반을 여러 장 취입한 것으로 보아 20세기 초엽 서울 지역에서 어느 정도 이름이 알려져 있던 창자임을 알 수 있다. 장옥화와 이문원이 콜럼비아사에서 취입한 유성기 음반들은 1933년 발매되었는데, 그 목록은 다음과 같다.

---

9) 이와 관련하여 당시 라디오 방송 편성을 담당하였던 이혜구 박사는 노인층에게 송서가 상당히 인기 있었으며, 이문원이 가장 유명하였다고 증언하였다. 2003년 1월 12일 이혜구 대담.

10) <추풍감별곡>은 많은 서도소리 창자가 즐겨 부르던 곡인데, 서도식 요성을 낭랑하게 넣어 김죽사, 김정연, 오복녀 등 많은 창자가 즐겨 부르던 레퍼토리이다. 서도식 송서인 <추풍감별곡>을 잡가(雜歌)로 분류하는 경우도 있으나, 이는 20세기 초기 서도소리 창자들의 공연종목을 구체적으로 세분하지 않은 채로 모두 '서도 잡가'로 분류하던 관습에서 나온 것으로 옳지 않다. 성음으로 볼 때 오히려 시조목과 같은 정가(正歌)쪽 목에 가깝다고 볼 수 있다.

Taihei GC-3037(CK-6)	詩朗吟 藤王閣序	장옥화
Columbia 40387-A·B(21644)	古代小說朗讀 삼설긔(上)	李文源
Columbia 40387-A·B(21645)	古代小說朗讀 삼설긔(下)	李文源
Columbia 40390-B(21653)	時調 平調	李文源
Columbia 40390-B(21651)	詩朗吟 藤王閣序	李文源
Columbia 40345-A(21646)	詩朗吟 唐音	李文源
Columbia 40345-B(21652)	詩朗吟 짝타령	李文源

　　이문원이 취입한 소리들은 시조를 제외하고는 송서(誦書)와 당음,[11] 그리고 <짝타령> 등 모두 시낭음(詩朗吟) 혹은 낭독(朗讀)이라는 제목이 붙어 있는 낭송조의 소리이며, 장옥화의 경우도 역시 시낭음이라고 하여 등왕각서를 녹음했다. 이와 같이 장옥화와 이문원이 녹음한 소리들은 일반적으로 경기소리 창자들이 부르는 소리가 아니어서 이 두 창자의 활동양상이 주목된다. 장옥화에 대해서는 현재 증언해 줄 수 있는 제보자를 찾지 못했지만, 이문원에 대해서는 다행히도 그에게 직접 소리를 받은 묵계월을 통해 그의 활동양상과 음악세계, 그리고 묵계월에게로의 전수 과정 등에 대해서 알 수가 있다.

　　묵계월이 이문원에게 처음 소리를 배운 것은 16세 때 즉 1936년인데 당시 이문원이 50대가 넘었던 것으로 기억된다고 하니 그는 1880년

---

11) 『당음』은 오언절구(五言絶句)로 된 당시(唐詩)를 모아놓은 책이다. 서당에서 글을 배울 때는 『천자문』부터 시작하여 『사자소학』을 배운 후, 바로 『동몽선습』이나 『계몽』편으로 가기도 하고 아주 어린아이들은 5언절구로 된 『추구』를 그 사이에 배운다. 『당음』은 대개 『명심보감』을 떼고 『소학』을 배우기 직전 배운다고 하는데 이보형 선생님에 의하면 아이들끼리 여름에 야외에서 함께 당음이라고 하여 율을 넣어 소리내어 노래하곤 했다고 한다. 이와 같이 『당음』은 책을 가리키는 것이지만, '율을 넣어 노래부르는 특정한 곡조 혹은 갈래'를 지칭하기도 한다.

대 경에 출생한 것으로 추정해 볼 수 있다.

성기련: 묵계월 선생님이 이문원 선생한테 처음 배운 것은 16살 때지요?
　　　　처음에 배우신 것이?
묵계월: 처음에 삼설기를 배웠어요. 다른 것은 다른 데서 다 배웠으니까.
성기련: 그런데, 이문원 선생님이 그때 50대 가량 되셨나요?
묵계월: 오십이 좀 넘으신 것 같아요. 좀 늙수그레하셨으니까.

묵계월이 이문원에 대해 증언한 바에 의하면, 그는 서울 출신이며
부인과 자손이 없고 일정한 주거지도 없이 이 사랑 저 사랑을 다니며
과객 노릇을 하였다고 한다. 시조와 지름시조를 주로 하였다고 하며,
목이 좋고 시조를 잘 할 뿐 아니라 성격도 '사분사분'하여 사랑방의 노
인들이 좋아했다고 한다.

성기련: 사랑방에서 소리를 듣는 친구분들이라는 분들도 소리를 하시나
　　　　요?
묵계월: 아니요, 소리를 하시는 분들은 아니죠.
성기련: 학자들인가요? 학자들이라구는 할 수 없고 다 옛날분들이니까
　　　　한문 정도야 이제. 요새말로 부잣집 아들들을 잘 둬서 편안히
　　　　사는 아버지. 그런 사랑으로 우리 선생님이. 이 사랑으로 저 사
　　　　랑으로 다녔어요.
성기련: 사랑으로만 주로 다니셨죠? 다른 데서는 공연 안 하시고요?
묵계월: 예, 다른 데서 하신 것은 기억이 없어요.
이보형: 그러면, 이문원씨가 이제 시조도 하시고 송서도 하시고 그런단
　　　　말이죠? 사랑에 가시면? 그러면 그 어른이 개런티를 얼마나 받
　　　　으셨는지 그건 모르시구요?

묵계월: 그건 모르죠.

이보형: 그러면 사랑방 가서 하루밤 놀고 가시는 거에요?

묵계월: 개런티를 받지 않고 그냥 거기가 당신 집이야, 쉽게 얘기하자면.

성기련: 며칠씩 계시고요?

묵계월: 이 사랑 가서 며칠 쉬다가…아, 이 선생 우리집 안 오쇼? 우리
　　　　사랑 안 오쇼? 그러면 또 그리 가서 며칠씩 있고…

　　묵계월은 이문원이 가곡이나 잡가, 12가사를 하는 것은 들어보지
못했다고 하였는데 그가 20세기 초기에 극장 무대에 선 기록도 발견되
지 않는 것을 보면 그는 대중적인 공연 활동은 전혀 하지 않았던 것으
로 보인다.

　　성기련: 이문원 선생님은 주로 혼자서 다니셨어요?

　　묵계월: 혼자 다니셨지. 다른 분이 뭐 삼설기라던가 하시는 분이 없으니
　　　　　　까 자연히 혼자…

　　성기련: 이문원 선생님이 시조를 하셨다고 그러셨죠? 또 뭐 잘 하셨어요?

　　묵계월: 지름시조도 잘 하시고 그랬어요.

　　성기련: 가곡은요?

　　묵계월: 가곡은 하는 것 못 들었어요.

　　성기련: 가사나 잡가는 못 들으시고요?

　　묵계월: 네, 잡가는 더더군다나 못 듣고요.

　　묵계월의 증언을 통해 볼 때 이문원은 가곡이나 가사, 잡가와 같은
경기소리를 전문으로 한 가객 혹은 창자와 교류가 있지는 않았으며 시
조를 주 전문으로 하여 전통적인 공연 장소인 사랑방을 중심으로 전통
적인 공연을 하던 가객이었다. 사랑방에서 송서를 부르고 즐기던 송서

향유문화가 1930년대 당시 소멸되어 가던 전통사회에서의 음악문화의 일부분이었다는 점에서 묵계월의 송서 전승 과정을 고찰하는 것은 그 사적 가치가 크다. 다음으로는 묵계월이 이문원에게 송서를 학습하는 과정과 계기를 구체적으로 살펴 보겠다.

2) 묵계월의 서울식 송서 전승

묵계월 경기소리 명창은 현재 활동 중인 경기소리 창자들 중 유일하게 이문원에게 소리를 학습하였으며, 이문원을 독선생으로 모셔서 소리를 배웠다고 했다. 묵계월은 1930년대 당시에 이문원 외에는 송서를 할 줄 아는 것으로 알려진 경기소리를 몰랐다고 하였으며, 묵계월이 이문원에게 중점적으로 배운 소리도 송서였다.

성기련: 그럼 본격적으로 소리배우신 것이…
묵계월: 네, 16살 때 사랑방 노인들이 '이선생, 얘를 좀 삼설기 가르치시오, 가르치시오' 자꾸 그러시더라구요. 그러니까, 지금도 이렇게 적은데 너무 적고 어리니까 얘가 그걸 해낼까 하고 안 가르쳐주시더라구요. 그런데, 16살쯤 되니까 나도 조금 자랐고 자꾸 또 주위에서 얘를 가르쳐주셔야지 이게 남아있지 그렇지 않으면은 당신만 알다가 돌아가면 고만이라고 자꾸 노인들이 충고하고.
성기련: 그런데, 처음에는 이문원 선생님을 어디서 처음 보셨어요?
묵계월: 그런 사랑을 갔었어요.

　　묵계월은 이문원에게 송서 중에서도 <삼설기>를 가장 먼저 그리고 오랫동안 배웠으며 <짝타령>이나 <등왕각서>의 경우에는 배우긴 했어도 <삼설기>만큼 오랜 시간을 투자하여 배우지 못했다고 한다.

> 성기련: 삼설기를 처음에 오랫동안 배우셨다고 그러셨잖요? 여러달 걸렸나요?
> 묵계월: 여러달 걸렸죠. 요만큼씩 떼어서 가르쳐 주시니까.
> 성기련: 그럼 짝타령은 쭉 안 배우다가 나중에 배우셨죠?
> 묵계월: 네, 삼설기를 주로 다 떼고나서 이런 짝타령도 있단다 하고 하시더라구요. 그거 재미있고 좋으네요. 그러니까 조금 가르쳐 주시다가 인제 선생님하고 만날 기회도…

　　묵계월의 송서 학습은 구전심수의 전통적인 방식으로 이루어져서 따로 사설을 적어서 배운 것이 아니었기 때문에 <삼설기> 한 곡을 배우는데 여러 달이 걸렸다고 한다. 학습을 하는 방법은 적당한 길이의 단락을 정해서 선생님이 부르면 따라 부르며 배우고 다 익히면 그 다음 진도를 나가는 식이었다고 한다.

> 성기련: 짝타령이나 삼설기 배우실 때 사설을 적어서 배우셨나요? 아니면…
> 묵계월: 아니요, 사설 적어주지 않으시죠.
> 성기련: 그냥 외우세요?
> 묵계월: 네, 입으로 그냥 외우죠.

　　이문원이 <삼설기>를 가르칠 때 따로 사설을 보고 가르친 것이 아니라 곡을 전부 외워서 가르쳤다는 것을 보면 이문원이 어느 정도 글공부를 한 사람이 아니었나 추정되기도 하지만[12] 그러한 사실에 대해서 현재 확인할 수는 없다. 다만 이문원의 소리를 즐겨 듣는 향유자들은 어느 정도 글공부를 한 지식인층으로 잡가나 민요를 좋아하는 일반적인 경기소리 향수자들과는 성격이 달랐던 것은 확실하다. 따라서, 송서의 향유층은 20세기 초엽 전통사회가 무너지고 신교육을 중심으로 하는 학교교육 체제가 도입되는 과정에서 급격하게 줄어들 수 밖에 없었다.

이문원이 상업적 성공 여부가 중요시되는 유성기 음반에 <등왕각서>나 <삼설기>, <짝타령>을 녹음했던 사실로 미루어 1930년대까지만 해도 송서의 향유층이 상당수 존재하고 있었다고 볼 수 있지만 서울 지역의 이러한 송서 향유문화는 20세기 초엽에 이미 젊은 세대로 이어지지 못하고 사라져가고 있었다.

일제 강점 이후 전통사회가 붕괴되고 외부로부터 유입된 음악문화 중심으로 음악문화가 새로이 생성되는 과정에서 잡가나 가사, 민요와 같은 대중적인 경기소리에 비해서 상대적으로 향유층이 적은 <짝타령>과 같은 소리는 극장무대와 라디오 등에서 인기 있게 연주되던 다른 공연종목에 밀려 전승과 공연의 대상에서 점차 제외되었다. 묵계월 역시 18세 이후 점차 소리 실력을 인정받고 인기가 높아지자 공연활동에 바빠져서 이문원에게 송서를 더 학습하거나 사랑방에서 송서를 부를 기회를 자주 갖지는 못하였다고 한다.

---

12) 그가 취입한 <삼설기>나 <등왕각서>의 사설은 매우 정확한 편인데 이와 같이 암송하여 부를 수 있었던 것은 글 내용을 잘 이해하고 있었기에 가능한 것으로 추측되기 때문이다.

묵계월이 <삼설기> 외에 <짝타령>이나 <등왕각서>의 학습에
오랜 시간 공을 들이지 못했던 것과 20세기 초엽 당시 활발하게 활동
하던 다른 창자가 송서를 학습하지 않았던 사실도 20세기 초엽의 음악
문화 변동과 밀접하게 연관이 있다.

성기련: 송서 같은 것도 그때 배운 사람이 없었죠?
묵계월: 없어요. 그게 사랑을 갔기 때문에 성사가 되었죠, 사랑 안 갔으면.
이보형: 다른 분들도 사랑 가셨을 것 아니에요?
묵계월: 다른 분들도 갔지만 삼설기를 배우려고 하지도 않고 노인네들
이 애 가르쳐야 한다고 권하지도 않고 그러니까 선생님이 가르
치려고도 안 하고 나나 그저 애 하나만 가르치면 된다고 하고.
성기련: 말하자면 추천받으신 거네요?
묵계월: 네, 그랬죠. 운이 좋았죠. 삼설기를 배우게 된 때는 운이 좋았
어요.
성기련: 원래 이문원선생님이 제자 욕심도 없고 그러신가 보죠?
묵계월: 네, 없으세요. 그냥 무덤덤하시고 그냥 그러신 분이에요.

묵계월은 이문원에게 서울식 송서를 배운 것이 '운이 좋았기 때문'
이라고 표현했는데, 묵계월이 1936년에서 1937년 당시 이문원에게 송
서를 전수받지 않았다면 20세기 후반을 거쳐 21세기까지 서울식 송서
가 전승되는 것은 불가능했을 것이다. 이문원은 묵계월에 의하면 그가
18~19세 경(1938~1939년 무렵)에 작고했다고 하므로, <짝타령>을
배운 것은 이문원이 타계하기 1~2년 전의 일이다.

3) 묵계월 창 서울식 송서 레퍼토리

(1) 삼설기

<삼설기>는 이용기가 편한 『악부』13)와 이창배가 편한 『창악대강』
및 『한국가창대계』의 송서(誦書) 부문에 실려 있다. 그런데 『한국가창
대계』의 <삼설기> 항에는 다음과 같이 <삼설기>를 잘 부르는 명창
으로 이문원이 언급되고 있어서 주목된다. 이를 통하여 그가 서울식
송서를 읽는 창자 중에서도 두드러지게 활동한 가객임을 알 수 있다.

> 이 <삼설기>는 이문원(李文源)이라는 명창이 썩 잘 읽는다. 워낙 사
> 설(辭說)이 어렵고 외기가 대단히 힘들어 현재 부르는 이가 몇 있을 뿐
> 이다.14)

묵계월은 16세 때에 이문원에게 <삼설기>와 <짝타령> 그리고
<등왕각서> 이렇게 세 가지 송서를 배운 후에 이문원 작고 전까지 사
랑방으로 함께 공연을 하러 다녔는데, 특히 <삼설기>를 좋아하는 향
유자들이 많았다고 증언한다.

> 성기련: 선생님께서 사랑방 가서 삼설기는 한 적이 있다 그러셨죠?
> 묵계월: 했죠. 다 배운 다음에 어디 해 봐라 그래서 선생님하고 같이 가
> 서 하고 그랬죠.

---

13) 이용기編, 『주해 악부』(서울: 고려대학교 민족문화연구소, 1992) 참조.
14) 이창배, 『한국가창대계』(서울: 홍인문화사, 1976), 366쪽.

성기련: 같이도 하고 그러셨어요?

묵계월: 같이는 안 하죠. 내가 인제 혼자 얼마 정도·하고 또 혼자 지루
하다 노인들이 생각되면 이제 선생님이 좀 하쇼, 그래서 노인들
이 잘라서도 하고 그랬죠.

성기련: 근데, 이제 그분들이 삼설기는 한 번 해 보라고 그러시는데, 등
왕각서나 짝타령 해 보라 그러시는 분들도 계셨나요?

묵계월: 인제 뭐 등왕각서나 짝타령은 많이 안 배웠으니까 잘 못하겠다
고. 하라 그러시진 않지만, 우리 이문원 선생님이 이제 얘가 짝
타령도 가르쳐 달라고 그래서 좀 합니다. 그래서 조금 한 적도
있고 그렇죠.

성기련: 등왕각서는 별로 안 좋아하시고요? 예, 등왕각서는 해 달라고
노인들이 별로 그러시지도 않고. 내가 또 많이 배우질 않아서
자신도 좀 없고.

성기련: 주로 삼설기를 좋아하고…또 짝타령 좋아하는 분들도 계시고
그랬나 보죠?

묵계월: 네, 그건 이제 이문원 선생한테 많이 들으셔서…

서울지역에서 유행하던 송서 중 <삼설기>가 특히 인기가 있었던
원인은 <삼설기>의 줄거리가 소설 『삼설기』로 널리 알려져 있었기
때문이며,[15] 향유자들은 이미 숙지하고 있는 <삼설기>의 내용을 낭
랑한 음성으로 읽어내려가는 것에 개인적인 '독서(讀書)'와는 또 다른

---

15) 이창배의 『한국가창대계』에 소개되어 있고 또 이문원으로부터 묵계월로 전승되고
있는 <삼설기>는 원래 소설 『삼설기』 중 한 편인 <삼사횡입황천기>의 세 번째
선비가 올리는 소지(所志) 대목을 노래로 부르는 것이다. 소설 『삼설기』는 9편의 단
편으로 이루어진 최초의 한글판각본 소설집으로 알려져 있기도 하다. 이윤석, 「묵
계월 송서 <삼설기>의 국문학적 의의」, 『삼설기 연구』(서울: 개마서원, 2000년), 19
쪽 참조

재미를 느꼈기 때문이라고 여겨진다. 박일용은 『삼설기』의 9편 가운데 우화소설 3편을 제외한 6편을 대상으로 문체가 연창에 적합하게 되었다는 점에 주목하였다.

> 오늘날 경서도소리 문화재로 지정된 묵계월은 이 부분을 誦書聲으로 연창하는 것을 볼 수 있다. 이처럼 「삼사횡입황천기」를 송서성으로 연창할 수 있었던 것은 그것이 여느 문장체 소설과는 달리 연창에 적합한 문체적 특징을 갖추었기 때문이다.[16]

많은 소설 작품 중에서도 특히 <삼설기>가 송서(誦書)의 방식으로 유행했던 것을 볼 때, 앞으로 송서(誦書)의 대상이 되는 작품의 문체적 특성과 송서(誦書)할 때 나타나는 독특한 사설붙임 등의 음악적 특성 사이의 연관관계도 고찰될 필요성이 있다고 본다.

본고의 말미에 수록된 악보는 1984년에 삼성연구원에서 발매한 「한국의 전통음악」에 녹음된 것을 송서 <삼설기>를 채보한 것으로 사설은 다음과 같다.[17]

> 인생이 출어 세상하여 법가 자제 되어나서 슬하에 어린 체와 교동으로 사랑하야 효행예절 어진 집에 생장하야 언충신 행독경하여 쇄소응대 진퇴지절과 애친경장 융사친무지도를 안 연후에 학발쌍친 영양으로 입신양명 현달하고 계초명 함관수를 일을 삼아 노래자에 옷을 입고 삼척

---

16) 박일용, 「『삼설기』에 나타난 율문적 문체와 의미」, 『장르교섭과 고전시가』(서울: 월인, 1999), 365쪽 참조.

17) 묵계월 명창은 1996년에 대도레코드사에서 송서 <추풍감별곡>과 <삼설기>를 녹음하여 CD로 발매하였는데, 이 때는 이창배의 『한국가창대계』에 수록된 사설로 불렀다.

동자 부러하며 자로의 부미함과 왕상의 이어 낚고 맹종의 죽순꺾어 증자의 양지지효를 주야갈력 즐기다가 차차로 생각하니 부모의 은덕이 호천망극이라 원득 삼산불로초하야 내헌고당 백발친은 평생갈력 다한 후에 사방에 널리 놀아 만물물정 경력하고 삼산풍경 좋은 곳에 청천삭출 높은 뫼는 천작으로 생겨 있어 배산잉류허니 춘수는 만사택이요 하운은 다기봉이라 명당에 터를 닦아 초당을 지어내니 토계삼등이요 모자를 부전이라 계명북오하고 견폐화촌이라 앞내의 고기낚고 뒷뫼에 약을 심어 실과는 절을 찾고 백곡이 풍등이라 우양자귀 촌항이요 동치불식 의관이라 낙화방초 무심처에 만학천봉 독폐문이라 한운담영 시수가요 별유천지 비인간이라 세사는 금삼척이요 생애는 주일배라 서점강상월이 뚜렷이 밝았는데 동각의 설중매는 향기로이 피었에라 고기낚고 뒷뫼에 약을 심어 실과는 절을 찾고 백곡이 풍등이라 우양자귀 촌항이요 동치불식의관이라 낙화방초 무심처에 만학천봉 독폐문이라 한운담영시수가요 별유천지 비인간이라 세사는 금삼척이요 생애는 주일배라 서점강상월이 뚜렷이 밝았는데 동각의 설중매는 향기로이 피었에라

(2) 짝타령

수많은 고사 속의 인물들과 그들에 관한 일화나 그들이 남긴 싯구가 중심이 되는 <짝타령>[18] 역시 <삼설기>와 마찬가지로 일반 서민

____

18) 역사적인 인물들을 짝지어 노래하는 <짝타령>류의 노래는 1930년대 이전까지는 세간에 상당히 유행했던 사설로 보인다. 1933년 경에 70(혹은 60)여세로 작고한 것으로 전해지는 이용기라는 서울 토박이 풍류인이 선비들과 장안의 뭇 기생들과 사귀며 모은 가요들을 모아 놓은 『樂府』라는 책에도 <짝타령> 사설이 수록되어 있으며 <춘향전> 중에도 이와 유사한 사설이 실린 작품들이 있다. 다만, 이용기 채록 <짝타령>은 가야금 병창으로 불렸던 사설로 보이며, 20세기 전반기에 채록되거나 녹음된 <짝타령> 사설들을 비교한 결과 19세기 이후부터 1930년대까지 <짝

이 아닌 한문을 잘 아는 계층만이 즐길 수 있었던 소리였기 때문에 향유층이 폭 넓지는 않았겠지만, 전통사회에서는 상당히 인기있는 작품이었으리라고 생각된다.19)

이문원이 [Columbia 40345-B(21652)] 음반에 취입한 <짝타령>은 다음과 같은 사설로 되어 있다.

황성에 허조벽산월이오 고목은 진입창오운이라 하던 <u>이태백으로 한짝하고</u>
삼년적리 관산월이오 만국병전 초목풍이라 하든 <u>두자미로 한짝하고</u>
낙하는 여고목제비하고 추수는 공장천일색이라 하든 <u>왕자안으로 웃짐**쳐서**</u>
백로는 횡강하고 수광은 접천이라 하든 <u>소동파로 말몰**려라**</u>
좌무수이 종일하고 탁청천이 자결이라 하든 <u>한퇴지로 한짝하고</u>
삼입낙양 인불식하니 낭음비과 동정호라 하든 <u>여동빈으로 한짝하고</u>
유상곡수에 혜풍이 화창이라 하든 <u>왕희지로 웃짐쳐서</u>
부광은 약금하고 정영은 침벽이라 하든 <u>범중엄으로 말몰**려라**</u>

어양비고 동지래하니 경파예상 우의곡이라 하든 <u>백락천으로 한짝하고</u>
분수 탈상징하니 평생 일편심이라 하든 <u>맹호연으로 한짝하고</u>

타령>은 '낭송하는 방식'과 '가야금 병창 방식'의 두 가지 양식으로 불렀던 것으로 추정된다.

19) 서울식 송서형으로 부르는 <짝타령>에 대해서는 졸고,「서울 송서형 <짝타령> 연구」,『선화김정자교수 화갑기념논문집』(서울: 민속원, 2002년) 277-295쪽에서 보다 자세히 논하였다. 필자는 이 논문에서 서울 출신 가객으로 서울 지역에서 활동한 이문원이 부른 <짝타령>을 '서울식 송서형 <짝타령>'이라고 하여 남도출신 음악인들이 가야금 병창식으로 부르는 <짝타령>과 구별하여 부를 것을 제안하였다.

이 사설의 특징은 이태백, 두자미, 왕자안, 소동파, 한퇴지, 여동빈, 왕희지, 범중엄, 백락천, 맹호연 등 중국의 시인이나 문장가, 역사적 인물들의 이름과 그들이 남긴 싯구나 글귀, 혹은 고사를 4명 단위로 묶어 차례로 '~하던 ~로 한짝하고/ ~하던 ~로 한짝하고/ ~하던 ~로 웃짐쳐서[20]/ ~하던 ~로 말몰려라'하는 사설틀에 넣어 단락을 맺는 공통점이 있다(위 인용문의 밑줄친 부분 참조). 사설은 한문 구절에 한글 토를 붙인 것으로 몇 개의 정형화된 유형이 보이긴 하지만, 콜럼비아 음반에는 詩朗吟이라고 되어 있는 것과 달리 전체적으로 공통된 율격은 찾을 수 없어서 시라고 할 수는 없을 듯하다.

이문원이 취입한 <짝타령>의 사설은 '맹호연으로 한짝하고'에서 끝맺고 있지만, 이는 유성기 음반 한 면에 3~4분 이상을 녹음할 수 없는 시간상의 제한 때문에 중간에서 그친 것이고 원래는 더 길게 불렀던 것으로 보인다. 이문원이 실제 공연현장에서 3~4분보다 길게 <짝타령>을 부르기도 하였음은 묵계월의 증언을 통해서도 알 수 있다.

> 묵계월: 선생님 하시는 거를 (보면) 그 적어준 만큼 어떨 땐 하시더라 구요.
> 성기련: 아, 그렇게 길게도 하셨어요?
> 묵계월: 네, 길게도 하시더라구. 당신이 요새 말로 컨디션이 좋고 기분 이 좋으시기 때문에 그렇게 길게도 하시더라구요.

1948년에 신태화가 엮어서 펴낸 『歌詞集』俗歌篇에 <짝타령>의 사설이 완전하게 수록되어 있는데,[21] 이 <짝타령> 사설은 어미 등 몇

---

20) 웃짐쳐서란 '웃짐져서' 즉 '마소에다 짐 위에 더 지워서'의 뜻이다.

몇 곳의 가사가 약간 차이가 나는 것을 제외하면[22) 이문원이 부른 <짝
타령>의 사설과 같다. 다만, 신태화의『歌詞集』俗歌篇에는 이문원의
<짝타령>보다 앞과 뒤에 내용이 더 추가되어 있다.[23)

다행히 이번 묵계월 선생과의 대담과정을 통해서 그가 이문원에게
<짝타령>을 직접 전수했음이 밝혀졌고, 또 이문원이 녹음한 유성기
음반 자료도 노재명 국악음반박물관장에게 제공받아,[24) 묵계월 선생이
제자 유창과 함께 복원에 성공하게 되었다. 묵계월과 유창이 함께 복
원한 송서 <짝타령>은 세부적인 시김새를 제외하고는 이문원이 부른
곡조와 거의 같다. 묵계월과 유창이 함께 부른 <짝타령> 악보는 본고
말미에 실려 있다.

(3) 등왕각서

묵계월의 증언에 의하면 1930년대 후반에 송서 <등왕각서>의 인
기가 그리 높지 않았다고는 하지만,『고문진보』에 수록된 왕발의 <등
왕각서>가 널리 알려져 있어서 전통사회에서는 식자층 사이에 <등왕

---

21) 신태화(편),『歌詞集』1(서울: 삼문사, 1948), 341-345쪽.
22) 어미 등 사설이 다른 부분은 위의 사설 중 굵은 글씨로 처리된 부분이다.
23) 신태화가『가사집』에 수록한 <짝타령>에는 있지만 이문원은 부르지 않은 앞 부
    분의 '大絃은 嘑嘑하야 老龍의 우름이오 小絃은 쟁쟁하야 靑鶴의 소래로다 둥덩지
    덩'이라는 사설은 <춘향전> 등의 판소리계 사설 등에도 종종 등장하는 일종의 관
    용구와 같은 구절이다. 그리고, 신태화편『가사집』 <짝타령> 사설에는 이문원의
    <짝타령>에 마지막으로 나온 맹호연 이외에도 중국의 고사에 나오는 영웅과 서시
    (西施, 우미인(虞美人) 등의 여러 인물과『九雲夢』에 나오는 시녀와 선녀 등이 40여
    명 가까이 추가로 인용되어 있다.
24) 소장하고 있던 귀한 자료인 <짝타령> 음향자료를 선뜻 제공하여 복원 연주와 본
    고 작성에 도움을 주신 노재명 국악박물관장께 깊이 감사드린다.

각서> 역시 상당히 인기 있던 곡이었으리라고 생각된다. 이문원 외에 장옥화라는 창자도 유성기 음반에 <등왕각서>를 서울식 송서 곡조로 녹음한 바 있다.25)

이문원은 <등왕각서>를 4자, 또는 6자, 7자로 된 한문사설에 한글 토를 붙여 읽으며, 처음부터 끝까지 기교적이지 않고 낭랑한 음성으로 차분하고 점잖게 부른다.

남창(南昌)은 고군(故郡)이요 홍도(洪都)는 신부(新府)로다 성분익진
(星分翼軫)하고 지접형려(地接衡廬)라 금삼강이대오허(襟三江而帶五湖)허
고 공만형이인구월(控蠻荊而引甌越)이라 물화(物華)는 천보(天寶)라 용
광(龍光)이 사두우지허(射斗牛之墟)허고 인걸(人傑)은 지령(地靈)이라 서
유하진번지탑(徐孺下陳蕃之榻)이로다 웅주무열(雄州霧列)허고 준채성치
(俊彩星馳)라 대황(臺隍)은 침이하지교(枕夷夏之交)허고 빈주(賓主)는 진
동남지미(盡東南之美)라 도독염공지아망(都督閻公之雅望)은 계극(棨戟)
이 요림(遙臨)하고 우문신주의범(宇文新州懿範)은 첨유잠주(襜帷暫駐)라
십순휴가(十旬休暇)허니 승우여운(勝友如雲)이요 천리봉영(千里逢迎)허
니 고붕(高朋)이 만좌(滿座)라 등교기봉(藤蛟起鳳)은 맹학사지사종(孟學
士之詞宗)이요 자전청상(紫電淸霜)은 왕장군지무고(王將軍之武庫)라 가
군작재(家君作宰)허니 노출명구(路出名區)라 동자하지(童子何知)이요 궁
봉등전(躬逢藤餞)이라 시유구월(時維九月)이요 서속삼추(序屬三秋)로다
오수진이한담청(潦水盡而寒潭淸)하고 연광의이모산자(煙光凝而暮山紫)
라 엄준비어상로(儼驂騑於上路)하야 방풍경어숭아(訪風景於崇阿)허고 임
제자지장주(臨帝者之長洲)하여 득선인지구관(得仙人之舊館)이라 층만(層
巒)이 용취(聳翠)허니 상출중소(上出重霄)요 비각(飛閣)이 유단(流丹)하니

---

25) 졸고, 「송서(誦書) '등왕각서(藤王閣序)'에 대한 고찰」, 『한국음반학』 제5호(서울:
고음반연구회, 1995) 참조.

하림무지(下臨無地)라

4) 추풍감별곡

<추풍감별곡>은 원래 서도식 송서이다. 이창배의 『한국가창대계』
에는 이 곡에 대해서 다음과 같이 해설되어 있다.[26]

> 이 <추풍감별곡>은 근래에 흔히 성행되고 있는 시창(詩唱)도 아니
> 요, 또는 『고문진보』에 있는 <적벽부>, <어부사>, <등왕각서>, <출
> 사표> 등의 송서(誦書)도 아니며, 서울에서 즐겨 부르는 <삼설기(三說
> 記)>와도 다른, 이른바 서도창식 송서라고 할 수 있다.
>
> 이 <추풍감별곡>은 문장이 화려하고 구구절절이 또한 명문미장(名
> 文美章)이므로 노래보다 문장에 도취되어 탐독하는 사람이 많고, 실지
> 로 곡을 붙여 부르기란 그리 쉬운 것이 아니다. 그리고 이 <추풍감별
> 곡>은 작자 미상인데, 어떤 곳을 보면 성천(成川)의 노생원(盧生員)의
> 작(作)이란 말도 있고, 또는 소설가 김광주(金光洲) 씨가 쓴 소설식으로
> 된 것도 있으나 실존 인물이 아니고, 이 또한 소설로 엮어진 것 같다.

묵계월이 이문원에게 <추풍감별곡>을 학습하지는 않았지만 20세
기 전반기 <추풍감별곡>이 큰 인기를 얻자, 묵계월은 <추풍감별곡>
을 주의 깊게 들었다가 평소 음악적 교류가 있던 평양 출신 서도소리
백모란[27]씨에게 이 곡을 조금 배워서 자신의 레퍼토리화하였다. 이로

---

26) 이창배, 위의 책, 360쪽.
27) 묵계월에 의하면 옛날에 백모란씨는 <배따라기>와 <추풍감별곡>을 가지고 아
    주 유명해졌다고 하며, 종종 <추풍감별곡>을 지금의 세종문화회관 별관인 당시
    부민관 등의 극장에서 불렀다고 한다. 묵계월은 개인적인 연회 등에서 백모란을 만

써 묵계월이 보유한 송서 레퍼토리는 4곡으로 늘어나게 되었다.

> 성기련: 선생님께서 추풍감별곡을 음반으로 내신 적이 있잖아요? 그러면 추풍감별곡은 언제부터 부르신 거죠?
>
> 묵계월: 그것은 다 커서…커서 이제…
>
> 성기련: 20살 넘으셔서요?
>
> 묵계월: 추풍감별곡을 잘 하는 분이 한 분 계셨어요, 백모란씨라고. 그분한테 듣고 또 좀 안 되는데 있으면 여기는 어떻게 하죠 그렇게 그분한테 여쭤도 보고 그랬어요.
>
> 성기련: 네, 그럼 배우신 거네요, 조금은…
>
> 묵계월: 네.
>
> 성기련: 김죽사라고 유명한 분도 (추풍감별곡을 부르셨죠).
>
> 묵계월: 네, 김죽사 그 어른도 추풍감별곡을 음반으로 내셨죠.
>
> 성기련: 선생님도 그거 들으신 거죠?
>
> 묵계월: 네, 들은 적이 있죠.
>
> 성기련: 추풍감별곡은 이제 선생님이 좋아서 배우신 거네요?

경기소리 창자들은 지역적으로 인접하였을 뿐 아니라 근본적 음악적 특징에 있어서도 많은 점을 공유하고 있는 서도소리 창자들과 교류하는 일이 많았는데, 묵계월 역시 어려서 서도소리를 배운 바 있고 공연 현장에서도 서도소리 창자들과 함께 공연하는 경우가 많아서 서도식 송서인 <추풍감별곡>을 익히는 것이 용이했던 것으로 보인다. 묵계월은 백모란 외에도 김죽사와 같은 다른 서도소리 창자가 <추풍감별곡>을 부르는 소리도 들었다고 하므로 백모란 외의 서도소리 창자

나거나 함께 공연했다고 한다.

들의 소리에 의한 간접적인 영향도 있었을 것이다.

흥미로운 점은 묵계월의 <추풍감별곡>과 김죽사나 김수영과 같은 서도소리 창자가 부르는 <추풍감별곡> 곡조를 비교해 보면, 서도출신 창자가 굵게 아래로 쳐서 내는 서도식 시김새를 쓰고 전형적인 서도소리의 곡조로 이 곡을 부르는데 반해 묵계월은 서울식 송서의 곡조를 많이 쓰고 요성 또한 서도식 요성이 아닌 경기소리와 같은 요성을 쓴다는 것이다.『경성방송국 국악방송국 목록』에 의하면, 이문원이 <추풍감별곡>을 방송한 적이 있는 것으로 보이는데,28) 이문원이 서도식으로 불렀는지 아니면 서울식으로 담담하게 불렀는지는 알 수 없다.

어제밤 부는 바람 금성이 완연하다. 고침 단금에 상사몽 풀쳐 깨어 죽창을 반개하고 막막히 앉았으니 만리장공에 하운이 흩어지고 천년강산에 찬 기운 새로워라 심사도 창연한데 물색도 유감하다. 정수에 부는 바람 이한을 아뢰는 듯 추국에 맺힌 이슬 별루를 머금은 듯 잔류남교에 춘행이 이귀하고 소월동정에 추원이 슬피운다 짐 여의고 썩은 간장 하마터면 끊길세라. 삼촌에 즐기던 일 예런가 꿈이런가 세우사창 요적한데 흡흡히 깊은 정과 삼경무인 사어시에 백년사자 굳은 언약 단봉이 높고 높고 패수가 깊고 깊어 무너지기 이외어든 끊어질 줄 짐작하리. (후략)

(5) 적벽부

이창배의『한국가창대계』송서(誦書) 항에는 <적벽부>가 <전 적

벽부>와 <후 적벽부>로 나뉘어 실려 있다. <적벽부>는 일제시대 판소리 명창 정정렬이 단가로도 불러서 유명한데, 이와 같이 전통사회에서 여러 음악 양식으로 불렸다는 것은 <적벽부> 가사를 좋아하는 사람들이 그만큼 많았다는 것을 간접적으로 증명하는 것이라고 할 수 있다.

<적벽부>는 서도소리 명창인 김정연 등에 의해서 서도토리로 불리는 것이 널리 알려져 있었는데, 이번에 묵계월의 제자 유창이 서울식 송서로 복원하였다. 묵계월에 의하면 묵계월이 직접 전수를 하지는 않았지만 이문원이 <적벽부>를 송서로 불렀다고 하니, 유창이 <적벽부>를 복원한 것은 전승이 끊어질 뻔한 서울식 송서의 레퍼토리 확대라는 면에서 의미있는 일이라고 하겠다. 유창이 송서로 부르는 <적벽부>의 사설은 이창배가 소개한 <전 적벽부>와 같은 내용이지만 세부적으로 차이가 있어서 그 일부를 아래와 같이 소개한다.

임술지추칠월 기망에 적벽강 배를 띄워 임기 소지 노닐 적에 청풍은 서래하고 수파아는 불흥이라 술을 들어 객을 주며 청풍명월 읊조리고 요조지장 노래할 제 이윽고 동산에 달이 돋아 두우간에 배회하니 백로는 횡각하고 수광은 접천이라 가는 곳 배에 맡겨 만경창파 떠나가니 호호한 빈천지에 바람만난 저 돛대는 그칠 바를 몰라 있고 표표한 이내 몸은 우화 등선 되었세아 취흥이 도도하여 뱃전치며 노래할 제 그 노래에 하였으되 계도해 난장으로 격공 명혜 소류광이로다 묘묘혜 여희이여 망민이혜 천일방이로다 통소로 화답하니 그 소래 오오하여 여원 여모 여음 여소 여음이 용하여 실같이 흐르나니 유학에 잠긴 오룡 흥에 겨워 춤을 추고 고주의 이부들은 망부한을 못 이겨라 (후략)

4. 이문원제(制) 서울식 송서의 음악적 특징

묵계월은 1930년대 이문원이 부르던 <짝타령> 곡조가 이문원의 <삼설기> 곡조와 유사했다고 기억하고 있었는데, 실제 이문원이 유성기 음반에 남긴 서울식 송서인 <삼설기>, <등왕각서>, <짝타령>을 분석하면 모두 곡조와 음악적 특징29)이 유사함을 알 수 있다. 그런 점에서 이문원이 부르는 서울식 송서에는 일정한 '제(制)'가 있다고 할 수 있으며, 이러한 이문원의 송서 스타일이 묵계월을 통해 유창으로 전해졌으므로 본고에서는 '이문원제(制)'라고 하여 이문원→묵계월→유창으로 이어지는 서울식 송서의 음악적 특징을 논하고자 한다.

송서에 대해 음악적 연구가 본격적으로 진행되기 이전에는 '엄밀한 의미에서 음악이라고 할 수 없다'라는 주장도 있었으나,30) 최근 발표된 송서에 관한 논문에서는 '묵계월 전창의 송서는 일반 사람들이 글을 읽는 것과는 달리 전문적인 소리꾼으로서의 교육을 받지 않고서는 부르기 어렵다'31)는 점과 '사설붙임방식과 선율구성방식이 존재함'32)이 밝혀졌다. 즉 송서란 서당에서 글 읽는 소리인 독서성(讀書聲)과 달리 대개 고유한 음악적 형식과 토리가 드러나는 갈래인 것이다. 앞에서도 언급한 바 있지만, 송서는 대부분의 가창 양식과 달리 정형

---

29) 졸고, 「송서(誦書) '등왕각서(藤王閣序)'에 대한 고찰」(1995) 참조.
30) 장사훈, 위의 글, 430쪽 참조.
31) 권오성, 「송서 <삼설기>의 음악적 특징」, 『한국음반학』 제10호(서울: 고음반연구회, 2000), 33쪽.
32) 졸고, 위의 글 참조.

화된 곡조와 고정된 장단은 없지만, 상당한 음악성을 가진 사람이 내재적인 규칙을 체득하고 있을 때에 부를 수 있는 가창 양식이다. 서울식 송서의 음악적 특징을 사설붙임의 특징과 선율구성의 특징으로 나누어 살펴보겠다.

1) 사설붙임의 특징

먼저 송서의 음악적 특징은 배자방식 즉 사설붙임에서 찾을 수 있다. 여러 창자들이 송서를 부른 음향자료를 분석해 보면, 창자에 따라 또 같은 창자라도 부분적으로 사설붙임에 변화가 있기도 하지만 대체적으로 송서의 사설붙임에는 기본적인 규칙이 있는 것으로 파악된다.[33) 1음절에 2소박, 2음절에 1소박+2소박, 그리고 3음절에 1소박+2소박+2소박이 기본이며, 4음절로 늘어난다면 1소박+2소박+1소박+2소박, 5음절이라면 1소박+2소박+2소박+1소박+2소박이 되는 것이 그것이다. 즉, 사설 한 구절의 마지막 박은 대개 2박으로 길게 끌어주고, 그 앞부분에서는 1글자 2소박, 2글자 1소박+2소박의 기본 사설붙임 규칙이 있지만 경우에 따라서는 2글자를 2소박+1소박으로 붙여서 변형을 주기도 한다.

예를 들어 <어부사>[34) 앞 부분인 '굴원(屈原)이 기방(旣放)에 유어

<hr>

33) 단, 이문원은 장옥화 및 다른 서도 출신 창자와 달리 사설 한 자를 한 박에 가깝게 붙이는 경우도 있다. 그런데 흥미로운 점은 이문원에게서 <삼설기>를 배운 묵계월과 묵계월의 제자 유창의 경우 <삼설기>를 부를 때에는 사설붙임 방식을 이문원이 아닌 다른 창자와 유사하게 한다는 점이다.
34) 2002년에 문화재연구소에서 CD로 복각된 <시창과 송서> 자료에 수록된 송서 <어

강담(遊於江潭)하고 / 행음택반(行吟澤畔)할 새 / 안색이 초췌하고 / 형
용이 고고(枯槁)할새 / 어부 견이문지왈(見而問之曰)' 구절을 송서로 부
를 때 다음과 같이 사설붙임된다.

굴		원	이		기		방	에	유	어		강	담		하	고	
행	음		택	반		할	새		안	색	이		초	췌		하	고	
형	용		이		고	고		할	새	어	부		견	이		문	지	왈

<어부사>를 송서로 부른 창자는 송서 사설붙임의 기본적 규칙에
따라 대체적으로 사설 2음절에 3소박(1소박+2소박), 1음절에 2소박으
로 사설붙임하고 있지만, 내드름이라고 할 수 있는 '굴원이 기방에' 하
는 부분에서는 '2소박+1소박+2소박/ 2소박+1소박+2소박'으로 사설
붙임에 변화를 주고 있다.

　송서와 같이 낭송조로 부르는 시가장르로 장편가사가 있다. 4·4조
가 중심이 되는 장편가사를 부르는 방식은 몇 가지 유형이 있지만,[35]
기본적으로 송서와 장편가사의 사설붙임 방식에 연관성이 있으며 이

부사>의 사설붙임 방식을 예로 들은 것이다. 이 송서를 부른 사람의 이름은 '염일
로' 혹은 '양일광'으로 기록되어 있는데, 현재로서는 이러한 이름을 가지고 활동한
국악인에 대한 증언이나 기록을 현재 찾아볼 수 없다. 다만 송서 <어부사>를 부른
창자는 그 성음으로 보아 여자인 것으로 파악되며, 아마도 송서를 배웠으나 지방에
서만 지냈거나 혹은 일찍 은퇴한 사람이 아닐까 생각된다.

35) 예를 들어 보면 사설 4자·4자가 일정하게 '1소박+1소박+1소박+2소박/ 1소박+1
소박+1소박+2소박'에 붙거나 혹은 일정하게 '1소박+2소박+2소박+3소박/ 1소박
+2소박+2소박+3소박'에 붙는 식 등이다. 장편가사의 사설붙임 방식에 대해서는
졸고, 「율격과 음악적 특성에 의한 장편가사의 갈래규정 연구」, 『한국음악연구』 28
집(서울: 한국국악학회, 2000) 참조.

러한 사설붙임의 기본 방식은 서당에서 책을 읽는 소리인 독서성 및 천주교의 연도에서도 찾아볼 수 있다.[36]

물론 송서는 기본적으로 운율이 없는 산문으로 된 작품을 낭송하는 장르이고 또 특별히 반주가 있는 것도 아니어서 창자에 따라 부분적으로 사설붙임 방식에 차이가 있기도 하고 창자가 부르는 도중 강조하고 싶은 대목에서는 늘어지는 경우도 있다. 그러나, 송서의 낭송 방식을 장편가사의 낭송방식과 비교해 보면 송서 텍스트에 정형화된 율격이 없기 때문에 장편가사에서 규칙적인 2소박과 3소박의 사용이 불규칙하게 나타난다는 점을 제외하면 두 장르의 사설붙임에는 공통점이 있다. 사설 1자에 2박, 사설 2자에 3소박이라는 기본규칙을 공유하기 때문이다. 장편가사의 사설붙임 방식을 통하여 일견 규칙성이 없어 보이는 송서의 사설붙임 방식의 원리를 알 수 있다.

2) 선율구성의 특징

송서의 또 다른 음악적 특징은 곡조의 선율구성에서 드러난다. 현재는 <삼설기>와 같은 서울식 송서와 <추풍감별곡>으로 대표되는 서도식 송서만이 전승되지만, 전통사회에서는 각 지방마다 곡조나 시김새 즉 음악적 특징이 조금씩 달랐을 것이다. 즉 송서가 전국적으로 여러 지방에서 각 지방마다 익숙한 소릿조에 얹어서 불리웠을 것이므로, 창자가 어느 전승지역 출신인가에 따라 지역별 토리가 다양하게

---

36) 졸고, 「20세기 초엽 서울식 송서의 향유문화와 전승」, 『한국음반학』 12호(서울: 한국고음반연구회, 2002) 참조.

존재했을 것이다. 문화재연구소에서 복각한 <시창과 송서> CD에 수록된 박헌봉의 <시상부>라는 송서가 경토리에 메나리조가 섞여 있는 것도 전통사회에서는 보다 다양한 송서 토리가 존재했을 것이라는 이러한 가설을 증명해 주는 증거의 하나이다. 하지만, 20세기 전반기에 녹음된 유성기 음반에도 경서도 지역 출신의 음악인들만이 송서를 녹음하였고 현재 전해지는 송서도 대부분 경서도 음악어법으로 되어 있는 것을 보면 이창배와 장사훈이 언급했던 안동이나 함흥 지방의 유명한 송서 레퍼토리는 전문 음악인들에 의해 널리 불려지지 못한 채 전통사회가 붕괴되면서 소멸되었고, 서울과 평양을 중심으로 전문 음악인들에 의한 음악적 세련화가 이루어진 서울식 송서와 서도식 송서만이 현재 전승되고 있는 것으로 보인다.

이문원의 송서는 대표적인 서울식 송서의 예이다. 이문원이 1933년에 콜럼비아에서 녹음한 송서들은 목소리가 매우 낭랑하고 맑으며, 전체적인 분위기가 차분하고 곡조가 소박한데, 모두 경토리로 되어 있다. 이문원이 부른 서울소리 <짝타령>의 곡조를 분석해 본 결과, 기본적인 선율형 5개의 변형 선율들로 이루어져 있으며 같은 선율형이 연이어 쓰이지 않고 음역 내에서 상성과 하성이 골고루 쓰이고 기본틀 안에서의 변주가 계속 일어나서 단조롭게 느껴지지 않는다. 다음은 A, B, C, D, E의 5개 기본 선율형을 유형별로 나누어 분석한 것과 이 기본선율형의 골격선율을 정간보 안에 넣은 것이다.[37]

---

37) 참고로, 기본선율형을 추출한 기준은 다음과 같다. 싯가가 매우 짧은 꾸밈음은 생략하였으며, 기준박이 되는 1박(♩)이 소박 단위로 나누어질 때는 대개 싯가가 긴 음을 택하였다. 단, 선율형 변별의 기준이 되는 독특한 선율형의 경우 1박(♩) 내에서도 출현음들을 모두 적어 넣었다.

　A형은 A1형, A2형, A3형으로 다시 나눌 수 있으며, A1형이 3번 나오고 A1형이 보다 확대된 A1+형이 1번 나온다. A2형이 2번 나오고 그것이 보다 확대된 A2+형이 1번 나오며, A3형이 2번 나오며, A2형과 A3형의 선율이 혼합된 A2+3형이 1번 나온다.

A1형	do′	re′	re′	re′	do′	do′	re′	re′	do′	re′	do′	do′ la sol la
A2형	do′	do′	do′	do′	do′	mi′	do′	do′	do′ la sol			
A3형	do′	mi′	re′	do′	do′	re′	do′	do′	re′	do′	do′sol re	
A2+3형	do	sol	sol	do′la sol	re′	do′	do′	do′	do′ sol re			

　B형은 B1형, B2형, B3형, B4형으로 다시 나눌 수 있으며, B1형이 6번 나오고 B2형이 1번, B3형이 1번, B4형이 1번 나온다. B2형과 B3형은 부분적으로 선율의 변형이 있고, B4형은 B1형 선율의 전반과 후반이 앞뒤로 전위된 형이다.

B1형	do′	mi′	do′	do′	do′	do	sol la sol	sol	Sol
B2형	do′	re′	do′	do′	re	sol - re	sol	sol	
B3형	re	sol	do′	do′	do′	re	sol la sol	sol	Sol
B4형	do	sol la sol	sol	sol	re′	do′	do′	do′	

　C형은 C1형, C2형, C3형으로 나눌 수 있으며, C1형이 4번, C2형이 1번, C3형이 1번 나온다. C형은 do′음이 주로 선율형을 구성하며 C1형, C2형, C3형은 세부 선율 진행에서 차이가 있지만, 다른 음으로 하행했다가도 다시 do′음으로 되돌아 오는 선율형을 갖고 있다는 점에서 공통

적이다.

C1형	do′	mi′	re′	do′	do′ sol la	do′	do′	re′	do′	do′
C2형	do′	do′	do′	mi′	do′	re′	do′	do′	do′	do′ re
C3형	do′	re′	do′	do′	do	sol	sol	do′	re′	

D형은 D1형, D2형으로 나눌 수 있으며, re'음 위주로 된 선율형이다. D1형이 2번, D2형이 2번 나오며, 대부분 re'음과 do'음으로 구성된 D1형에 비해서 D2형 선율은 보다 다채롭다.

D1형	re′	re′	re′	re′	re′	re′	do′		
D2형	mi′	re′	re′	re′	do′	mi′	re′	re′	do′

마지막으로 E형에는 이문원 <짝타령>의 가장 고음인 sol'음과 re'음, do'음으로 구성되어 있다. E형은 곡의 후반부에 1번 나온다.

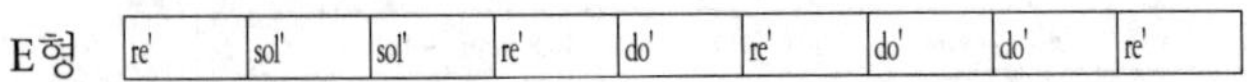

E형	re′	sol′	sol′	re′	do′	re′	do′	do′	re′

이상 이문원의 <짝타령>을 예로 들어 살펴본 결과 이문원제(制) 서울식 송서는 [SOL do re sol la do' re' mi' sol']음으로 구성되며, do'음 위의 음들은 순차진행하는 경우가 많고 do'음 아래 음들은 do음·sol음·do'음을 중심으로 4도나 5도 도약진행하는 경우가 많아서 la음의 비중이 적다. 중요한 시김새는 re'음에 가늘게 요성하는 것이며, 선율진행에 따라 살짝 퇴성하거나 추성하며 부드럽게 선율이 연결된다. 종지는 sol음

(혹은 한 옥타브 아래인 Sol음)이나 do'음으로 한다. 단, 숨을 쉬지 않고 바로 다음 사설로 이어갈 때는 do'음 다음에 짧은 싯가의 장식선율을 넣어 re'음이나 la음으로 간 후 바로 다음 선율형으로 연결하기도 한다. 대개 선율의 단락은 사설의 구절이나 단락이 맺어지는 곳에서 일어나며, 이 곳에서 숨을 쉬기 때문에 박은 짧게 끊어지고 휴지가 있게 된다.

5. 결 론

전통사회에서는 현대인들과 달리 시나 산문 등을 감상할 때에 소리없이 묵독하여 내용을 취하지 않고 그 작품에 어울리는 곡조를 붙여 낭송조로 소리내어 읽는 것을 즐겼다. 이러한 전통사회 음악문화로 인해 발생한 갈래 중 일반인들이 즐기던 소박한 곡조로 된 것이 독서성 (讀書聲)이고, 전문 음악인들이 음악적으로 세련화시켜서 부르던 것이 송서(誦書)이다. 독서성과 송서는 유사한 갈래이지만 다른 점들이 있다. 독서성의 경우 서당에서 글을 읽은 사람이면 누구나 할 수 있는 낭송조로 되어 있지만 송서는 전통음악의 한 부문에 속하는만큼 전문적인 창자들이 부르던 것이다.

송서는 한문이나 한글로 된 산문을 낭송조로 부르는 것이라 어느 산문이나 가능하지만 소동파(蘇東坡)의 <적벽부(赤壁賦)>, 왕발(王勃)의 <등왕각서(藤王閣書)>와 같은 한문과 <추풍감별곡(秋風感別曲)>, <삼설기(三說記)>와 같은 우리말로 된 산문이 주로 불려지는 봐서 많은 자주 불려지던 글들이 정해져 있었던 것 같다.

당대 최고 인기를 누린 서도소리 창자인 김연옥(金蓮玉), 조모란(趙牧丹) 및 최섬홍(崔蟾紅), 이영산홍(李暎山紅), 김죽사(金竹史)와 장옥화, 그리고 서울지역 가객 이문원(李文原) 등이 상업성이 철저히 고려되는 유성기 음반에 시창과 송서를 여러 번 취입하였던 사실로 보아서 1930년대까지만 해도 시창이나 송서와 같은 낭송조 소리의 향유층이 상당수 존재하고 있었던 것으로 보인다. 그러나 현재는 송서가 연주회장에서 창자들에 의해서 불리는 경우가 적고 또 송서를 즐기는 향유층이 거의 없는데, 이와 같이 송서가 다른 전통음악 갈래보다도 빨리 전승이 끊어질 위기에 처한 원인은 20세기 전반기 음악사회적 상황과 송서 향유문화의 특성에서 찾아볼 수 있다. 일제 강점 이후 전통사회가 붕괴되고 외부로부터 유입된 음악 중심으로 음악문화가 새로이 생성되는 과정에서 잡가나 가사, 민요와 같은 대중적인 경기소리에 비해서 상대적으로 향유층이 두텁지 않은 송서를 비롯한 낭송조 소리가 전승의 대상에서 먼저 제외되었기 때문이다.

20세기 전반기에 송서로 유명하였던 가객 이문원은 19세기 말에 서울에서 출생하였으며 1930년대 후반기까지 활동하였다. 이문원은 지식인층이나 대갓댁의 사랑방을 주 공연 장소로 삼고 당음이나 송서와 같은 낭송조 소리 및 시조를 좋아하는 향유층을 상대로 활동하였던 가객이다. 그가 장기로 삼던 서울식 송서 소리조는 다행히 경기소리 명창 묵계월에 의해서 현재까지 이어지고 있는데, 근대사회로 전환되는 과정에서 소멸될 뻔한 전통사회 음악 레퍼토리를 되살린다는 점에서 송서 복원의 의의는 크며 앞으로 더 많은 자료의 발굴을 통한 깊이 있는 연구가 필요하다.

짝타령과 춘향전의 바리가

이 윤 석(연세대 교수)

1. 서 언

필자는 몇 년 전에 묵계월(墨桂月) 선생과 그의 제자 유창(柳唱) 씨가 함께 발표한 송서(誦書) <삼설기(三說記)>를 듣고, 송서 <삼설기>의 내용이 국문학계에 소설로 알려진 『삼설기』 가운데 「삼사횡입황천기(三士橫入黃泉記)」의 내용 일부와 완전히 일치한다는 것을 학계에 소개한 일이 있다.[1] 송서 <삼설기>에 대한 글을 발표할 때 이미 언급한 것이지만, 묵계월 선생이 송서 <삼설기>를 배운 소리 스승은 이문원(李文源)이다. 이문원에서 묵계월 선생으로 전해진 송서 <삼설기>는 더 이상 배울 사람이 없어서 거의 맥이 끊어질 뻔 했다. 그런데 최

---

1) 이윤석, "묵계월 송서 <삼설기>의 국문학적 의의", 『삼설기 연구』(개마서원, 2000. 7)

　　이윤석, "『삼설기』 성격에 대하여", 『열상고전연구』 14집(열상고전연구회, 2001. 12)

근 묵계월 선생의 제자인 유창 씨가 이를 완전히 전수받아서 이제 송서 <삼설기>는 이문원→ 묵계월→ 유창으로 이어지는 계보가 확실하게 세워졌다.

필자는 송서 <삼설기>에 대한 글을 쓴 이후 속악(俗樂)에 대한 관심을 갖게 되었는데, 그 이유는, 조선후기 소설이 전공인 필자가 조선후기 소설을 제대로 이해하기 위해서는 반드시 조선후기의 시정문화를 두루 이해할 필요가 있음을 알았기 때문이다. 특히 <춘향전>을 보면서 이런 생각은 더욱 분명해졌다. 세책(貰冊)[2] <춘향전>(『남원고사』가 현전하는 가장 오래된 이본이다)은 창본계열의 <춘향전>과는 내용이 다른데, 이 세책계열 <춘향전>을 제대로 이해하기 위해서는 조선후기 서울의 세책에 대한 지식이 필요하다. 창본계열의 <춘향전>과 내용이 다른 이들 서울에서 유행한 세책계열의 <춘향전>을 하나씩 읽어가면서, 필자는 이 세책 <춘향전>에 들어 있는 많은 노래 때문에 조선후기에 서울지역에서 유행했던 노래에 관심을 갖게 되었다.

묵계월 선생은 송서 <삼설기>뿐만 아니라 서울에서 유행한 소리 전반에 대해 잘 알고 있기 때문에 필자는 여러 차례 묵선생을 면담하면서 서울에서 부른 소리에 대한 많은 지식을 얻을 수 있었다. 이러던 과정에서 어느 날 1930년대에 이문원이 음반에 취입한 <짝타령>을 얻어서 들었다. 이 음반은 현재 국악음악박물관장 노재명 씨가 소장하고 있는데, 이 음반을 녹음해서 성기련 씨가 묵계월 선생의 제자인 유창 씨에게 전해준 것이 다시 필자에게까지 전해졌다. <짝타령>과 함

---

2) 세책은 돈을 받고 책을 빌려주는 영업행위를 하는 세책집에서 갖고 있는 책을 말한다. 세책집은 현재의 도서대여점 같은 것인데, 조선후기에 서울에는 이 세책집이 크게 유행했다는 기록이 있다.

께 이문원이 부른 <삼설기>도 같이 얻어서 들었는데, 음악에 문외한인 필자가 듣기에도, 이 둘은 같은 형식의 음악이라는 것을 금방 알 수 있었다.

묵계월 선생은 이문원에게 <삼설기> 이외에 <짝타령>도 배웠는데, <삼설기>는 배운 이후에 계속 불렀기 때문에 지금까지도 소리할 수 있으나, <짝타령>은 완전히 배우지 못했을 뿐만 아니라 배운 이후에 부를 기회가 없었기 때문에 거의 잊어버렸다. 이문원의 녹음을 구한 이후, 묵선생은 제자 유창 씨와 함께 <짝타령>의 복원에 힘을 쏟아, 조만간 송서 <짝타령>을 발표할 예정이라고 한다.

묵계월 선생과 유창 씨에게 송서 <짝타령>을 복원한다는 얘기를 들으면서도 막상 <짝타령>의 내용에 대해서는 별 관심이 없었는데, 이문원의 <짝타령>을 듣고 필자는 깜짝 놀랐다. <짝타령>의 내용이 세책 <춘향전>에 나오는 「바리가」와 같은 내용이었기 때문이었다. 세책 <춘향전>에는 많은 노래가 나오는데, 이들 노래는 <춘향전>이 읽히던 시절 서울에서 불린 노래들이다. 세책 <춘향전>에 나오는 많은 노래 가운데 어떤 것은 현재도 그대로 전승되는 것이 있고, 또 「바리가」처럼 어떤 종류의 노래인지 알 수 없는 것도 있다. 필자는 세책 <춘향전>에 나오는 많은 노래에 대한 이해를 통해 <춘향전>을 좀더 잘 해석할 수 있으리라고 생각하여, 세책 <춘향전>에 들어 있는 「바리가」에 대한 연구발표를 했다.[3]

20세기에 들어오기 전까지는 <짝타령>이란 소리는 그 제목이 <짝타령>이 아니라 <바리가>였던 것으로 보인다. 왜냐하면 세책 <춘향

---

3) 이윤석, "세책 <춘향전>에 들어있는 「바리가」에 대하여" 고소설학회 59회 학술발표대회, 2002. 10. 26.

전>에 나오는 이 소리의 제목은 모두 <바리가>이기 때문이다. 그러나 20세기 들어와서 출간된 활판본 잡가집에는 <바리가>라는 제목은 없고, 모두 <짝타령>으로 되어 있다. 이문원이 1930년대 중반에 <짝타령>을 녹음했다는 사실은, 그 때까지는 <짝타령>을 즐기는 층이 상당히 있었다는 것을 증명한다. 그러나 이렇게 음반으로 녹음까지 되었던 소리가 20세기 중반 이후에는 듣는 사람도 없고 부르는 사람도 없어서 가사만 남고 소리는 없어졌다. 묵계월 선생과 유창씨가 잃어버린 <짝타령>의 소리를 복원할 수 있게 되어서 다행이지만, 이렇게 없어진 노래가 얼마나 되는지 알 수 없다.

고소설 전공자인 필자는, 송서 <삼설기>를 통해『삼설기』를 좀더 잘 이해할 수 있게 되었듯이, <짝타령>을 통해 <바리가>가 들어 있는 <춘향전>을 좀더 잘 이해할 수 있게 되기를 기대한다. 필자는 <춘향전>을 해석해낼 수 있는 통로로 <짝타령>을 이용하고 있으나, 이런 연구가 <짝타령> 자체를 해명해내는 데도 도움이 될 것이라고 생각한다.

2. 짝타령

1933년에 나온 콜롬비아 유성기판에 이문원이 녹음한 <짝타령>이 있다. 이문원이 부른 <짝타령>의 가사는 다음과 같다.

황성에 허조벽산월이오 고목은 진입창오운이라 하든 이태백으로 한 짝 하고, 삼년적리관산월이오 만국병전초목풍이라 하든 두자미로 한 짝 하고, 낙하는 여고목제비하고 추수는 공장천일색이라 하던 왕자안으로 웃짐 치고, 백로는 횡강하고 수광은 접천이라 하든 소동파로 말 몰리고.

좌무수이종일하고 탁청천이자결이라 하든 한퇴지로 한 짝 하고, 삼 입악양인불식하니 낭음비과동정호라 하던 여동빈으로 한 짝 하고, 유상 곡수에 동풍이 화창이라 하든 왕희지로 웃짐 쳐서, 부광은 약금하고 정 영은 침벽이라 하던 범중엄으로 말 몰리고.

어양격고동지래하니 경파예상우의곡이라 하든 백락천으로 한 짝 하 고, 분수탈상증하니 평생일편심이라 하든 맹호연으로 한 짝 하고

이문원이 부른 <짝타령>은 유성기판 한쪽 면에 녹음된 것으로 3 분이 채 안되는 동안 부른 내용이므로 <짝타령> 전체는 아니다.

<짝타령>의 전체 가사가 남아 있는 것은 여러 가지가 있다. 1910 년대부터 활판본으로 출판된 잡가집을 정재호 교수가 편집해서 영인 한 것[4]이 있는데, 여기에 들어 있는 잡가집 상당수에 <짝타령>이 들 어 있다. 또 1930년대 이전에 필사된 것으로 알려진, 『가집』, 『악부』, 『아악부가집』[5]에도 <짝타령>이 들어 있는데, 『가집』과 『악부』에는 가사가 실려있고, 『아악부가집』에는 제목만 나와 있다.

활판본으로 출간된 많은 잡가집 가운데 하나인 1915년에 세창서관 에서 출판한 『신구유행잡가(新舊流行雜歌)』는 "絶代名唱 紅桃 康津 口 述"이라는 부제가 붙어 있는 것으로 보아, 당대 최고의 명창으로 알려

---

4) 두 종의 영인본이 있다.
　　정재호 편저, 『한국잡가전집』 전4권, 영인본(서울: 계명문화사, 1984).
　　정재호 편저, 『한국속가전집』 전6권, 영인본(서울: 도서출판 다운샘, 2002).
5) 김동욱, 임기중 편, 『가집』, 『악부』, 『아악부가집』 영인본 전5책(서울: 태학사, 1982).

진 홍도와 강진이 부르는 가사를 중심으로 잡가집을 만든 것으로 보인다. 이 세창서관본 『신구유행잡가』에는 「짝타령」이라는 제목으로 다음과 같이 가사가 실려 있다.

딕현(大絃)은 롱々(哢哢)ᄒ야 로룡(老龍)의 우름이요 소현(小絃)은 징々(錚々)ᄒ야 쳥학(靑鶴)에 소릭로다. 둥더지덩.

황셩(荒城)에 허됴벽산월(虛照碧山月)이요 고목(古木)은 진닙창오운(盡入蒼梧雲)이라ᄒ던 리틱빅(李太白)으로 한 짝 ᄒ고, 삼년젹이관산월(三年笛裏關山月)이요 만국병젼쵸목풍(萬國兵前草木風)이라ᄒ던 두자미(杜子美)로 한 짝 ᄒ고, 락하(落霞)는 여고목졔비(與孤牧齊飛)ᄒ고 츄슈(秋水)는 공장텬일식(共長天一色)이라ᄒ던 왕즈안(王子安)으로 웃짐 치고, 빅로(白露)는 횡강(橫江)ᄒ고 수광(水光)은 졉텬(接天)이라ᄒ던 소동파(蘇東坡)로 말 몰리고.

좌무수이죵일(坐撫樹而終日)ᄒ고 탁쳥쳔이자결(濯淸川而自潔)이라ᄒ던 한퇴지(韓退之)로 한 짝 ᄒ고, 숨닙락양인불식(三入洛陽人不識)ᄒ니 랑음비과동졍호(浪吟飛過洞庭湖)라ᄒ던 여동빈(呂洞賓)으로 혼 짝 ᄒ고, 류상곡슈(流觴曲水)에 혜풍(惠風)이 화창(和暢)이라ᄒ던 왕희지(王羲之)로 웃짐 쳐셔, 부광(浮光)은 탁금(躍金)ᄒ고 졍영(靜影)은 침벽(沈璧)이라ᄒ던 범즁얌(范仲淹)으로 말 몰리고.

어양비고동지릭(漁陽鼙鼓動地來)ᄒ니 경파예상우의곡(驚罷霓裳羽衣曲)이라ᄒ던 빅락텬(白樂天)으로 한 짝 ᄒ고, 분수탈상증(分手脫相贈)ᄒ니 평싱일편심(平生一片心)이라ᄒ던 밍호연(孟浩然)으로 한 짝 ᄒ고, 쳥손(靑山)은 슈쳡(數疊)이요 벽계(碧溪)는 일곡(一曲)이라ᄒ던 도연명(陶淵明)으로 웃짐 쳐셔, 통만고지득실(通萬古之得失)ᄒ고 감빅왕지흥망(鑑百王之興亡)이라ᄒ던 사마쳔(司馬遷)으로 말 몰이고.

위빈어부(渭濱漁夫)로셔 쥬텬ᄒ팔빅년긔업(周天下八百年基業)을 창긔

(創開)ᄒᆞ던 강틱공(姜太公)으로 한 짝 ᄒᆞ고, 운슈유악지즁(運籌惟幄之中)
ᄒᆞ야 결승천리지외(決勝千里之外)ᄒᆞ던 쟝자방(張子房)으로 한 짝 ᄒᆞ고,
딕몽(大夢)을 슈션각(誰先覺)고 평싱(平生)을 아즈지(我自知)라ᄒᆞ던 제갈
양(諸葛亮)으로 우짐 쳐서, 빅일공ᄉᆞ(百日公事)ᄂᆞᆫ 닉양일조(耒陽一朝)요
연환묘계(連環妙計)ᄂᆞᆫ 젹벽(赤壁)에 슈공(首功)이라ᄒᆞ던 방사원(龐士元)
으로 말 몰이고.

룡셩오치망긔(龍成五彩望氣)ᄒᆞ고 옥결(玉玦)을 자조 들든 범아부(范亞
父)로 한 짝 ᄒᆞ고, 빅등ᄒᆡ원(白登解圍)ᄒᆞ고 뉵츌긔계(六出奇計)ᄒᆞ던 진평
(陳平)으로 혼 짝 ᄒᆞ고, 팔십만슈육군딕도독젹벽오병(八十萬水陸軍大都
督赤壁鏖兵)ᄒᆞ던 쥬공근(周公瑾)으로 웃짐 쳐서, 강남(江南)에 긔가(凱歌)
불너 금릉(金陵)으로 도라오든 조빈(曹彬)으로 말 몰이고.

빅슈변졍(白首邊庭)에 탕쇼요진(蕩掃妖塵)ᄒᆞ던 마원(馬援)으로 한 짝
ᄒᆞ고, 광초구군(誆楚救君)ᄒᆞ야 망ᄉᆞ보국(忘死報國)ᄒᆞ던 긔신(記信)으로
한 짝 ᄒᆞ고, 미보국은(未報國恩)ᄒᆞ고 공사결의(空死決義)ᄒᆞ든 장슌(張巡)
으로 우짐 쳐서, 신ᄉᆞ슈절(身死守節)ᄒᆞ야 츙관빅일(忠貫百日)ᄒᆞ던 허원
(許遠)으로 말 몰이고.

연빅만지ᄉᆞ(連百萬之師)ᄒᆞ야 젼필셩공필취(戰必勝攻必取)ᄒᆞ던 한신(韓
信)으로 한 짝 ᄒᆞ고, 두발(頭髮)이 상지(上指)ᄒᆞ고 목즈진렬(目眥盡裂)ᄒᆞ
던 번쾌(樊噲)로 한 짝 ᄒᆞ고, 남궁운딕즁흥공신(南宮雲臺中興功臣) 이십
팔쟝즁제일공신등우(二十八將中第一功臣鄧禹)로 웃짐 쳐서, 츙의졍셩(忠
義精誠)이 양관…일(仰貫白日)ᄒᆞ던 곽자의(郭子儀)로 말 몰이고.

력발산긔가세(力拔山氣蓋世)ᄂᆞᆫ 쵸픽왕(楚覇王)에 버금이요 추상졀열
일츙(秋霜節烈日忠)은 오자셔(伍子胥)에 우희로다. 봉금괘인(封金卦印)ᄒᆞ
고 독힝쳔니(獨行千里)ᄒᆞ시던 관운쟝(關雲長)으로 한 짝 ᄒᆞ고, 장판파변
(長坂坡邊)에 퇴병빅만(退兵百萬)ᄒᆞ던 장익덕(張翼德)으로 혼 쪽 ᄒᆞ고,
당양쟝판만군즁(當陽長坂萬軍中)에 아두(阿斗)을 품에 품고 빅만진즁횡
힝(百萬陣中橫行)ᄒᆞ던 도시담(都是膽)이라ᄒᆞ던 죠자룡(趙子龍)으로 웃짐

쳐서, 셔양명쟝(西凉名將)으로 보젼뉵쟝(步戰六將)ᄒ던 마밍긔(馬孟起)로
말 몰이고.

오호(五湖)에 편쥬(片舟)타고 범소빅(范少白)을 따라가던 셔시(西施)로
한 짝 ᄒ고, 회두일소빅미싱(回頭一笑百媚生)ᄒ니 육궁분디무안셕(六宮
粉黛無顔色)이라ᄒ던 양귀비(楊貴妃)로 한 짝 ᄒ고, 월령옥쟝ᄒ(月營玉
帳下)에 추파(秋波)에 눈믈짓던 우미인(虞美人)으로 웃짐 쳐서, 영웅(英
雄)에 친근지의(親近之義) 일죠(一朝)에 리간(○間)ᄒ던 쵸션(貂蟬)으로
말 몰이고.

사마샹여(司馬相如)에 봉구황(鳳求凰)에 씌다라셔 드러가던 졍경픠(鄭
瓊貝)로 한 짝 ᄒ고, 틱산궁익빅화번(泰山宮掖百花○)ᄒ더 영작(靈鵲)이
보리희미연(報來喜美緣)ᄒ든 리소하(李簫何)로 한 짝 ᄒ고, 안소부딕남
비거(鴈踈不帶南飛去)ᄒ니 삼오셩희월직동(三五星稀月在東)이라ᄒ든 진
치봉(秦彩鳳)으로 웃짐 쳐서, 위쥬츙심(爲主忠心)은 보々샹수부잠시(步々
相隨不暫捨)라 위션위귀(爲仙爲鬼)ᄒ든 가츈운(賈春雲)으로 말 몰이고.

월즁단계수션졀(月中丹桂誰先折)고 금디문장(今代文章)이 자유인(自
有人)이라ᄒ든 계셤월(桂蟾月)로 한 짝 ᄒ고, 하북명창(河北名唱)으로 삼
졀식현명(三絶色顯名)ᄒ던 젹경홍(狄驚鴻)으로 한 짝 ᄒ고, 복파영즁(伏
坡營中)에 월령(月影)이 젹막(寂寞)ᄒ고 옥문관외(玉門關外)에 츈식(春色)
이 의희(依稀)라ᄒ던 심호연(沈○烟)으로 웃짐 쳐서, 쳥슈담(淸水潭)에
슈졀(守節)ᄒ여 음곡(陰谷)에 싱츈(生春)나라ᄒ던 빅능파(白凌波)로 말 몰
여볼가 ᄒ노라.

세창서관본 「짝타령」의 이 가사는, 병기한 한자가 틀리거나 빠진
데가 몇 군데 있고, 한글 가사와 다른 한자도 있다.6) 세창서관본 「짝타

---

6) 이렇게 한글 가사나 틀리는 것은 아마도 구술하는 것을 그대로 적었기 때문일 것
   이다. 그리고 병기한 한자가 틀린 것은 이 책을 편찬한 사람들이 한자를 그렇게 알

령」은 다른 잡가집의 <짝타령>과 거의 자구가 일치한다. 20세기 초엽의 <짝타령>은 이 가사로 통일되었던 것으로 보인다. <짝타령>이라는 제목의 '짝'은 노래 가사의 "한 짝 치고"에서 따온 것 같다. <짝타령>의 가사를 보면, 말이나 소 같은 짐승의 등에 짐을 싣는 형상을 노래로 만든 것임을 알 수 있다. 짐승의 등에 짐을 싣는데, 양쪽에 한 짝씩 싣고 그 위에 웃짐을 얹어 몰고가는 것이다. 양쪽의 각 한 짝과 웃짐에 한 사람씩 배치하고, 이 세 짐을 실은 말을 모는 사람 하나를 더해서 각 연에 네 사람이 등장한다. 그런데 이 네 사람은 대체로 같은 성격의 인물들이다.

　<짝타령>은 11연으로 되어 있는데, 8연에 초패왕과 오자서를 언급한 부분을 제외하고는 모두 같은 형식으로 되어 있다. 그 형식은, 각 연에 4명의 인물을 배치해서, "○○하던 누구로 한 짝 치고, ○○하던 누구로 한 짝 치고, ○○하던 누구로 웃짐 쳐서, ○○하던 누구로 말 몰려라."로 통일되어 있다. 8연은 관운장을 묘사하는 대목에 초패왕과 오자서를 더 넣은 것으로 보인다. 참고로 각 연에 등장하는 인물을 보면 다음과 같다

　　　1연 : 이태백, 두자미, 왕자안, 소동파
　　　2연 : 한퇴지, 여동빈, 왕희지, 범중엄
　　　3연 : 백낙천, 맹호연, 도연명, 사마천
　　　4연 : 강태공, 장자방, 제갈량, 방사원
　　　5연 : 범아부, 진평, 주공근, 조빈
　　　6연 : 마원, 기신, 장순, 허원

고 있었거나, 또는 조판 과정에서 잘못된 것일 가능성도 있다.

7연 : 한신, 번쾌, 등우, 곽자의
8연 : 초패왕, 오자서, 관운장, 장익덕, 조자룡, 마맹기
9연 : 서시, 양귀비, 우미인, 초선
10연 : 정경패, 이소하, 진채봉, 가춘운
11연 : 계섬월, 적경홍, 심효연, 백능파

이와 같은 가사로 되어 있는 <짝타령>이 1930년대 중반까지는 상당히 인기가 있었던 것 같은데, 이문원이 축음기 음반으로 녹음했다는 사실이 이를 증명한다고 하겠다. 앞에서 얘기한대로 이문원은 송서 <삼설기>도 녹음했는데, 음반을 내는 것은 철저한 상업성에 의한 것이므로, <삼설기>나 <짝타령>을 음반으로 내는 것은 어느 정도 상업성이 있었던 것으로 보인다.

3. 짝타령의 이본

1930년대까지는 음반 녹음이 이루어질 정도로 인기가 있었던 <짝타령>에 어떤 종류의 이본이 있는지 살펴보도록 한다. 필자가 확인한 바로는, 활판본 잡가집 이외에 <짝타령>이 나오는 데는 신채효본『심청가』와『변강쇠가』뿐인 것 같다.7) 그러나 <짝타령>이란 제목이 아

---

7) <춘향전> 가운데도 <짝타령>이라는 제목이 나오는데, <춘향전>은 뒤에 따로 논의할 것이므로 여가서는 언급하지 않는다.

닌 다른 제목으로 된 비슷한 형식의 가사는 몇 가지가 있고, 또 <짝타령>과 완전히 같은 내용이 <바리가>라는 제목으로 되어 있는 것이 있다. 여기서는 <짝타령>과 같은 형식으로 된 노래 가운데 <바리가>를 제외한 것을 보기로 한다.

3.1. 신재효본 판소리

1910년대 활판본으로 출판된 잡가집에 나오는 <짝타령>을 제외하면, <짝타령>이라는 제목의 노래가 나타나는 곳은 신재효본으로 알려진 『심청가』와 『변강쇠가』이다. 『변강쇠가』에 <짝타령>이 나오는 대목은 다음과 같다.

> 歌客의 擧動 보쇼. 楚漢歌를 혼참 홀 제,
> "日後英雄壯士덜아 楚漢 勝負 드러보쇼. 絶人之力 부지럽고 順民心이 웃씀일네. 漢沛公 十萬大兵 九里山下 十四面에 大陣을 둘너치고 楚伯王을 집르랼제, 거리거리 馬兵이요 마로 〃 〃 伏兵이라."
> 부치를 쏵 펼치며 슘이 쫄각. 기악고 노던 스롬 쪽打슐을 타노라고,
> "荒城에 虛照碧山月이오 古木은 盡入蒼梧雲이라 흐던 李太白으로 한 짝, 三年笛裏關山月이오 萬國兵前草木風이라 흐던 杜子美로 한 짝."
> 등덩 〃지 둥덩둥. 그만 식고 북 치든 늘근 총각 다시 치는 소러 엽고.[8]

『변강쇠가』의 이 대목은, 여주인공이 변강쇠를 만나기 전까지 여러

---

8) 강한영, 『신재효 판소리 전집』(서울: 연세대학교 인문과학연구소, 1969) 변-25면.

남자를 만나는 과정에서, 소리하는 사람을 만나는 대목이다. 이 대목에 등장하는 인물은 가객, 가야금 노는 사람, 북 치는 늙은 총각 등이다. 이 세 사람 가운데 첫 번째 인물은 서도소리 <초한가>를 부르고, 두 번째 사람은 가야금을 타면서 <짝타령>을 한다. 이 대목에서 부르는 <짝타령> 가사는 이문원이 부르는 가사의 시작 부분과 같은데, 첫 연의 반만 부른 것이다.

『심청가』에 <짝타령> 나오는 대목은 다음과 같다.

"여보쇼 뺑덕이네. 니가 비록 외촌 스나 오입쇽을 더강 아니. 일식 게 집 솔츅ᄒ기 맛잇쎄 죽난질리ᄒ기보다 더 죠흔디, 우리 두리 맛난 후의 아무 죽난 아니ᄒ고 밤낫스로 더고 파니 마시 업셔 못ᄒ것닉, 짝타령이나 ᄒ여보시."

"익겨 짝타령을 엇더케 혼다난가."

"나 할게 들어보쇼."

심봉스가 짝타령을 허되 거문고 쇼리 쏀으로 맛츄워 가것다.

"슘연젹이관슨월이요 만국병젼쵸목풍이라ᄒ든 두즈미로 혼 쪽, 운힝진영가안지요 셜옹남관마부젼이라ᄒ든 혼퇴지로 혼 쪽, 황셩의 허죠벽순월이요 고목은 진입초오운이라ᄒ든 이틱빅으로 웃짐 치고, 츈셩무쳐불비화 혼식동풍어류스라ᄒ든 혼굉으로 말 몰여라. 둥덩 〃〃.

빅만중 거나리고 젼필승공필췌ᄒ든 혼신으로 혼 쪽, 쇼쥬를 품의 품고 당양궁판의 죠ㅏ 츙우돌ᄒ든 죠운으로 혼 쪽, 젹토마 칩쎠 타고 쳥용도 빗겨들고 빅마진 달여들어 알양 문츄를 혼 칼의 쎙그렁 베이던 관공임으로 웃짐치고, 홍문연 큰 모움의 옹슌직입ᄒ야 두바리승지ᄒ고 목즈진열ᄒ니 우왈 즁스라 ᄒ든 번쾌로 말 몰여라. 둥덩 〃〃.

육궁분더무안슉ᄒ던 양구비로 혼 쪽, 자궁교렴식ᄒ든 왕쇼군으로 혼 쪽, 쳔ᄒ빅월셔시로 웃짐 치고, 말 쇼리 셔 즈르고 동포할 졔 즌지죠 만

흔 쎙덕이니로 말 몰여라. 둥덩 〃 〃.”

쎙덕이네가 남의 피를 만니 쌀아먹은 거시라 들의면 척 〃 응구쳡더

흐난 거시 신통흐야,

“아겨 쫙타령을 그러케 흐다오.”

“그러체.”

“나도 흐나 흐야볼짜.”

심봉스 죠와라고,

“허기 곳 흐면 니 간 〃 이제.”

쎙덕이니가 화답흐난듸 제법 쥬고밧는 스셜흐야,

“취과양쥬귤만거흐던 두목지로 흔 쫙, 쇼슈옥방젼의 시 〃 오불현흐

든 쥬도독으로 흔 쫙, 동손슈기흐던 스안셕으로 웃짐 치고, 인물리 일

식이요 졀머셔 동슘 먹고 그거시 중텽불스흐는 봉스님으로 말 몰여라

둥덩 〃 〃.”9)

신재효본 『변강쇠가』에 나오는 <쫙타령>은 첫부분만 잠깐 부른

것이기 때문에 이것만으로는 전체적인 내용을 알 수 없으나, 이문원이

부른 <쫙타령>의 첫 부분과 같은 것으로 보아 활판본 잡가집의 <쫙

타령>과 같다. 그러나 『심청가』에 나오는 <쫙타령>은 활판본 잡가집

의 가사와 다름을 알 수 있다. 『심청가』의 <쫙타령>에서 심봉사가 부

른 세 연의 인물은 다음과 같다.

1연 : 두자미, 한퇴지, 이태백, 한굉

2연 : 한신, 조운, 관운장, 번쾌

3연 : 양귀비, 왕소군, 서시, 뺑덕이네

9) 강한영, 앞의 책, 심-29면.

그리고 뺑덕이네가 부른 한 연에 등장하는 인물은 두목지, 주도독, 사안석, 봉사님이다. 『심청전』의 <짝타령>은 잡가집의 <짝타령>과 가사가 다른데, 특히 『심청가』에 나오는 <짝타령>에는 역사적인 인물만이 아니라 심봉사나 뺑덕이네 같은 『심청가』에 등장하는 인물도 들어 있다는 것이다. 『심청가』의 <짝타령>에 심봉사나 뺑덕이네가 나오는 것을 원래 가사로 보기는 어렵다. 이것으로 보아 <짝타령>은 가사를 바꿔부를 수 있는 노래이고, 실제로 이렇게 바꿔 불렀음을 알 수 있다.

3.2. 십태가

이 노래는 현재 프랑스 파리 동양어문화대학에 보관되어 있는 『기사총록』이라는 노래 가사를 모아놓은 책에 들어 있다. 먼저 이 「십태가」의 가사를 보기로 한다.

> 각시님 거문고 타쇼, 나는 노리 불너봄세.
> 쳥풍은 혼 짝인데 명월노 짝을 지어, 화향으로 웃짐 언져 소동파로 말을 모라, 젹벽강 지날 젹의 그 아니 혼 바린가.
> 셔시로 혼 짝 치고 유직으로 짝을 지어, 니뵉도화 웃짐 언져 여동빈으로 말을 모라, 영쥬로 나갈 젹의 그 아니 두 바린가.
> 쥬쳔당 혼 짝 치고 만곡쥬로 짝을 지어, 뉴령으로 웃짐 언져 니티뵉으로 말 모라, 치셕강 ㄴ갈 젹의 그 아니 셰 바린가.
> 감부인으로 혼 짝 치고 미부인으로 짝을 지어, 뉴현덕으로 웃짐 언져 관공으로 말을 모라, 오관춤장 ㄴ갈 젹의 그 아니 네 바린가.

우미인으로 혼 짝 치고 초픽왕으로 짝을 지어, 용천금 웃짐 언져 쥬란호쵸로 말 모라, 오강으로 느갈 젹의 그 아니 오 바린가.

원부인 혼 짝 치고 니졍으로 짝을 지어, 자란으로 웃짐 언져 원통으로 말을 모라, 퇴향산을 지날 젹의 그 아니 육 바린가.

양귀비로 혼 짝 치고 당명황으로 짝을 지어, 동졍호로 웃짐 쳐셔 니순풍으로 말을 모라, 마외역을 지날 젹의 그 아니 칠 바린가.

월궁항아로 혼 짝 치고 봉니션관 짝을 지어, 마고션녀로 웃짐 언져 화덕진군 말을 모라, 낙양동촌 지날 젹의 그 아니 팔 바린가.

영영으로 혼 짝 치고 김싱으로 짝을 지어, 익모로 웃짐 언져 막종으로 말을 모라, 노리골노 느갈 젹의 그 아니 구 바린가.

각씨님 혼 짝 치고 이 니몸 짝을 지어, 거문고로 웃짐 언져 벗님니로 말을 모라, 힝화촌 드러가니 그 아니 열 바린가.

열 바리 모도 실고 완월장취 호올리라.

「십태가」는 한자로는 「十駄歌」일텐데, 가사를 보면, 한 바리부터 열 바리까지 짐을 싣는 내용으로 되어 있다. 이 노래의 가사는, 먼저 한 짝 치고, 다음에 다시 짝을 지은 다음, 웃짐을 얹고, 말을 몰아서 어떤 곳을 지나간다는 형식으로 되어 있다. <짝타령>과 비교해보면, 각 짝의 내용이 단순하고, 어떤 곳을 찾아간다는 내용이 더 들어 있기는 하나, 기본적으로 <짝타령>과 같은 구조이다.

이 「십태가」가 들어 있는 『기사총록』에는 총 18편의 노래 가사가 실려있는데, 모리스 꾸랑의 『조선서지』에 426번으로 소개된 바로 그 책이다. 이 책에 실려 있는 18편의 노래 제목을 보면 다음과 같다.

<상사별곡>, <츈면곡>, <계유사>, <어부사>, <음창가>, <십태가>, <청누가>, <권쥬가>, <빅구사>, <노쳐녀가>, <노인가>, <일

비쥬가>, <원우가>, <남초가>, <명당가>, <장긔가>, <환별가>,
<농아가>

모리스 꾸랑은 이 책에 대해서, "8음절로 된 시로 韻이 없는 한글 시들. 이 시들은 노래불러질 수 없는 것들이다. 저자는 蓉湖 사람으로 이 시들은 癸未 1883년(?)에 쓰여진 것이다."[10]라고 했으나, 이것은 모리스 꾸랑이 이 노래들에 대해서 잘 모르기 때문에 이렇게 말한 것이다. 위의 18편 가운데는 <십태가>처럼 지금은 그 창이 전해지지 않는 것도 있지만, <춘면곡>이나 <백구사>처럼 현재도 불리는 노래가 여러 편 있다.[11]

이 『기사총록』에 들어 있는 18편 가운데 <음창가>는 현재는 <추풍감별곡>이라는 제목으로 알려져 있는데, <추풍감별곡>은 송서로 불리고 있다. 또 <상사별곡>은 현재 불리는 것과 제목은 같지만, 내용을 보면, 현재 12가사의 하나로 불리는 것보다 가사가 길다. 1915년에 초판이 나온 유일서관의 『무쌍 신구잡가』를 보면, <상사별곡>에는 「고상사별곡」과 「상사별곡」 두 가지가 있다. 『기사총록』에 들어 있는 <상사별곡>은 『무쌍 신구잡가』에 들어 있는 <고상사별곡>과 거의 같은 내용이다.

<십태가>의 형식을 <짝타령>과 비교해보면, 두 짝과 웃짐 그리고 말 모는 사람(사람이 아닌 경우도 있다) 이렇게 넷이 등장하는 것은 같으나, <십태가>는 여기에 더해 어디어디를 지난다는 내용이 더 들

---

10) 모리스 꾸랑, 『한국서지』 이희재 역(서울: 일조각, 1997) 204면.
11) 윤덕진 교수가 『기사총록』을 소개하고 해설을 한 것이 있다.
　　윤덕진, "가사집 『기사총록』의 성격 규명", 『열상고전연구』 12집(열상고전연구회, 1999).

어 있다. 이와 같이 어디어디를 지나간다는 내용이 덧붙여진 형식의 가사는 「몽유가(夢遊歌)」에도 들어 있다. 「몽유가」의 이 부분을 보면 다음과 같다.(띄어쓰기와 단락나누기는 필자).

清風으로 훈 짝 짓고 明月로 짝을 지어, 陶淵明 웃짐 치고 呂東賓 말 몰여라. 采石江 도라드니 이 아니 景일손야.
일광노 훈 짝인데 杜牧之로 짝을 지어, 張騫으로 웃짐 치고 蘇東坡로 말 몰여라. 玉京으로 올나가니 이 아니 훈 바린가.
쥬천광 훈 짝인데 만군쥬로 짝을 지어, 李謫仙 웃짐 치고 劉伶으로 말 몰여라. 瀟湘江 도라드니 이 아니 훈 바린가.
麋夫人 훈 짝인데 甘夫人 짝을 치여, 劉玄德 웃짐 치고 關公으로 말 몰여라. 桃園結義 도라드니 이 아니 훈 바린가.
祝融夫人 훈 짝인데 貂蟬으로 짝을 치여, 呂布로 웃짐 치고 三國風塵 도라드니 이 아니 훈 바린가.
楚漢으로 훈 짝 짓고 戰國으로 짝을 치여, 楚覇王 웃짐 치고 韓信으로 말 몰여라. 陰陵을 추져가니 이 아니 훈 바린가.
安期生 훈 짝인데 赤松子로 짝을 치여 웃짐 치고 원단구로 말 몰여라. 天上으로 올나 가니 이 아니 훈 바린가.[12]

<몽유가>의 마지막 부분에 이 대목이 들어 있는데, 이 가사는 한 짝, 또 한 짝, 그리고 웃짐 치고, 말 몰린 다음에 어디어디로 돌아드니로 되어 있다. 이 <몽유가>는 『악부』와 『가집』에 모두 실려 있는데, 이 대목은 두 책이 완전히 일치한다.
<몽유가>에 들어 있는 이 내용은 <짝타령>과는 다르지만, 그 형

---

12) 『가집』 영인본 상권 290면.

식은 <짝타령>과 비슷하다. 그리고 <짝타령>처럼 각 짝이나 웃짐에 대한 설명이 부연되어 있지 않고 간단한데, 이것은 <십태가>와 닮았다. <몽유가>에 들어 있는 이 내용은 <십태가>와 연관이 있는 것으로 보이지만, 어떤 것이 선행하는 것인지는 알 수 없다.

3.3. 구마가(驅馬歌)

『악부』에는 <짝타령> 뒤에 「구마가(驅馬歌)」라는 노래가 덧붙여져 있다. 그 가사의 전문을 보면 다음과 같다.(띄어쓰기와 단락나누기는 필자)

宮商角徵羽와 五音六律 마듸〃〃 푸러내여 大絃은 옹〃하고 小絃은 명〃하니 白鶴의 우름이라 둥덩실.

荒城虛照碧山月이요 古木盡入蒼梧雲이라 彩石江에 騎鯨하든 李謫仙으로 한 짝 짓고, 三年笛裏關山月이요 萬國兵前草木風이라 靑樓酒肆에 投橘하든 杜子美로 한 짝 짓고, 歸去來兮여 田園將蕪하니 胡不歸아 彭澤令 마다 하든 陶淵明으로 웃짐 치고, 東吳江南黃驄馬에 실을 後에 淸風은 徐來하고 水波는 不興이라 赤壁賦 지어내든 蘇子瞻으로 말 몰려라. 둥덩실.

六韜三略 經天緯地 八門遁甲之時節이라 渭水에 고기 낫든 姜子牙로 한 짝 짓고, 八年風塵搖亂時에 鷄鳴山 秋夜月에 決勝千里하든 張子房으로 한 짝 짓고, 草堂에 春睡足하니 窓外에 日遲〃라 東南風 비러내든 諸葛亮으로 웃짐 치고, 檀溪水 깁흔 물에 뛰여드든 赤兔馬에 실은 후에 明日에 五萬竈하고 又明日에 二萬竈라 馬陵 조분 길에 白而書之하든 孫武

子로 말 몰녀라. 둥덩실.

堯之日月이요 舜之乾坤이라 附佐堯舜할 제 卓冠百王하든 稷契로 한 짝 짓고, 五更月道 閒暇하다 楚山에 나무 비든 傅說로 한 짝 짓고, 理陰陽順四時오 桐客遷善 더욱 좃타 莘野에 밧 가든 伊尹으로 웃짐 치고, 萬古忠節 놉흔 일홈 赤冤馬에 실은 後에 周公 成王 本을 바다 幼主輔翼盡忠하든 博陵侯로 말 몰녀라. 둥덩실.

頭髮上指하고 目眥盡裂이라 排達直入하든 樊噲로 한 짝 짓고, 一聲呼洞 長八蛇矛 百萬曹兵 물니치고 義擇嚴顏하든 張翼德으로 한 짝 짓고, 當陽에 阿斗를 품에 품고 百萬軍中 橫行하든 趙子龍으로 웃짐 치고, 江東 長沙 吳江邊에 홀노 섯는 烏騅馬에 실은 後에 少年 十五 二十時에 先行奪取胡馬騎라 老當益壯 秦叔寶로 말 몰녀라. 둥덩실.

函谷關 어둔 길에 野鷄盡鳴 버서나든 鷄鳴狗盜 孟嘗君으로 한 짝 짓고, 晋鄙 노든 兵符中에 鐵椎霹靂이라 遊說萬端 信陵君으로 한 짝 짓고, 日出與議하야 日中不決 怪異하다 從之利害 平原君으로 웃짐 치고, 長板橋 다리 우에 빗겨 섯는 烏驄馬에 실은 후에 遊獵俠客思慕中 春申君으로 말 몰녀라. 둥덩실.

六國政丞印을 차고 趙나라로 도라갈 제 車騎輜重 말 잘하든 蘇秦으로 한 짝 짓고, 合從連橫 곳친 後에 魏나라에 政丞되야 六國을 復合하든 張儀로 한 짝 치고, 劉玄德이 漢中 칠 제 馬孟起로 誘引하야 西川 달내든 李恢로 웃짐 치고, 百萬陣中 長板坡에 阿斗를 救하야내든 白雪馬에 실은 後에 한 선 배 세 치 혀로 齊나라 七十餘城 降服밧든 酈食其로 말 몰녀라. 둥덩실.

單筮를 占친 後에 梅花首 지여내고 六爻를 버린 後에 五代孫 살려내든 邵康節로 한 짝 짓고, 唐太宗 世民黃帝 金城厄을 占처내든 袁天罡으로 한 짝 짓고, 李斯를 降服밧든 尉遲敬德 破할 적에 成否吉凶 判斷하든 李淳風으로 한 짝 짓고, 吉行三十里요 師行五十里라 조부수 鐵牛에 실은 後에 三國이 紛〃할 제 六十四卦 버려내든 南斗星에 北斗星에 소푝

주를 울닌 後에 曺安의 짜른 命을 비러내든 管輅로 말 몰녀라. 둥덩실.

萬乘天子 忠臣되야 四海財物 자랑할 제 黃蜜로 木을 삼꼬 五色帳幕 四十里를 步行하든 王愷로 한 짝 짓고, 財物勝負 닷토랴고 白蠟燭으로 밥을 짓고 鐵椎를 손에 쥐고 珊瑚樹 粉碎하든 石崇으로 한 짝 짓고, 皇后가 둘이요 公主가 셋시오 貴人이 여섯이오 大將이 다섯이오 정將윤校 五十七人 萬〃財物 梁冀로 웃짐치고, 張騫이 使臣 되야 西天西域 往來하든 大王馬에 실은 後에 유사되야 상가 累萬里요 寵幸無比하든 武安侯 田蚡으로 말 몰녀라. 둥덩실.

長安城中 億兆萬民 졈인 고기 손에 들고 거리로 노래하든 萬古逆賊 董卓으로 한 짝 짓고, 東漢復興하니 貴臣이 篡逆이라 弑君逆臣大逆不道 王莽으로 한 짝 짓고, 治世能臣이요 亂世之奸雄이라 挾天子以令諸侯하든 曹孟德으로 웃짐 치고, 밋친개의게 실은 後에 忠諫者는 殺害하고 欺君者는 爲忠이라 指鹿爲馬하든 趙高로 말 몰녀라. 둥덩실.

「구마가」의 형식은 <짝타령>과 마찬가지이지만, 각 짝과 웃짐 그리고 말 모는 사람을 묘사한 내용이 <짝타령>보다 길다.

4. 춘향전의 바리가

<춘향전>을 내용에 따라 크게 둘로 나누면 서울에서 유행했던 세책본(貰冊本)과 전주 쪽의 창본(唱本)으로 나눌 수 있는데, 세책계열 <춘향전>에는 당시에 서울에서 유행하던 노래가 많이 들어 있다. 세

책계열 <춘향전>에 들어 있는 노래 가운데 <바리가>라는 노래가 있는데, 이 노래는 형식과 내용이 <짝타령>과 같다. <춘향전>은 다양한 이본이 있고, 이본에 따라 내용이 다르다. 이렇게 이본에 따라 내용이 다르듯이, 각 이본에 들어 있는 <바리가>의 내용도 각기 다르다. 이들 <바리가>는 크게 두 종류로 나누어서 볼 수 있다. 하나는 세책 <춘향전>과 직접 관련이 있는 이본에 들어 있는 <바리가>로 잡가집에 들어 있는 <짝타령>과 같은 내용이고, 또 하나는 세책과 직접적인 연관이 없는 이본에 들어 있는 <바리가>로 이들의 내용은 제각각이다. 그러나 이런 다양한 <바리가>의 기본적인 형식은 같은 것이다. 여기서는 이들 <춘향전>에 들어 있는 여러 가지 <바리가>를 <짝타령>과 같은 것과 다른 것으로 나누어서 각기 특색을 보기로 한다.

4.1. 〈짝타령〉과 같은 내용의 〈바리가〉

<짝타령>과 같은 내용으로 되어 있는 <바리가>가 들어 있는 <춘향전> 이본은 다음의 6종이 확인되었다. 이들의 목록과 소장처는 다음과 같다.

ㄱ. 남원고사(5권 5책) : 프랑스 파리 동양어문화대학 소장본.
ㄴ. 춘향전(10권 10책) : 일본 동양문고 소장본.
ㄷ. 춘향전(9권 2책) : 일본 동경대학 소장본.
ㄹ. 춘향전(5권 5책) : 영남대학교 소장본. 1권이 없음.
ㅁ. 춘향전(경판 35장본) : 일본 구주대학교 소장본.

ㅂ. 고본춘향전 : 최남선(1913년)
ㅅ. 增像演藝 獄中佳人 : 신구서림본(1914년)

이 가운데 필사시기가 가장 앞서는 것은 프랑스 동양어문화대학교
에 소장되어 있는 『남원고사』로 1860년대 중반에 필사되었다. 『남원고
사』에 <바리가>가 나오는 대목을 보면 다음과 같다.

츈향이 니른 말이,
"그 노리 듯지 못ㅎ던 노리요, 쏘 무슴 쇼리 ㅎ랴ㅎ오."
"노리 말고 별 희한ㅎ 쇼리 ㅎ딕 아조 이상ㅎ 십상쇼리 ㅎ마. 그칠
제마다 거문고로 녹게 맛초와 쥬면 잘 ㅎ려니와, 그러치 아니ㅎ면 ㅎ다
가도 그만두ᄂ니라."
"그거시 무슨 쇼리오?"
"다른 쇼리 아니라, 녯젹 문댱 영웅 호걸 튱신 열스 일식드를 모도
모아 바리가ㅎᄂ 쇼리라."
"참으로 듯지 못ㅎ던 별 쇼리오. 어셔 ㅎ오. 듯스이다."
니도령이 바리가 ㅎ다.
황셩의 허됴벽산월이오 고목이 진입창오운이라 ㅎ던 니틱빅으로 ㅎ
짝 치고, 삼년젹니관산월이오 만국병젼초목풍이라 ㅎ던 두ᄌ미로 ㅎ 짝
치고, 낙하ᄂ 여고목졔비ㅎ고 츄슈ᄂ 공댱텬일식이라 ㅎ던 왕ᄌ안으로
웃짐 쳐셔, 빅노ᄂ 횡강ㅎ고 슈광은 졉텬이라 ㅎ던 소동파로 말 몰녀라.
둥덩.
좌무슈이종일ㅎ고 탁쳥텬이ᄌ결이라 ㅎ던 한퇴지로 ㅎ 짝 치고, 심
입악양인불식ㅎ니 낭음비과동졍호라 ㅎ던 녀동빈으로 ㅎ 짝 치고, 유상
곡슈의 혜풍이 화창이라 ㅎ던 왕희지로 웃짐 쳐셔, 부광은 약금ㅎ고 졍
녕은 침벽이라 ㅎ던 범즁엄으로 말 몰녀라. 둥덩.

어양비는 동지니ᄒ니 경파예상우의곡이라 ᄒ던 빅낙쳔으로 ᄒᆫ 쪽 치고, 분슈탈샹증ᄒ니 평셩일편심이라 ᄒ던 밍호연으로 ᄒᆫ 쪽 치고, 쳥산 슈쳡의 벽계일곡이라 ᄒ던 도연명으로 웃짐 쳐셔, 통만고지득실ᄒ고 감데왕지흥망이라 ᄒ던 ᄉ마쳔으로 말 몰녀라. 둥덩.

위쳔어부로셔 쥬쳔팔빅년 긔업을 창긔ᄒ던 강틱공으로 ᄒᆫ 쪽 치고, 운쥬유악지즁ᄒ여 결승쳔니지외ᄒ던 댱ᄌ방으로 ᄒᆫ 쪽 치고, 디몽을 슈션각고 평성을 아ᄌ지라 ᄒ던 졔갈공명으로 웃짐 쳐셔, 빅일공ᄉ는 니양의 일조오 연환묘산은 격벽의 슈공이라 와룡으로 졔명ᄒ던 방ᄉ원으로 말 몰녀라. 둥덩.

뇽셩오치 망긔ᄒ고 옥결을 ᄌ로 드던 범아부로 ᄒᆫ 쪽 치고, 빅둥의 희위ᄒ고 뉵츌긔계ᄒ던 딘평으로 ᄒᆫ 쪽 치고, 팔십일쥬 슈륙군 디도독으로 젹벽오병ᄒ던 쥬공근으로 웃짐 쳐셔, 강남의 긔가 불너 금능으로 도라드던 됴빈으로 말 몰녀라.

빅슈변졍의 탕소요진ᄒ던 마원으로 ᄒᆫ 쪽 치고, 광초구군ᄒ여 망ᄉ보국ᄒ던 긔신으로 ᄒᆫ 쪽 치고, 미보국은ᄒ고 공ᄉ졀의ᄒ던 댱슌으로 웃짐 쳐셔, 신ᄉ슈졀ᄒ여 튱관빅일ᄒ던 허원으로 말 몰녀라. 둥덩.

영빅만지ᄉᄒ여 젼필승 공필취ᄒ던 한신으로 ᄒᆫ 쪽 치고, 두발이 샹지ᄒ고 목지진열ᄒ던 번쾌로 ᄒᆫ 쪽 치고, 남궁운디에 즁흥공신 이십팔댱듕 졔일공 되던 둥우로 웃짐 쳐셔, 튱의졍셩이 앙관빅일ᄒ던 곽ᄌ의로 말 몰녀라. 둥덩.

발산녁긔셰긔ᄂ 초픽왕의 버금이오 츄샹졀녈일튱은 오ᄌ셔의 우희로다. 봉금괘인ᄒ고 독힝쳔니ᄒ옵시던 관공으로 ᄒᆫ 쪽 치고, 장판교샹의 퇴병빅만ᄒ던 댱익덕으로 ᄒᆫ 쪽 치고, 댱판파구아두의 일신이 도시담이라 ᄒ던 됴ᄌ룡으로 웃짐 쳐셔, 셔량명댱으로 보젼뉵댱ᄒ던 마밍긔로 말 몰녀라. 둥덩.

오호의 편쥬 타고 범소빅 ᄯ라가던 셔시로 ᄒᆫ 쪽 치고, 회두일소빅미싱의 뉵궁분디무안식이라 ᄒ던 양옥진으로 ᄒᆫ 쪽 치고, 만월영 옥장하

의 츄파의 눈물지던 우미인으로 웃짐 쳐셔, 영웅의 댱쳐근지룰 일됴의
이간ᄒ던 초션으로 말 몰녀라. 둥덩.

ᄉ마상여 봉황곡의 씨다라 드러가던 졍경파로 한 쪽 치고, 츈심궁익
빅화번ᄒ던 영작이 비러보회언이라 ᄒ던 니소하로 혼 쪽 치고, 안소부
더남비거ᄒ니 삼오셩의졍지동이라 ᄒ던 진치봉으로 웃짐 쳐셔, 위쥬츙
심은 보보상쥬부잠시라 위션위귀ᄒ던 가츈운으로 말 몰녀라. 둥덩.

월듕단계룰 슈션졀이냐 금터문댱ᄌ유인이라 읿던 계셤월노 혼 쪽 치
고, 하북명창으로 삼졀싀쳔명ᄒ던 젹경홍으로 혼 쪽 치고, 복파영듕의
월영이 졍류ᄒ고 옥문관외의 츈싀이 이회라 ᄒ던 심요연으로 웃짐 쳐셔,
청슈담의 슈졀ᄒ여 음곡의 싱츈이라 ᄒ던 빅능파로 말 몰녀라. 둥덩.

동졍 츄월ᄌ고 녹파 부용ᄌ혼 츈향으로 혼 쪽 치고, 낙양과긱 풍뉴호
ᄉ 니도령으로 한 쪽 치고, 종긔룰 긔우ᄒ니 쥬류슈이하참ᄒ던 거문고
로 웃짐 쳐셔, 화란츈셩의 만화방창홀 졔 월하승 되던 방ᄌ놈으로 말 몰
녀라. 둥덩 둥덩실.13)

『남원고사』에 들어 있는 <바리가>의 내용을 <짝타령>과 비교해
보면, <바리가>의 마지막 연에 춘향과 이도령 그리고 거문고와 방자
가 나오는 연이 <짝타령>에 없는 것을 알 수 있다. 이 마지막 연만 제
외하면 <바리가>와 <짝타령>은 같다. 위의 6종의 <춘향전>에 들어
있는 <바리가>는 경판 35장본 <춘향전>의 8연에 초패왕과 오자서가
없는 것만을 제외하면 나머지는 일치한다.

<바리가>의 '바리'는 짐 싣는 단위를 나타내는 말인데, 이 '바리'
를 제목으로 삼았다. <바리가>의 마지막 연에는 춘향, 이도령, 거문
고, 방자가 나오는데, 이들은 역사적인 인물이 아닐뿐 아니라 심지어

---

13) 『남원고사』 2권 16-19장.

거문고 같은 물건도 들어 있다는 점이 특이하다. 그러나 앞에서 본 「십태가」에도 인물이 아닌 지명이라든가 물건의 이름이 들어 있는 것으로 보아, 이와 같이 짝을 채워 짐을 싣는 형식으로 된 노래에 반드시 인물만 들어가는 것이 아니라는 것을 알 수 있다.

4.2. 〈짝타령〉과 다른 내용의 〈바리가〉

앞에서는 <짝타령>의 내용과 같은 내용의 <바리가>를 보았는데, 여기서는 <짝타령>과 다른 내용으로 되어 있는 <바리가>가 들어 있는 <춘향전>은 어떤 것이 있으며, 그 내용은 어떤가를 보기로 한다. 편의상 <춘향전> 원문을 활자로 옮긴 것[14]을 참고하여 <짝타령>과 다른 내용으로 된 <바리가>를 찾아보았고, 또 필자가 따로 본 몇몇 이본에서도 확인해보았다. <짝타령>과 다른 내용의 <바리가>가 들어 있는 <춘향전> 이본은 다음과 같은 몇 종이 있다.

　ㄱ. 춘향전(단권) : 고려대학교 소장본
　ㄴ. 춘향전 : 이명선 소장본.『문장』(1940년 12월호)에 활자로 옮겨서 소개
　ㄷ. 성춘향전 : 홍윤표 교수 소장본
　ㄹ. 춘향전154장본 : 홍윤표 교수 소장본
　ㅁ. 춘향전 : 사재동 교수 소장본
　ㅁ. 우리덜전 : 신명서림본(1924년)
　ㅂ. 춘향 : 이광수(1925년 동아일보 연재)

---

14) 설성경, 『춘향전』 1-8권.(서울: 국학자료원, 1998)

이들 여러 이본에 나오는 <바리가>는 내용이나 길이가 각양각색이다. 고려대본처럼 6연으로 된 것이 있는가 하면, 이명선본처럼 34연이나 되는 긴 것도 있다. 홍윤표 154장본은 전체적으로 세책 <춘향전>의 <바리가>와 같지만 매 연의 마지막에 다른 내용이 덧붙여져 있다.[15] 대부분의 <춘향전>에는 이도령이 <바리가>를 부른다고 하는데, 사재동 교수 소장본에서는 이도령이 <짝타령>을 부르겠다고 하는것이 특이하다.

<춘향전>에 들어 있는 <바리가>의 한 특징은 마지막 연에 이도령과 춘향이 등장하는 것인데, 이것은 아마도 <춘향전>의 작자가 기존의 <바리가>를 수용하면서 덧붙인 것으로 보인다. <짝타령>과 같은 내용으로 되어 있는 <바리가>에도 이 마지막 연이 들어 있고, 그내용은 다음과 같다.

> 洞庭의 秋月 같고 綠波의 芙蓉 같은 춘향으로 한 짝 치고, 洛陽過客風流豪士 이도령으로 한 짝을 치고, 鍾期를 旣遇하고 奏流水而何慚이라하던 거문고로 웃짐 치고, 花爛春城의 萬化方暢할새 月下繩 되던 방자놈으로 말 몰려라.

이와 같은 내용은 <춘향전>에 들어 있는 <바리가>에는 모두 실

---

15) 홍윤표 교수가 소장하고 있는 이 154장본은 매우 특이한 본이다. 이 본에 대해서는 앞으로 충분한 연구가 필요할 것이다. 이 154장본에 들어 있는 <바리가>의 내용은 세책 <춘향전>과 같은데, 각 연에서 네 명의 인물을 거론하고는, 이들의 성격을 특징지어 어디어디로 찾아간다는 내용을 덧붙였다. 예를 들면, 이태백, 두자미, 왕발, 소동파가 나오는 연의 마지막은, "만고문장을 찾아간다"는 말이 끝에 붙어 있다. 그런데 사재동본도 이렇게 되어 있는 것으로 보아 이런 형식의 <바리가>도 있었던 것으로 보인다.

려 있다. 그런데 <짝타령>과 다른 내용으로 된 <바리가>는 이 대목
도 제각기 다르다. 몇몇 이본에 들어 있는 <바리가>의 마지막 대목을
보기로 한다.

> (이명선본) 낙양과객 풍뉴호사 니도령 한 짝 하고, 동정추월 갓고 녹
> 파부용 갓튼 춘향으로 짝을 짓고, 봉구황곡 화답하던 거문고 웃짐처서,
> 광할누의 월노승 맷든 방자놈 말 몰녀라.
> (고대본) 장뇌 귀이 되실 도련임으로 쓱을 짓고, 남원 일등명기 츈향
> 으로 쓱을 지야, 거문고로 웃짐 처서, 상단으로 말 몰여라.
> (홍윤표본 성춘향가) 도련임으로 혼짝 짓고, 춘향으로 발이 지여, 거
> 문고로 웃짐 치고, 上端으로 말 몰여라. 烏鵲橋 을는 근너 廣闊樓 노름
> 가자셔라.
> (사재동본) 츈양으로 혼 짝 짓고, 이도령으로 바리미고, 스坐로 웃짐
> 치고, 방즈 놈으로 말몰니고 광할누만 츠겨가즈.
> (이광수 춘향) 벽당에 추월 갓고 록파에 부용 갓고 글 읽으라고 밤낮
> 잔소리하는 춘향으로 한 짝 치고, 락양과객 풍류호사 놀기만 조와하는
> 리도령으로 한 짝 치고, 춘향의 무릅 베고 비스듬이 누어 잇서 리도령의
> 소리 마초는 검믄고로 웃짐치고, 오월오일 광한루에 월로승 되던 방자
> 놈으로 말 몰려라.

<바리가>의 마지막 연은 <짝타령>에는 없는 것으로, 여기에는
<춘향전>에 나오는 인물들이 등장한다. 앞에서 <짝타령>과 같은 내
용의 <바리가>에서는 이 마지막 연의 내용이 모두 같았지만, <짝타
령>과 다른 내용으로 되어 있는 <바리가>는 마지막 연의 내용도 각
기 다르다.

　　<춘향전>은 고소설 가운데 가장 많은 이본이 있는데, 이본에 따라 내용의 차이가 심하다. 각 이본에 들어 있는 <바리가>도 내용이 다른 이유는, 필사자에 따라 내용을 덧붙이거나 뺏기 때문이다. 신재효본 『심청가』에 들어 있는 「짝타령」에서 심봉사와 뺑덕이네가 원래 있던 노래에 각기 상대방의 이름을 넣어서 가사를 만든 것과 같이 <춘향전>의 마지막 연에서도 춘향과 이도령을 넣어서 한 연을 만든 것일텐데, 이 마지막 연이 이본마다 각기 다른 것을 알 수 있다.

4.3. 짝타령과 바리가의 관계

　　1930년대에 이문원이 녹음한 <짝타령>을 들어보면, 각 연을 부르는 가락이 일정함을 알 수 있다. 또 노래의 가사도 일정한 형식이 있어서 각 연에 성격이 같은 인물을 넣기만 하면 얼마든지 노래의 길이를 늘일 수가 있다. 이렇게 <짝타령>은 쉽게 가사를 바꿔 부를 수 있는 성격을 가졌다. 그러나 1910년대 활판본 잡가집을 보면 <짝타령>의 가사는 분명하게 확정되어 있었다. 이렇게 확정된 가사는 언제부터 이루어졌을까? 이 문제를 해결하는 중요한 자료가 바로 세책 <춘향전>의 <바리가>이다. 세책 <춘향전>에 들어 있는 <바리가>의 가사를 보면, 마지막 연을 제외하고는 <짝타령>과 같고, 또 이들 세책 <춘향전>에 들어 있는 <바리가>의 내용은 대체로 일치한다. 이것은 세책 <춘향전>에 <바리가>가 수용될 때에는 이미 확정된 <바리가>의 가사가 있었음을 의미한다. 이와 같이 가사가 확정되었다는 사실을 통해 <바리가>가 <춘향전>에 수용될 시기에 이 노래는 전문적인 가수에 의해서 불리면서 전승되었음을 알 수 있다.

<춘향전>에 들어 있는 <바리가>의 가사가 매우 다양하지만, 세
책 <춘향전>에 들어 있는 <바리가>의 내용은 모두 같다는 것을 앞
에서 보았다. 1860년대에 필사된 『남원고사』나 이보다 약 40여 년 늦
게 필사된 동양문고본이나 동경대학본의 <바리가> 내용은 완전히 일
치한다. 그리고 세책본과 같은 내용의 영남대학본도 <바리가>의 내용
이 같다. 세책본과 연관이 없는 <춘향전>의 여러 이본에 들어 있는
<바리가>의 내용은 각기 다른데, 이것은 필사본 고소설의 내용이 이
본에 따라 다른 것과 같은 맥락이라고 보면 될 것이다. 필사본 고소설
은 이본에 따라 필사자가 임의로 내용을 변개해서 필사하는 경향이 있
기 때문에 이본에 따라 내용의 차이가 많이 난다. <바리가>도 마찬가
지여서 이 대목을 필사하면서 필사자가 자신이 아는 가사를 쓸 수도
있고, 또 자신이 가사를 바꿔서 쓸 수도 있다. <바리가>는 내용을 바
꾸기 쉬운 형식으로 되어 있기 때문에 약간의 지식만 있으면 가사를
바꾸는 일은 쉬웠을 것이다.

세책 <춘향전>에는 많은 노래가 들어 있는데, 이들 가운데 상당수
는 현재까지 전승되고 있다. 세책계열 <춘향전> 가운데 하나인 영남
대학교 소장본 제2권에는 여러 가지 노래가 나오는데, 이들의 제목만
을 들어보면 다음과 같다.

바리가, 호남가, 귀거래사, 계우사, 선유별곡, 낙빈가, 승가(3곡), 춘면
곡, 어부사, 양양가, 처사가, 상사별곡, 장진주(정철), 장진주(이태백), 황
계타령, 성주풀이, 덕자 운 노래, 비점가

이들 노래 가운데는 '덕자 운 노래'나 '비점가'처럼 지금은 잘 모르는 노래도 있지만, 나머지 대부분은 현재까지 곡조가 전승되는 노래들이다. 그리고 이 노래는 아무나 부를 수 있는 노래가 아니라 전문 가수가 부르는 노래이다. 그러므로 세책 <춘향전>에 나오는 많은 노래는 당시에 유행하던 노래를 그대로 소설에 집어넣은 것이지 <춘향전>의 작자가 창작한 것은 아니다. 여기에 <바리가>가 들어 있는 것으로 보아, <바리가>도 세책 <춘향전>이 만들어진 시기에 유행하던 노래였다는 것을 알 수 있다. 세책 <춘향전>의 내용이 현재 볼 수 있는 것으로 굳어진 때가 언제인지는 알 수 없으나, 적어도 1860년대에는 『남원고사』처럼 완전히 정착된 세책 <춘향전>이 유행하고 있었다. 그리고 이 때에는 <바리가>도 전문 가수에 의해 확정된 가사로 불리고 있었다고 보아야 할 것이다.

활판본 잡가집에 들어 있는 <짝타령>과 세책 <춘향전>에 들어 있는 <바리가>의 내용이 다른 부분은 <바리가>의 마지막 연이다. 필자는 <바리가> 마지막 연의 내용은 <춘향전>의 작자가 유행하는 <바리가>를 수용하면서 한 연을 덧붙인 것으로 본다. 앞에서 얘기한 대로 약간의 지식만 있으면 <바리가>의 내용을 변개시키는 일은 어렵지 않기 때문이다. 세책 <춘향전>의 작자는 <바리가>의 마지막 연에 춘향과 이도령을 등장시킬 정도의 능력은 갖고 있었던 인물이었다는 것을 알 수 있다.

이제 한 가지 의문은 세책 <춘향전>에 <바리가>라는 제목이었던 이 노래가 1910년대 활판본 잡가집에는 모두 <짝타령>으로 된 이유는 무엇일까 하는 점이다.

두 가지 가능성이 있다. 하나는 세책 <춘향전>에 <바리가>라는

제목이 붙어 있던 당시에도 <바리가>와 <짝타령>이란 두 가지 제목
이 같이 있었을 가능성이고, 다른 하나는 <바리가>라는 노래 제목이
먼저 쓰이다가 <짝타령>으로 바뀌었을 가능성이다. 필자는 후자였을
가능성이 크다고 본다. 잡가의 제목 가운데 가장 흔한 것은 '가(歌)',
'곡(曲)', '사(詞)' 등이고, 여기에 더해 '타령'도 많이 쓰인다. 그런데 어
떤 노래는 두 가지로 쓰이는 것도 있다. 예를 들면, '선유가(船遊歌)'는
'가세타령'이라는 다른 이름이 있고, '황계사(黃鷄詞)'는 '황계타령'이
라고 부르기도 한다. 또 '아리랑'도 '아리랑타령'이라고 부르기도 한
다. 그런데 대체로 '타령'이 붙는 제목은 후대의 것으로 보인다.16) 19
세기까지는 <바리가>라는 제목의 노래였던 것이 20세기에 들어오면
서 <짝타령>으로 바뀌었을 가능성이 크다. <바리가>라는 제목보다
는 <짝타령>이 좀더 세련된 제목이라고 생각했을 가능성도 있다. 묵
계월 선생이 자신은 <바리가>라는 말은 들어보지 못했다는 것으로
보아 1930년대쯤에 와서는 <바리가>라는 말은 없어지고 <짝타령>이
란 제목만으로 알려진 것 같다. 한 가지 분명한 점은, <바리가>이든
<짝타령>이든 그 제목이 어떻든지, 이 노래는 전문적인 노래 수련을
받은 가수들에 의해서 전승되었다는 점이다.

---

16) 이 문제에 대해서는 좀더 생각해보아야 할 것이다. 여기서는 필자의 소박한 의견
  을 제시하는 것 정도이다.

5. 결 언

    고소설을 전공하는 필자가 <짝타령>에 관심을 갖게 된 이유는 세책 <춘향전>에 들어 있는 <바리가>가 1910년대 활판본 잡가집에 나오는 <짝타령>과 같은 내용이라는 것 때문이었다. 그리고 1930년대에 이 <짝타령>을 녹음한 이문원이 묵계월 선생의 소리 스승이었다는 점이 더욱 흥미를 끌었다. 필자는 송서 <삼설기>와 고소설로 국문학계에 알려진『삼설기』의「삼사횡입황천기」를 비교하면서 국악계의 송서에 주목하고 있었다. 이번에 <짝타령>이 송서라는 것을 묵계월 선생을 통해서 알게 되었고, 이를 계기로 <짝타령>과 세책 <춘향전>에 들어 있는 <바리가>의 관계에 대해서 살펴보게 되었다.

    우리나라 고전문학의 최고봉이라고 일컬어지는 <춘향전>에 대해서, 일반인은 물론이고 학계에서도 판소리와의 연관성만을 강조하고 있다. 그러나 <바리가>가 들어 있는 <춘향전>은 판소리 <춘향가>와는 다른 성격의 <춘향전>이다. <바리가>가 들어 있는 <춘향전>은 서울에서 유행한 세책으로 읽힌 것이다. 세책을 빌려주는 세책집은 19세기 말까지 서울에만 있었던 것으로 서울 이외의 지역에서는 이런 세책집이 없었다. 이 세책집에서 빌려주던 <춘향전>은 몇 가지가 남아 있는데, 그 가운데 가장 오래된 것이 현재 프랑스 파리 동양어문화대학교에 보관되어 있는『남원고사』이다.

    『남원고사』는 일찍이 모리스 꾸랑의『조선서지』에 실려 있었으나 연구자들이 여기에 관심을 갖지 못했는데, 김동욱 교수가 처음으로 이를 영인하여 학계에 소개했다. 김동욱 교수는 판소리를 연구하면서 선행연구를 토대로 "근원설화→판소리→판소리계소설"이라는 도식을 만들어내었다. 이런 까닭으로 김동욱 교수는 『남원고사』를 새로운 성격의 <춘향전>이라고 소개하면서도 이를 판소리계소설의 관점에서 보았다. 그리고 대부분의 <춘향전> 연구자들도 『남원고사』에 대한 접근태도는 기본적으로 판소리계소설의 관점이었다. 그리고 이렇게 『남원고사』를 판소리와 관련 속에서 논의하는 것은 현재도 계속되고 있다.

그러나 일찍이 육당 최남선이 신문관에서 찍어낸 『고본 춘향전』이나 이광수가 동아일보에 연재한 『춘향』은 『남원고사』와 관련이 있는 것이었다. 이들이 참고한 선행 <춘향전>은 바로 조선후기에 서울에서 세책으로 읽히던 <춘향전>이었다. 세책 <춘향전>은 판소리계소설의 관점으로 보아서는 안 된다. 모든 <춘향전>을 "근원설화→판소리→판소리계소설"의 도식으로 이해하려고 하면, 『남원고사』는 해석할 길이 없다. 왜냐하면 『남원고사』의 내용은 판소리계 <춘향전>과 전혀 다르기 때문이다. 『남원고사』를 비롯한 세책 <춘향전>은 남도의 판소리가 아니라 서울의 조선후기 서울에서 유행한 소리로 되어 있다. 이 문제는 앞으로 <춘향전> 연구에서 중요한 과제가 될 것이다.

<바리가>가 들어 있는 『남원고사』가 필사된 시기는 1860년대이다. 그리고 세책 <춘향전>을 축약해서 판각한 것으로 보이는 경판 35장본 <춘향전>이 판각된 시기는 대체로 1850년대로 보고 있다. 경판 35장본 <춘향전>에도 <바리가> 전체가 실려 있으므로, <바리가>는 적어도 19세기 중반에는 서울에서 유행했던 노래임을 알 수 있다. 앞

에서 세책계열 <춘향전> 가운데 하나인 영남대학본 제2권에 들어 있
는 노래들을 보았는데, 이들은 모두 서울에서 유행한 노래이다. 이들은
판소리와는 아무런 관련이 없다. <짝타령>과 같은 내용인 <바리가>
가 <춘향전>에 들어 있다는 사실을 통해 <짝타령>(바리가)은 일찍이
서울에서 유행하던 노래라는 것을 알 수 있다. 그리고 <짝타령>이 송
서라는 사실을 통해 조선후기 서울에서는 송서가 상당히 유행했음을
또한 알 수 있다.

　송서는 19세기 중반에는 유행했고, 20세기 중반까지도 이를 즐기는
사람들이 있었던 소리의 한 장르이다. 그러나 20세기 중반 이후에는
거의 아무도 송서에 관심을 갖지 않게 되었다. 그 가장 큰 이유는 송서
의 내용이 거의 대부분 중국의 고사를 중심으로 이루어져 있기 때문일
것이다. 문자생활이 한글 중심이 되면서 통속문화에서도 한자로 된 것
은 사라지게 되었다. 이렇게 자연스럽게 사라져가는 송서를 보존할 필
요가 있을까 하는 의문이 들 수도 있다. 그러나 강요된 근대를 겪으면
서 자신의 문화를 제대로 보존하지 못한 우리 사회로서는 지난날의 문
화를 보존하는 일은 중요하다. 그런 의미에서 <짝타령>도 보존해야할
의미가 있는 문화적 유산이다.

　필자는 <춘향전> 연구의 일환으로 <바리가>를 연구하고 있는데,
이 과정에서 송서 <짝타령>이 <바리가>와 같은 노래임을 알게 되었
다. 앞서 『삼설기』를 연구할 때 송서 「삼설기」가 도움이 되었던 것과
마찬가지로 이번에도 묵계월 선생의 송서에 관한 얘기가 큰 도움이 되
었다. 묵계월 선생은 이문원에게 송서 「삼설기」를 배운 이후 근 70년
가까이 이 소리를 계속하고 있다. 비록 송서 <짝타령>은 묵선생의 레
퍼토리는 아니었지만, 이제 제자 유창씨와 이를 복원한다고 하니 기대

가 크다. 필자는 송서가 조선후기 서울의 속악을 이해하는데 도움이
될 뿐만 아니라, 조선후기 서사문학의 풀리지 않는 의문을 해결하는데
어떤 역할을 할 수 있을 것으로 생각하고 있다.

송서 가사 및 주석

이 윤 석 · 류 의 호

추풍감별곡(秋風感別曲)[1]

어제밤 부든 바람 금성(金聲)이 완연(宛然)하다.[2] 고침단금(孤枕單衾)에 상사몽(相思夢) 훌쳐 깨어,[3] 죽창(竹窓)을 반개(半開)하고 막막(寞寞)히 앉았으니, 만리장공(萬里長空)에 하운(夏雲)이 흘어지고, 천년강산(千年江山)에 찬 기운(氣運) 새로워라.[4] 심사(心思)도 창연(悵然)한데 물색(物色)도 유감(有感)하다.[5] 정수(庭樹)에 부는 바람 이한(離恨)을 알

---

1) 「추풍감별곡」은 소설의 제재로 사용되기도 했던 것으로 상당히 인기가 있었다. 현재 많은 필사본이 남아 있고 다수의 구활자본 잡가집에도 실려 있다.
2) 어제 밤에 불던 바람 가을바람이 분명하다. 금성(金聲)은 가을의 느낌을 자아내는 바람 소리이다.
3) 외로운 잠자리에서 님을 그리워하는 꿈에서 깨어나. 상사몽(相思夢)은 남녀 사이에 서로 그리워하며 꾸는 꿈이다.
4) 먼 하늘에 여름 구름은 흩어지고, 오랜 강산에 찬 기운이 새로워라.
5) 마음도 슬픈데 경치도 느끼는 바가 있다.

외는 듯, 추국(秋菊)에 맺힌 이슬 별루(別淚)를 머금은 듯,[6] 잔류남교(殘柳南郊)에 춘앵(春鶯)이 이귀(已歸)하고,[7] 소월동정(素月洞庭)에 추원(秋猿)이 슬피 운다.[8] 임 여희고 썩은 간장(肝腸) 하마하면 끊길세라.

삼춘(三春)에 즐기든 일 예련가 꿈이런가. 세우사창(細雨紗窓) 요적(寥寂)한데,[9] 흡흡(洽洽)히 깊은 정(情)[10]과 삼경무인사어시(三更無人私語時)에 백년(百年) 사자 굳은 언약(言約),[11] 단봉(丹峯)이 높고 높고 패수(浿水)가 깊고 깊어, 무너지기 의외(意外)어든 끊어질 줄 짐작하리.[12]

양신(良辰)에 다마(多魔)함은 예로부터 있건마는,[13] 지이인하(地邇人遐)는 조물(造物)에 탓이로다.[14] 홀연(忽然)이 이는 추풍(秋風) 화총(花叢)을 요동(搖動)하니, 웅봉자접(雄蜂雌蝶)이 애연(哀然)이 흩단 말가.[15] 진장(秦藏)에 감춘 호구(狐裘) 도적(盜賊)할 길 바이 업고,[16] 금롱

---

6) 정원 나무에 부는 바람은 이별의 한을 알리는 듯, 가을 국화에 맺힌 이슬은 이별
의 눈물을 머금은 듯.
7) 남문 밖 시든 버드나무에 봄 꾀꼬리는 이미 돌아가고.
8) 동정호의 흰 달에 가을 원숭이가 슬피운다. 동정호(洞庭湖)는 호남성 북부에 있는
중국에서 제일 큰 호수로, 악양루 등의 명승고적이 있다.
9) 가랑비는 오는데 비단 바른 창은 쓸쓸하고.
10) 젖어드는 깊은 정과.
11) 늦은 밤 사람은 없는데 서로 남 모르는 말 할 적에 평생을 함께 하자던 굳은 언약.
삼경(三更)은 하룻밤을 다섯으로 나누었을 때 셋째 시각, 즉 하오 열한 시부터 이튿
날 상오 한 시까지를 가리킨다.
12) 모란봉처럼 높고 높고 대동강처럼 깊고 깊어, 무너진다는 것은 생각지도 않았는
데, 끊어질 줄을 짐작이나 했겠는가? 단봉(丹峰)은 대동강에 있는 산으로, 예부터
이름난 명승지이다. 본래 금수산이라고 하였는데 산의 생김새가 마치 모란꽃처럼
생겼다고 하여 모란봉(牧丹峰)이라 부르게 되었다. 패수(浿水)는 대동강을 가리킨다.
13) 좋은 일에 나쁜 일이 끼는 것은 예로부터 있는 일이지만.
14) 가까운 곳에 있으면서도 못 만나는 것은 운명 때문이다.
15) 홀연이 일어나는 가을 바람이 꽃떨기를 흔드니, 숫벌과 암나비는 슬프게 흩어지고
마는가.
16) 진(秦)나라 창고에 감춘 여우털 옷을 빼앗을 방법이 없고. 전국시대 말기, 제나라

(金籠)에 잠긴 앵무(鸚鵡) 다시 희롱(戲弄) 어려워라.17) 지척동방(咫尺洞房) 천리(千里)되여 바라보기 묘연(渺然)하고,18) 은하작교(銀河鵲橋) 끊겼으니 건너갈 길 아득하다.19) 인정(人情)이 끊겼으면 차라리 잊히거나, 아름다운 자태(姿態) 거동(擧動) 이목(耳目)에 매양(每樣) 있어 못 보아 병(病)이 되고 못 잊어 한(恨)이로다. 천수만한(千愁萬恨)20) 가득한데 끝끝이 느끼워라. 하물며 이는 추풍(秋風) 별회(別懷)를 붙여내니, 눈앞에 온갖 것이 전혀 다 시름이라. 바람 앞에 지는 잎과 풀 속에 우는 즘생 무심(無心)히 듣게 되면 관계(關係)할 바 없건마는, 유유별한(悠悠別恨) 간절(懇切)한데 소리소리 수성(愁聲)이라.21)

아해(兒孩)야 술 부어라. 행(幸)여나 관회(寬懷)할가.22) 잔(盞) 같이 가득 부어 취(醉)토록 먹은 후(後)에 석양사로(夕陽斜路)에 을밀대(乙密臺) 올라가니,23) 풍광(風光)은 예와 달라 만물(萬物)이 소연(蕭然)하다.24) 능라도(綾羅島) 쇠(衰)한 버들 성긴 가지 소슬(蕭瑟)하고,25) 금수

의 맹상군이 왕명으로 진나라에 갔는데, 진나라 소왕이 그를 잡아 가두었다. 맹상군이 소왕의 애첩에게 석방을 청탁을 하자, 여우의 겨드랑이 흰털로 만든 옷을 뇌물로 요구하였다. 한 벌 있던 여우털 옷은 이미 소왕에게 헌상한 터라 맹상군의 식객 가운데 좀도둑의 명수가 진나라 궁중 창고에서 훔쳐내 주었다. 그래서 맹상군이 석방될 수 있었다.

17) 새장에 갇힌 앵무새는 다시 희롱하기 어려워라.
18) 가까운 그대의 방이 천리나 떨어진 것처럼 아득하구나.
19) 은하수에 걸쳐 있는 오작교가 끊어졌으니 건너갈 길이 아득하다. 은하수의 오작교는 칠월칠석 견우와 직녀의 상봉을 위해 까막까치가 모여 은하수에 놓는다는 다리이다.
20) 온갖 수심과 한.
21) 오랜 이별의 한이 간절하니, 소리마다 근심하여 탄식하는 소리라.
22) 행여나 마음이 너그러워질까.
23) 저녁 햇빛이 비치는 길에 을밀대에 올라가니. 을밀대(乙密臺)는 평양 모란봉에 있는 대의 이름이다.
24) 경치가 옛날과 달라 만물이 쓸쓸하다.

봉(錦繡峰) 꽃진 남게 상엽(霜葉)이 표불(飄拂)하다.26) 인정(人情)이 변화(變化)함은 측량(測量)하여 이를 건가.

애연(哀然)이 눈을 들어 원근(遠近)을 살펴보니, 용산(龍山)에 늦은 경(景)은 창울(蒼鬱)함이 심사(心事) 같고,27) 마탄(馬灘)에 넓은 물은 탕양(蕩洋)함이 회포(懷抱)로다.28) 보통문(普通門) 송객정(送客情)에 이별(離別) 아껴 설워 마라.29) 초패왕(楚覇王)의 장한 뜻도 죽기로 이별(離別) 설워 옥장비가(玉帳悲歌)에 눈물을 지었으나, 오강풍우(烏江風雨)에 운단 말 못 들었네.30) 세상 이별 남녀중(男女中)에 날 같은 이 또 있는가.

수로문(車門)31)에 떴는 배는 행(行) 하는 곳 어디메뇨. 만단수회(萬端愁懷) 실은 후(後)에 천리(千里) 약수(弱水) 건너가서,32) 우리 님 계신

---

25) 능라도의 시든 버들은 성근 가지 쓸쓸하고. 능라도(綾羅島)는 평양 대동강(大同江)에 있는 섬의 이름이다.

26) 금수봉의 꽃이 진 나무에 서리맞은 잎이 바람에 흩날린다. 금수봉(錦繡峰)은 모란봉의 다른 이름이다.

27) 용산의 해질 무렵 경치는 푸르고 무성한 것이 내 마음 같고.

28) 마탄천 넓은 물은 일렁이는 모습이 내 마음이로다. 마탄(馬灘)은 대동강의 한 지류인 마탄천(馬灘川)을 가리킨다.

29) 보통문에서 그대 보내는 정에 이별을 아껴서 서러워 마라. 보통문(普通門)은 평양에 있는 성문이다.

30) 초패왕 항우(項羽)는 사랑하는 우희와 이별하는 것이 서러워서 장막 안에서 슬픈 노래를 부르며 눈물은 지었으나, 오강(烏江)의 비바람에 운다는 말은 못 들었다. 초패왕 항우는 유방과 5년 동안에 걸쳐 패권을 다투었으나 결국 싸움에 패하자, 고향이 그리워 오강까지 달려갔다. 그리고, 장막 안으로 들어가 결별연을 열었다. 항우는 비감하여 스스로 노래를 지어 불렀고, 그의 총희인 우희도 따라 불렀다. 우희는 항우의 품속에 기댄 채 항우의 보검을 빌려 자결하였고, 항우는 패군지장으로 돌아가는 것이 부끄러워 이튿날 한나라 군대에 돌입, 스스로 제 목을 쳤다.

31) 수레문의 잘못.

32) 갖가지 근심과 회포를 실은 뒤에 약수를 건너가서. 약수(弱水)는 신선이 사는 깃털

곳에 수이 수이 풀고 지고. 성우(城隅)33)에 늦은 경(景)을 견디어 못 보리라. 장탄단우(長嘆短吁)로 곡란(曲欄)을 비꼈더니,34) 바람결에 오는 종성(鐘聲) 묻나니 어느 절고.35) 초혜(草鞋)36)를 떨쳐 신고 서서히 일어 걸어 영명사(永明寺) 찾아가서 중더러 묻는 말이,37) 인간(人間) 이별(離別) 내신 부처 어느 탑상(榻上) 앉았는고. 이한별수(離恨別愁)도 이 또한 정수(定數)로다.38)

죽장(竹杖)을 고쳐 짚고 부벽루(浮碧樓)39) 올나 보니, 들 밖에 점점봉(點點峰)은 구름 밖에 솟아 있고, 청강(淸江)에 맑은 물은 추천(秋天)40)과 한 빛이라. 이윽고 돋는 달이 교교(皎皎)히41) 비쳤는데, 그린 상사(相思) 지리한 중42) 옥면(玉面)43)인 듯 반겼더니, 어이한 뜬구름이 광명(光明)을 가리었네.

어화, 이 어인 일고 조물(造物)에 탓이로다. 언제나 구름 걷어 밝은 빛 다시 볼꼬. 송지문(宋之問)44)에 명하편(明河篇)45)을 길이 읊어 배회(徘徊)하니, 한로상풍(寒露霜風)46)에 취(醉)한 술 다 깨었다. 낙엽(落葉)

　　도 가라앉는 강이다.
33) 성 모퉁이.
34) 긴 탄식과 짧은 한숨으로 구부러진 난간에 비껴 서 있더니.
35) 바람결에 오는 종소리는 어느 절에서 오는 소리인가.
36) 짚신.
37) 영명사(永明寺)는 평양 금수산에 있는 절의 이름이다.
38) 이별의 한과 슬픔도 또한 정해진 운명이다.
39) 평양 대동강의 누각(樓閣)의 이름이다.
40) 가을 하늘.
41) 밝고 환하게.
42) 그리워하는 마음으로 번잡하고 어지럽던 중에.
43) 옥 같이 아름다운 얼굴.
44) 송지문(?-712)은 초당(初唐)의 대표적인 시인으로 시재가 풍부하였다.
45) 송지문의 대표작으로 은하수를 읊은 시.
46) 찬이슬과 서리처럼 찬 바람.

을 깔고 앉아 금준(金樽)[47]을 다시 열고, 일배(一杯) 일배(一杯) 부일배
(復一杯)에 몽롱(朦朧)히 취(醉)케 먹고, 짧은 탄식(歎息) 긴 한숨에 발을
밀어 일어 걸어, 지향(指向) 없이 가는 길에 애련당(愛蓮塘)[48] 드단 말
가. 부용일지(芙蓉一枝) 꺾어 들고 유정(有情)이 돌아보니,[49] 수변(水邊)
에 비친 꽃은 임이 나를 반기는 듯. 엽간(葉間)[50]에 듣는 비는 내 심정
(心情) 아뢰는 듯. 양양백구(兩兩白鷗)는 홍요변(紅蓼邊)에 왕래(往來)하
고,[51] 쌍쌍(雙雙) 원앙(鴛鴦)은 녹수(綠水)에 부침(浮沈)이라.[52] 이 인생
(人生) 가련(可憐)함이 미물(微物)만 못 하도다.

홀연(忽然)히 다 떨치고 백마(白馬)에 채를 던져, 산(山)이냐, 구름이
냐, 정처(定處)없이 가자하니, 내 말이 허황(虛荒)하여 갈 곳이 아득하
다. 허회탄식(噓唏歎息)하고 초려(草廬)로 돌아오니,[53] 간 곳마다 보는
물색(物色) 어이 그리 심란(心亂)한고. 울 밑에 핀 국화(菊花) 담 안에
섰는 단풍(丹楓) 임과 함께 볼 양이면 경개(景槪)롭다 하련마는, 도도심
사(悼悼心思) 울울(鬱鬱)하여 도리어 수심(愁心)이라.[54]

무정세월(無情歲月) 여류(如流)하야[55] 나날이 깊어 간다. 가기(佳期)
는 절을 찾아 구추(九秋)에 늦었에라.[56] 상(床) 아래 우는 실솔(蟋蟀)[57]

────────

47) 금술동이.
48) 평양 팔경 중의 하나.
49) 연꽃 한 가지를 꺾어 들고 정을 머금고 돌아보니.
50) 엽간(葉間): 연꽃 잎 사이.
51) 짝지어 나는 갈매기는 붉은 여뀌꽃 어우러진 언덕으로 날고.
52) 짝지은 원앙은 푸른 물에서 논다. 녹수부침(綠水浮沈): 푸른 물에 가라앉기도 하고
   떠오르기도 함.
53) 흐느껴 울며 탄식하고 초가집으로 돌아오니. 허회탄식은 허희탄식의 잘못. 허희탄
   식(噓唏歎息): 흐느껴 울며 탄식함. 초려(草廬): 초가집.
54) 슬픈 마음은 우울하여 도리어 근심이라.
55) 무정한 세월은 흐르는 물 같아.

너는 무슨 나를 미워, 지는 달 새는 밤에 잠시(暫時)도 끊지 않고, 긴 소리 짧은 소리 경경(耿耿)히[58] 슬피 울어, 다 썩고 남은 간장(肝腸) 어이 마저 썩이느냐.

춘계(村鷄)[59]도 더디 우니 밤도 자못 깊었세라. 상풍(霜風)에 놀난 홍안(鴻雁) 운소(雲霄)에 놉이 떠서,[60] 옹옹(嗈嗈)[61]한 긴 소리로 짝을 불러 슬피우니, 춘풍호월(春風皓月) 저문 날에 두견성(杜鵑聲)도 느끼거든,[62] 오동추야(梧桐秋夜) 단장시(斷腸時)에 차마 어찌 들을 건가.[63] 네 비록 미물(微物)이나 사정(私情)은 날과 같다.

일폭(一幅) 화전지(華箋紙)에 세세사정(細細私情) 그려내어,[64] 명월사창(明月紗窓) 요적(寥寂)한데 님 계신 곳 전하렴아.[65] 인비목석(人非木石)이라[66] 님도 응당(應當) 반기리라. 인연(因緣) 없어 못 보는가 무정(無情)하여 그리는가. 인연(因緣)이 없었으면 유정(有情)인들 어이 하리. 인연(因緣)도 없지 않고 유정(有情)도 하건마는, 일성중(一城中) 함께 있어 어이 그리 못 보는가.

오주명월(吳州明月)[67] 밝은 때와 초산운우(楚山雲雨)[68] 성길 적에,

---

56) 아름다운 약속은 절기를 찾아 가을에 늦었어라. 가기(佳期): 아름다운 약속. 남녀간
　　의 약속.
57) 귀뚜라미.
58) 또렷하게.
59) 시골 닭.
60) 가을바람에 놀란 기러기가 구름이 드리워진 하늘에 높이 떠서.
61) 옹옹(嗈嗈): 기러기 우는 소리.
62) 봄바람 불고 흰달이 뜬 저녁 나절에 두견이 우는 소리도 느꺼운데.
63) 오동잎 떨어지는 가을밤 애간장이 끊어지는 것 같은데 차마 어찌 들겠는가?
64) 한 폭의 화전지에 자세한 사정을 그려내어. 화전지는 질이 곱고 색깔이 아름다운
　　종이로 주로 시나 편지를 쓸 때 사용한다.
65) 밝은 달빛 아래 사창은 고요한데, 님 계신 곳에 전하려무나.
66) 사람은 목석이 아니니까.

설진심중무한사(說盡心中無限事)는69) 황연(怳然)한 꿈이로다. 무진장회(無盡長懷) 강잉(强仍)하야70) 문(門)을 열고 바라보니 무심(無心)한 뜬구름은 끊겼다 다시 잇네. 우리 님 계신 곳 저 구름 아래련만, 오며 가며 두 사이에 무슨 약수(弱水) 막혔관대, 양처(兩處)가 막막(漠漠)하여 소식(消息)조차 끊단 말가. 둘 데 없는 이내 심사(心事) 어디다가 지접(止接)할꼬.71)

벽상(壁上)에 걸린 오동(梧桐) 강잉(强仍)하여 내려놓고, 봉구황(鳳求凰) 한 곡조(曲調)를 한숨 섞어 길이 타니,72) 여음(餘音)이 요뇨(嫋嫋)73)하야 원(怨)하는 듯, 한(恨)하는 듯. 상여(相如)에 옛 곡조(曲調)는 애연(依然)히 있다마는, 탁문군(卓文君)의 밝은 지음(知音) 흡흡이 자취 없다.74) 심중(心中) 소회(所懷) 안전수(眼前愁)75)는 나 혼자 뿐이로다. 갈수록 심란(心亂)한데 해는 어이 수이가노. 잘새는 깃을 찾아 무리무리 날아들고, 야색(夜色)은 창망(蒼茫)하야 먼 남기 희미하다. 경경(耿

---

67) 동정호의 밝은 달.
68) 전국 시대 초나라 회왕이 고당(高唐)에서 놀다가 꿈에 어떤 여자와 동침하였는데, 그 여자가 떠나면서 자신은 무산(巫山)의 신녀로서 아침에는 구름이 되었다가 저녁에는 비가 되어 내린다고 하였다. 초산의 비구름은 남녀간의 정을 가리키는 말이다.
69) 심중에 있는 끝 없는 일을 다 말한 것은.
70) 끝 없는 긴 회포에 마지 못해.
71) 어디에 부쳐 살 것인가.
72) 벽에 걸린 오동나무로 만든 거문고를 억지로 내려놓고, 봉구황 한 곡조를 한숨을 섞어가며 타니. 봉구황(鳳求凰): 봉구황곡. 중국 전한시대 사마상여가 탁왕손의 집에 가서 봉구황곡을 탔는데, 탁왕손의 딸 탁문군이 이 노래를 듣고 반하였다는 고사가 있음.
73) 소리가 끊어질 듯 가늘게 이어지는 모양.
74) 사마상여의 옛 곡조는 옛날처럼 그대로 있으나, 탁문군처럼 그 음악을 알아듣는 사람은 희미하게 그 자취가 없어졌다.
75) 눈앞의 근심.

耿)히[76] 흐르는 빛 절기(節氣) 찾는 형화(螢火)로다.[77]

  적막(寂寞)한 빈 방(房)안에 울적(鬱寂)히 홀로 앉아, 지난 일 다 떨치고 오는 시름 생각하니, 산밖에 산이 있고 물밖에 대해(大海)로다. 구의산(九疑山)[78] 구름같이 바라도록 묘연(渺然)하다. 장장추야(長長秋夜)[79] 긴긴 밤을 이리하여 어이할고. 아무쪼록 잠을 들어 꿈에나 보자하니, 원앙침(鴛鴦枕) 서리 차고 비취금(翡翠衾) 냉냉(冷冷)하다. 효월잔등(曉月殘燈)[80]에 꿈 이루기 어려워라. 일병잔촉(一柄殘燭) 벗을 삼아 전전불매(輾轉不寐) 잠 못들어,[81] 검각령(釼閣嶺)[82] 새벽달에 오경(五更)인 줄 깨닫겠다. 이리 헤고 저리 헤도 아마도 원수(怨讐)로다.

  고진감래(苦盡甘來)는 이윽고 알건마는 명천(明天)이 도우시고 귀신(鬼神)이 유의(有意)하여, 남교(藍橋)의 굳센 풀로 월로승(月老繩) 다시 맺어,[83] 봄바람 가을달에 귓전같이 마주앉아, 이런 일 옛말 삼아 정회중(情懷中)에 넣어 두고, 유자생녀(有子生女)[84]하여 한(恨) 없이 즐기다가, 인심(人心)이 교사(驕邪)[85]하여 어느 누가 시비(是非)커든, 추풍오호

---

76) 깜박깜박.
77) 반딧불이.
78) 중국 순(舜) 임금의 종묘가 있는 산.
79) 긴긴 가을밤.
80) 새벽달과 꺼져가는 등불.
81) 한 자루 꺼져가는 촛불을 벗을 삼아 이리저리 뒤척거리며 잠 못 드는구나.
82) 중국의 장안(長安)에서 촉(蜀)으로 가는 길에 있는 험한 고개. 여기서는 높은 고개라는 의미이다.
83) 굳은 약속의 말이나 운명으로 맺어진 인연을 다시 이어서. 남교(藍橋)는 다리의 이름이다. 옛날 미생(尾生)이 여자와 이 다리 밑에서 만나기로 약속했다. 그러나 여자는 오지 않고 때마침 물이 불어났으나, 미생은 약속을 지키려고 움직이지 않아 결국 물에 빠져 죽었다. 월로승(月老繩)은 월하노인이 가지고 다니는 끈으로, 이 끈으로 남녀를 묶으면 같이 살게 된다고 한다.
84) 아들을 두고 딸을 낳음.

(秋風五湖) 저문 날에 금범(錦帆)을 높이 달고,86) 가다가 아무데나 산(山) 좋고 물 좋은 데, 자좌오향(子坐午向) 제법(諸法)으로 수간초옥(數間草屋) 지은 후(後)에,87) 석전(石田)을 깊이 갈아 초식(草食)을 먹을망정,88) 백년(百年)이 다 진(盡)토록 떠나 살지 마쟀더니, 상사(相思)로 곤(困)한 몸이 상(床) 위에 잠깐(暫間) 누어, 죽은 듯이 잠을 들어 호접(胡蝶)이 나를 몰아, 그리던 우리 님을 꿈 가운데 잠깐(暫間) 만나, 희비(悲喜)가 교집(交集)하여 별래사정(別來私情) 다 못하여,89) 수가옥적성(誰家玉笛聲)이 추풍(秋風)에 섞여 불어,90) 처량(凄凉)한 찬 소리로 잠든 나를 깨우는다. 두어라 이산유수(離散有數)91)하니 후일(後日) 다시 볼까 하노라.

---

85) 교사(驕邪): 교만하고 사악함.
86) 가을날 오호에 날이 저물 무렵 비단 돛을 높이 달고. 추풍오호(秋風五湖): 가을 바람이 부는 오호(五湖). 월나라의 재상 범려가 서시와 함께 이곳에 배를 띄워 떠났다는 전설이 있다. 금범(錦帆): 비단으로 돛을 단 배.
87) 정남향으로 자리를 잡고 몇 간 초가집을 지은 후에. 자좌오향(子坐午向)은 정남방을 향함을 가리킨다.
88) 돌이 많은 밭을 갈아 형편없는 것으로 끼니를 이을 망정.
89) 슬픔과 기쁨이 뒤얽혀 서려서 이별한 뒤 사사로운 정을 다 못하여.
90) 어느 집에서인가 부는 옥피리 소리가 가을 바람에 섞여 불어와.
91) 이별하여 헤어짐에는 정해진 운수가 있음.

등왕각서(滕王閣序)[92]

　　남창(南昌)은 고군(故郡)이오 홍도(洪都)는 신부(新府)라.[93] 성분익진(星分翼軫)하고 지접형려(地接衡廬)라.[94] 금삼강이대오호(襟三江而帶五湖)하고 공만형이인구월(控蠻荊而引甌越)이라.[95] 물화(物華)는 천보(天寶)라 용광(龍光)이 사두우지허(射牛斗之墟)하고,[96] 인걸(人傑)은 지령(地

---

92) 원 제목은 「추일등홍부 등왕각전별서(秋日登洪符 滕王閣餞別序)」이고 약칭으로 「등왕각시서(滕王閣詩序)」라고도 한다. 현재 등왕각의 옛터는 강서성(江西省) 남창시(南昌市)에 있다. 초당사걸(初唐四傑) 중의 한 명인 왕발(王勃)은 명문가 출신으로 재능이 뛰어나 성년이 되기도 전에 벼슬을 하였다. 그러나 사람들의 시기를 입고 일찍 관직에서 물러났으며, 그로부터 사방으로 떠돌아다니며 도처를 유랑하기 시작하였다. 당 고종(高宗) 때인 676년 중양절(9월 9일)에 홍주 도독 염공(閻公)이 등왕각에서 주연을 열고 손님들을 청했는데 마침 왕발이 아버지를 뵈러 가는 길에 남창을 지나다가 이 연회에 참석하여 즉석에서 이 시와 서를 지었다고 한다.
93) 남창(南昌)은 옛날의 군(郡) 이름이요, 홍도(洪都)는 신설된 홍주(洪州)의 도독부(都督府)이다.
94) 별자리는 익수(翼宿)와 진수(軫宿)에 해당하고, 지세는 형산(荊山)·여산(廬山)과 인접해 있다.
95) 삼강(三江)을 옷깃으로 달고 오호(五湖)로 허리띠를 매었으며, 형초(荊楚)의 남만(南蠻)을 억누르고 월족(越族)의 동구(東甌)를 끌어들이고 있다. 삼강(三江)은 형강(荊江)·송강(松江)·절강(浙江), 오호(五湖)는 태호(太湖)·파양호(鄱陽湖)·청초호(靑草湖)·단양호(丹陽湖)·동정호(洞庭湖)를 가리킨다. 만형(蠻荊)은 형초(荊楚) 지역의 남만(南蠻), 구월(甌越)은 월족(越族)의 동구(東甌) 지역이다.
96) 물자의 화려함은 하늘이 낸 보물이니, 용천검의 검광이 남두성과 견수성의 사이를 비추었고. 예장(豫章)에 항상 자줏빛 광채가 남두성과 견우성 사이를 비추자, 장화(張華)가 술사 뇌환(雷煥)에게 그 이유를 물으니 풍성(豊城)에 보검이 묻혀 있어 그것의 광채가 하늘을 꿰뚫기 때문이라고 하였다. 그리하여 용천과 태아(太阿), 두 보검을 얻게 되었다고 한다.

靈)이라 서유(徐孺)이 하진번지탑(下陳蕃之榻)이라.97) 웅주무열(雄州霧
列)하고 준채성치(俊彩星馳)라.98) 대황(臺隍)은 침이하지교(枕夷夏之交)
하고 빈주(賓主)는 진동남지미(盡東南之美)라.99) 도독염공지아망(都督
閻公之雅望)은 계극(棨戟)이 요임(遙臨)하고,100) 우문신주지의범(宇文新
州之懿範)은 첨유잠주(襜帷暫駐)라.101) 십순휴가(十旬休暇)하니 승우(勝
友)이 여운(如雲)이오,102) 천리봉영(千里逢迎)하니 고붕(高朋)이 만좌(滿
座)라.103) 등교기봉(騰蛟起鳳)은 맹학사지사종(孟學士之詞宗)이오, 자전
청상(紫電青霜)은 왕장군지무고(王將軍之武庫)라.104) 가군(家君)이 작재

---

97) 인물이 걸출함은 지세가 신령스럽기 때문이니 서유(徐孺)가 진번(陳蕃)의 걸상을
　　내리게 했다. 예장의 태수 진번은 후한의 명사 서치(徐穉)를 위해 걸상을 장만에 걸
　　어두었다가 그가 오면 내려서 앉게 하였다고 한다. 서치의 자가 유자(孺子)인데, 이
　　글에서는 서유자를 서유로 줄여 썼다.
98) 큰 주군(州郡)들이 마치 안개처럼 널려 있고, 걸출한 인물들은 마치 뭇 별이 질주
　　하듯 왕래가 빈번하다. 웅주(雄州): 큰 주군(州郡). 무열(霧列): 안개처럼 널려있다.
　　준채(俊彩): 걸출한 인물. 성치(星馳): 사람의 왕래가 많은 것을 별이 달린다고 표현
　　했다.
99) 등왕각의 성지(城池)는 화하(華夏)와 남만(南蠻)의 경계지역을 베개삼고, 손님과 주
　　인은 동남일대의 명사들이다. 대황(臺隍): 누대와 성을 둘러싼 못. 하(夏): 한족(漢族)
　　의 중원(中原) 화하(華夏)지역. 교(交): 접경지대. 미(美): 당대 명사(名士)를 지칭.
100) 명망있는 도독 염공(閻公)이 계극(棨戟)을 앞세우고 먼 곳으로부터 부임해 왔다. 염
　　공(閻公): 당시 홍주(洪州)의 주목(州牧) 염백서(閻伯嶼). 계극(棨戟): 비단으로 싼 의
　　장용 창으로 옛날 관리가 출행할 때 하급관리들이 이것을 들고 앞장섰다고 한다.
　　요임(遙臨): 멀리서 부임해 오다.
101) 우아한 풍모의 신임 태수 우문균(宇文均)이 수레를 잠시 멈추었다. 우문(宇文): 우
　　문균(宇文均). 의범(懿範): 우아한 풍모. 첨유(襜帷): 수레.
102) 열흘의 휴가를 맞아 좋은 벗들이 구름처럼 모여들었다. 십순휴가(十旬休暇): 10일
　　마다 맞는 휴가. 당(唐)의 관리들은 10일마다 하루를 쉬었다. 승우(勝友): 좋은 벗.
103) 천리나 먼 곳에서 온 사람들이 서로 맞이하니 훌륭한 벗들이 자리에 가득하다. 봉
　　영(逢迎): 서로 만나 맞이하다. 고붕(高朋): 훌륭한 벗.
104) 용이 하늘로 오르고 봉황이 날아 오르듯 그야말로 맹학사와 같은 문장의 대가들이
　　요, 자전(紫電)과 청상(青霜) 같은 무기는 왕장군의 무기고 같다. 맹학사(孟學士): 동

(作宰)하니 노출명구(路出名區)라.105) 동자(童子)이 하지(何知)오 궁봉승전(躬逢勝餞)이라.106)

시유구월(時維九月)이오 서속삼추(序屬三秋)라.107) 요수진이한담청(潦水盡而寒潭淸)하고 연광응이모산자(烟光凝而暮山紫)라.108) 엄참비어상로(儼驂騑於上路)하야 방풍경어숭아(訪風景於崇阿)라.109) 임제자지장주(臨帝子之長洲)하야 득선인지구관(得仙人之舊館)이라.110) 층만(層巒)이 용취(聳翠)하니 상출중소(上出重霄)하고,111) 비각(飛閣)이 상단(翔丹)하니 하림무지(下臨無地)라.112) 학정부저(鶴汀鳧渚)난 궁도서지영회(窮

진(東晉)의 맹가(孟嘉). 자전(紫電): 옛 검(劍)이름. 청상(靑霜): 칼을 말함. 왕장군(王將軍): 왕승변(王僧辯).

105) 부친이 현령으로 계시는데, 뵈러 가는 길에 이곳 명소를 지나게 되었다. 재(宰): 현령. 왕발(王勃)의 부친은 당시 교지령(交趾令)을 지냈다. 명구(名區): 명소, 즉 홍주(洪州)를 가리킨다.

106) 어린아이인 내가 무엇을 알겠는가, 그저 이 성대한 연회에 참석하게 되었다. 동자(童子): 왕발은 당시 26세로 참석한 사람들 중에 나이가 가장 어려서 스스로 겸손하게 한 말이다. 승전(勝餞): 성대한 연회.

107) 때는 구월이요, 계절은 세 번째인 가을에 속한다.

108) 길바닥에 고인 물이 말라 버리니 차가운 못물이 유난히 맑게 보이고, 연무와 노을빛 자욱하니 저녁 산이 더욱 붉은 빛을 띤다. 요수(潦水): 길바닥에 고인 물, 빗물.

109) 연회에 참석하는 손님들의 마차는 길에서 정연하게 왕래하고, 고적을 관람하는 사람들은 좋은 경치를 찾아 높은 산에 오른다. 참비(驂騑): 양옆에서 수레를 끄는 말. 여기서는 '빈객들의 마차'를 가리킨다. 숭아(崇阿): 높은산.

110) 황제의 아들이 놀던 장주(長州)에 와서, 선인이 살았다는 옛 관사를 찾았다. 제자(帝子): 황제의 아들, 즉 등왕(滕王) 이원영(李元嬰). 원영은 당(唐) 고조(高祖)의 22째 아들이다. 선인(仙人): 판본에 따라서는 천인(天人)으로 되어 있기도 하다. 구관(舊館): 등왕각을 가리킨다.

111) 겹겹의 산봉우리는 우뚝 솟아 짙은 초록빛을 띠고, 위 부분은 구름 위로 뚫고 나와 있다. 만(巒): 판본에 따라선 대(臺)로 되어 있기도 하다.

112) 공중을 나는 듯한 붉은 빛의 전각(殿閣)은 마치 허공에 세운 것 같다. 비각(飛閣): 등왕각의 모습이 나는 것 같음. 판본에 따라서는 상단(翔丹)을 유단(流丹)으로 썼다. 무지(無地): 등왕각의 아래가 강이기 때문에 마치 허공에 세운 것 같다는 말.

嶋嶼之縈廻)하고,113) 계전난궁(桂殿蘭宮)은 즉망만지체세(即岡巒之體勢)라.114) 피투달(披綉闥)하고 부조맹(俯雕甍)하니,115) 산원광기영시(山原曠其盈視)하고 천택우기해촉(川澤紆其駭矚)이라.116) 여염(閭閻)이 박지(撲地)하니 종명정식지가(鍾鳴鼎食之家)오,117) 가함(舸艦)이 미진(迷津)하니 청작황룡지축(靑雀黃龍之舳)이라.118) 홍소우제(虹銷雨霽)하니 채철운구(彩徹雲衢)라.119) 낙하(落霞)난 여고목제비(與孤鶩齊飛)하고 추수(秋水)난 공장천일색(共長天一色)이라.120) 어주(漁舟)이 창만(唱晚)하니 향궁팽려지빈(響窮彭蠡之濱)하고, 안진(鴈陣)이 경한(驚寒)하니 성단형양지포(聲斷衡陽之浦)라.121)

---

113) 학과 물오리가 노니는 물가와 모래톱은 크고 작은 섬 주위에 가득 널려 있다. 영회(縈廻): 빙 두르다.
114) 계수나무 전각과 목란 궁궐의 모습은 바로 높고 낮은 산봉우리의 형세와도 같다. 계전(桂殿): 계수나무로 꾸민 전각. 난궁(蘭宮): 목란으로 장식한 궁전. 즉(即): 판본에 따라서는 即을 列로 썼다. 망만(岡巒): 크고 작은 산봉우리.
115) 화려한 문을 여니 조각한 용마루가 내려다보인다. 투달(綉闥): 그림을 새긴 문. 조맹(雕甍): 조각한 용마루.
116) 산과 들은 광활하여 시야에 가득 차고, 강과 호수의 굽은 모습은 보는 이의 눈을 놀라게 한다. 해촉(駭矚): 보는 눈을 놀라게 하다.
117) 마을은 곳곳이 부자집이다. 박지(撲地): 도처. 종명정식(鍾鳴鼎食): 옛날 부자들은 식구가 많으므로 종을 쳐서 식사 때를 알리고, 그릇도 많이 썼다.
118) 큰배들이 많아 배 댈 곳을 찾아 헤메는데, 모두가 푸른 공작과 누른 용을 그린 배들이다. 가함(舸艦): 큰배. 미(迷): 판본에 따라서는 미(彌)를 쓰기도 한다.
119) 무지개가 걷히고 비가 그치자, 석양이 구름사이를 통해 비춘다. 홍(虹): 무지개. 판본에 따라서는 운(雲)을 썼다. 운구(雲衢): 구름사이.
120) 지는 노을은 외로운 물오리와 함께 날고, 가을의 푸른 물은 끝없는 푸른 하늘과 한 색이다.
121) 고깃배에서 부르는 만가(晚歌)는 소리가 파양호까지 울려 퍼지고, 무리 지어 날던 기러기 떼는 추위에 놀라 그 소리가 형양의 강가에서 끊어진다. 향궁(響窮): 소리가 어디까지 이르다. 팽려(彭蠡): 파양호(鄱陽湖). 홍주(洪州) 동쪽에 있는 호수로 주위가 450리에 이른다. 형양(衡陽): 지금의 호남성 형양현.

요음부창(遙吟俯暢)하니 일흥(逸興)이 천비(遄飛)라.122) 상뢰(爽籟)이 발이청풍생(發而淸風生)하고, 섬가(纖歌)이 응이백운알(凝而白雲遏)이라.123) 휴원록죽(睢園綠竹)은 기릉팽택지준(氣凌彭澤之樽)이오,124) 업수주화(鄴水朱華)난 광조임천지필(光照臨川之筆)이라.125) 사미구(四美具)하고 이난(二難)이 병(幷)하니,126) 궁제면어중천(窮睇眄於中天)하고 극오유어가일(極娛遊於暇日)이라.127) 천고지형(天高地迥)하니 각우주지무궁(覺宇宙之無窮)이오,128) 흥진비래(興盡悲來)하니 식영허지유수(識盈虛之有數)라.129) 망장안어일하(望長安於日下)하고 지오회어운간(指吳會於雲間)이라.130) 지세(地勢)이 극이남명(極而南溟)이 심(深)하고, 천주고이

---

122) 멀리 바라보며 읊조리고 굽어보며 노래하니, 고상한 흥취가 갑자기 일어난다.

123) 맑고 낭랑한 퉁소 소리 흘러나오니 맑은 바람이 일고, 여인의 가냘픈 노래 소리가 모이니 흰 구름이 멈춘다.

124) 휴원(睢園)의 푸른 대나무 숲은 그 기운이 팽택(彭澤)의 술을 능가한다. 휴원(睢園)은 한(漢) 양왕(梁王)의 대나무 밭. 팽택(彭澤)은 도연명(陶淵明)을 가리킨다. 등왕각의 분위기가 도연명이 술마시던 분위기를 능가한다는 의미.

125) 업수(鄴水)의 연꽃이 사령운(謝靈運)의 문장을 비춘다. 업수(鄴水)에서 연꽃을 감상하며 읊은 시는 그 훌륭함이 사령운의 문장과도 견줄 만하다는 말로, 이는 등왕각의 연회에 참석한 문인들의 재능을 조비(曹丕)의 업수연(鄴水宴)을 빌어 우회적으로 표현한 것이다.

126) 아름다운 네 가지가 갖추어지고, 얻기 어려운 두 가지가 함께 했다. 사미(四美): 아름다운 네 가지는 좋은날(良辰), 아름다운 경치(美景), 감상하는 마음(賞心), 즐거운 연회(樂事). 이난(二難): 얻기 어려운 두 가지는 어진 주인과 훌륭한 손님.

127) 하늘에서 관람할 것을 다 관람하고, 휴일에 노는 즐거움을 만끽했다. 제면(睇眄): 관람하다.

128) 하늘이 높고 땅은 가없이 머니 우주의 무궁함을 깨닫겠다.

129) 흥이 다하고 슬픔이 오니, 차고 기우는 것에 정해진 운명이 있음을 알겠다.

130) 장안을 바라보니 멀리 태양 아래에 있고, 오회를 가리키니 까마득히 구름 깊은 곳에 있다. 장안(長安): 지금의 섬서성(陝西省) 서안(西安). 지(指): 판본에 따라서는 목(目)으로 썼다. 오회(吳會): 세 가지 설이 있다. ① 지금의 강소성(江蘇省) 오현(吳縣)으로 보는 설, ② 지금의 절강성(浙江省) 소주(蘇州)로 보는 설, ③ 오(吳)와 회계산(會稽山) 사이로 보는 설.

북신원(天柱高而北辰遠)이라.131) 관산(關山)을 난월(難越)하니 수비실로
지인(誰悲失路之人)고.132) 평수상봉(萍水相逢)하니 진시타향지객(盡是他
鄕之客)이라.133) 회제혼이불견(懷帝閽而不見)하고 봉선실이하년(奉宣室
以何年)가.134)

오호(嗚呼)라. 시운(時運)이 부제(不齊)하고 명도(命途)이 다천(多舛)
하야,135) 풍당(馮唐)이 이로(易老)하고 이광(李廣)이 난봉(難封)이라.136)
굴가의어장사(屈賈誼於長沙)는 비무성주(非無聖主)오.137) 찬양홍어해곡
(竄梁鴻於海曲)은 기핍명시(豈乏明時)아.138) 소뢰군자(所賴君子)난 안빈

---

131) 지세가 다하여 남해가 깊고, 하늘을 바치는 기둥이 높아져서 북극성이 멀다. 남명
 (南溟): 남해(南海). 천주(天柱): 하늘을 바치는 기둥. 북신(北辰): 북극성.
132) 관산은 넘기 어려운데 누가 실의에 빠진 사람을 불쌍히 여겨줄까?
133) 부평초처럼 떠돌다가 우연히 만나니 모두가 타향 사람들이다.
134) 임금 계신 궁궐을 그리워해도 보지 못하거늘, 어느 해에 선실(宣室)에서 임금의 명
 을 받들 수 있을까? 제혼(帝閽): 천문(天門)을 지키는 문지기. 여기서는 궁궐을 가리
 킨다. 선실(宣室): 한(漢) 미앙궁(未央宮) 앞의 정전(正殿). 가의(賈誼)가 박학다식하여
 문제(文帝)가 그를 박사로 삼아 그 해에 태중대부(太中大夫)에까지 올랐으나, 주발
 (周勃) 등의 질투를 받아 장사왕태전(長沙王太傳)로 좌천되었는데, 후에 문제(文帝)
 가 그를 생각하여 다시 선실에 불러놓고 한밤중에 귀신에 관해 물었다.
135) 아! 시운이 고르지 못 하고 하늘의 명이 너무 어그러졌다.
136) 풍당도 쉽게 늙어 뜻을 이루지 못했고, 이광도 끝내 제후에 봉해지지 못했다. <사
 기(史記)·풍당열전(馮唐列傳)>에 의하면 서한(西漢)사람 풍당은 학문이 뛰어났지만
 문제(文帝)를 섬기면서 늙도록 낭(郎)이란 낮은 벼슬에 머물다가 겨우 차기도위(車
 騎都尉)가 되었고, 그 후 경제(景帝) 때 초상(楚相)을 지낸 후 물러났는데, 무제(武帝)
 가 등극하여 현량을 구하면서 풍당을 다시 기용하려 했으나 그는 이때 이미 90여
 세의 노인이 되어 결국 등용하지 못했다. <사기(史記)·이장군열전(李將軍列傳)>에
 의하면 이광(李廣)은 한 무제 때 좌북평태수(左北平太守)를 지냈는데 흉노가 그를
 두려워하여 호를 비호장군(飛虎將軍)이라 했다. 여러 차례 흉노를 물리치고 공을
 세웠으나 끝내 제후에 봉해지지 못했다.
137) 가의(賈誼)가 몸을 굽혀 장사(長沙)로 가게 된 것은 성군(聖君)이 없어서가 아니다.
138) 양홍이 동오(東吳)의 해변구석으로 달아나 숨은 것이 어찌 밝은 시대가 없었기 때
 문이겠는가? 양홍(梁鴻): 동한(東漢)사람으로 지조가 굳어 권력을 섬기기를 원치 않

(安貧)하고 달인(達人)은 지명(知命)이라.[139] 노당익장(老當益壯)하니 영이백수지심(寧移白首之心)이며, 궁차익견(窮且益堅)하니 불추청운지지(不墜靑雲之志)라.[140] 작탐천이각상(酌貪泉而覺爽)하고 처학철이유환(處涸轍而猶懽)이라.[141] 북해수사(北海雖賖)나 부요(扶搖)를 가접(可接)이오,[142] 동우(東隅)이 이서(已逝)나 상유(桑楡)이 비만(非晚)이라.[143] 맹상고결(孟嘗高潔)은 공회보국지심(空懷報國之心)이오, 완적창광(阮籍猖狂)하니 기효궁도지곡(豈效窮途之哭)가.[144]

발(勃)은 삼척미명(三尺微命)이오 일개서생(一介書生)이라.[145] 무로

아 처자를 데리고 동오(東吳)의 해변 구석으로 달아나 숨어서 살았다.

139) 내가 믿는 바로는, 군자는 가난해도 근심하지 않고, 달인은 천명을 안다.

140) 늙으면 마땅히 더욱 굳세져야 하거늘, 어찌 백발의 마음을 바꿀 것이며, 구차해도 또한 더욱 마음을 굳게 지켜 청운의 뜻을 버리지 않을 것이다.

141) 탐천의 물을 마시고도 오히려 상쾌하게 느끼며, 곤란한 환경에 처해서도 여전히 즐거워한다. 탐천(貪泉): 지금의 광주시(廣州市) 서북쪽 남해현(南海縣)에 있는 샘물. 옛말에 이 물을 마시면 청렴한 사람이 탐욕스러워진다고 하여 붙여진 이름이다. 학철(涸轍): 물이 마른 수레바퀴 자국. 즉 곤궁한 처지를 말한다.

142) 북해가 비록 멀지만, 한 번 바람을 타면 닿을 수 있다. 이 말은 <장자(莊子)·소요유(逍遙遊)>의 고사.

143) 아침은 이미 지나갔지만, 저녁은 아직 늦지 않았다. <후한서(後漢書)·풍이전(馮異傳)>을 인용한 것.

144) 맹상은 고결하여 헛되이 나라의 은혜에 보답하겠다는 마음을 지녔으니, 완적이 막다른 길을 만나면 울고 돌아오던 것 같은 미친 짓을 본뜰 것인가? 맹상(孟嘗): 동한(東漢) 사람으로 자가 백주(伯周)이며 순제(順帝) 때에 합포군(合浦郡)의 태수(太守)를 지냈다. 성품이 매우 고결하였으나 끝내 뜻을 이루지 못하고 헛되이 나라의 은혜에 보답한다는 마음을 지닌 채 70세의 나이로 세상을 떠났다. 공회(空懷): 헛되이 지니다. 완적(阮籍): 삼국시대(三國時代) 위(魏)나라 사람으로 자는 사종(嗣宗)이며 보병교위를 지냈다. 완적은 난세를 만나 방탕한 생활에 빠져 무슨 일을 하든지 자기 멋대로 하며, 자주 혼자서 수레를 몰고 아무데나 마구 다니다가 길이 막히면 통곡하며 돌아왔다고 한다.

145) 나 왕발은 철부지며 한 낮 서생에 불과하다. 삼척미명(三尺微命): 철부지 어린아이.

청영(無路請纓)하니 등종군지약관(等終軍之弱冠)이오,146) 유회투필(有懷投筆)하니 모종각지장풍(慕宗慤之長風)이라.147) 사잠홀어백령(舍簪笏於百齡)하고 봉신혼어만리(奉晨昏於萬里)라.148) 비사가지보수(非謝家之寶樹)나 접맹씨지방린(接孟氏之芳隣)이라.149) 타일(他日)에 추정(趨庭)하야 도배리대(叨陪鯉對)하고,150) 금신(今晨)에 봉메(捧袂)하니 희탁용문(喜托龍門)이라.151) 양의(楊意)를 불봉(不逢)하니 무릉운이자석(撫凌雲而自惜)이오,152) 종기(鍾期)를 기우(旣遇)하니 주류수이하참(奏流水以何

---

146) 내가 비록 갓끈을 청할 길은 업지만, 나이는 종군과 같은 약관이다. 종군(終軍): 한(漢) 제남(濟南) 사람으로 자는 소운(少雲). 종군은 18세에 상경하여 무제에게 상소를 올려 알자급사중(謁者給事中)을 제수받고 후에 탁간대부(擢諫大夫)가 되었다. 그때 마침 남월(南越)이 감히 한(漢)과 화친을 청해옴으로 종군이 무제에게 자청하여 긴 갓끈을 내려주면 무례한 남월왕의 목을 묶어와 폐하게 바치겠다고 했다. 후에 종군은 실패하여 죽음을 당했는데, 그때 나이 불과 20여 세였고, 세간에서는 그를 종동(終童)이라 불렀다.

147) 반초처럼 붓을 내던질 생각도 있고, 종각의 장풍을 흠모하기도 했다. 반초(班超): 안릉인(安陵人)으로 집안이 가난하여 남의 밑에서 서기노릇을 했다. 어느날 붓을 던지며 자신의 신세를 탄식하며 말했는데, 이후 명제(明帝) 때 서역(西域)에 출사하여 50여 나라를 정복하고 돌아와 정원후(定遠候)에 봉해졌다. 종각(宗慤): 남북조(南北朝) 송(宋) 남양인(南陽人)으로 어려서 숙부가 그의 포부를 묻자 자신의 포부를 말했는데, 이후 그의 소원이 이루어졌다고 한다.

148) 나는 지금 평생의 관리 생활을 포기하고, 머나먼 외지에 가서 부모를 모시며 살고자 한다. 잠홀(簪笏): 신하가 황제를 알현할 때 들고 들어가는 유지(遺志)를 적는 도구로 관리생활을 의미한다.

149) 비록 사씨 집안의 훌륭한 자제인 사현(謝玄) 같은 존재는 아니지만, 맹씨 같은 좋은 이웃을 만나게 되었다. 보수(寶樹): 훌륭한 자제. 맹씨(孟氏): 맹자(孟子)의 어머니가 자식을 위해 여러번 이사한 것을 말함.

150) 훗날 부친의 가르침을 받을 때는 공리(孔鯉)가 대하듯이 겸손하게 모시리라. 추정(趨庭): 부친의 가르침을 받는다는 말. 공리(孔鯉): 공자의 아들.

151) 오늘 아침 어른을 뵙게 되니, 그 기쁨이 마치 용문(龍門)에 의탁한 듯하다.

152) 양득의(梁得意)를 만나지 못해 <능운부(凌雲賦)>를 어루만지며 스스로 안타까워하고 있다. 양의(梁意): 한 무제에게 사마상여를 추천한 양득의(梁得意). 능운부(凌雲

慚)가.153)

오호(嗚呼)라. 승지(勝地)난 불상(不常)이오 성연(盛筵)은 난재(難再)니,154) 난정(蘭亭)이 이의(已矣)오 재택(梓澤)이 구허(邱墟)라.155) 임별증언(臨別贈言)하니 봉승은어위전(幸承恩於偉餞)이오, 등고작부(登高作賦)하니 시소망어군공(是所望於羣公)이라.156) 감갈비성(敢竭鄙誠)하야 공소단인(恭疏短引)이라. 일언균부(一言均賦)하니 사운구성(四韻俱成)이라.157)

등왕고각임강저(滕王高閣臨江渚)하니 패옥명란파가무(佩玉鳴鑾罷歌舞)라158)

화동조비남포운(畵棟朝飛南浦雲)이오 주렴모권사산우(珠簾暮捲西山雨)라159)

賦: 사마상여가 지은 글.
153) 종자기(鍾子期)를 이미 만났으니, 유수(流水)를 연주한들 무엇이 부끄럽겠는가? 백아(伯牙)와 종자기의 고사.
154) 아름다운 경치는 항상 그대로가 아니요, 오늘처럼 성대한 연회 또한 다시 만나기 어렵다.
155) 왕희지(王羲之)의 난정(蘭亭)은 이미 없어지고, 석숭(石崇)의 금곡원(金谷園)도 오래 전에 폐허로 변했다. 난정(蘭亭): 왕희지의 별장으로 친구들과 모임을 자주 가졌다고 함. 재택(梓澤): 석숭의 별장 금곡원으로 이곳의 경치가 수려하여 석숭이 자주 연회를 베풀었다고 함. 구허(邱墟): 폐허.
156) 헤어짐에 즈음하여 이 글을 바치는 것은 다행히 연회에서 은혜를 입었기 때문이오, 등왕각 높은 곳에 올라 시를 짓는 것은 여러분에게 바라는 바입니다.
157) 감히 미천한 성의를 다하여 삼가 짧은 서문을 쓰고, 아울러 한 글자를 운(韻)으로 시를 지어 4韻 8句를 모두 완성했습니다.
158) 등왕의 높은 누각 아직도 강가에 우뚝한데, 옥 소리 말방울 소리 사라진 지 오래고, 기녀들의 노래 소리 그친 지 오래이다.
159) 아침이면 단청 기둥에 남포의 구름이 날고, 저녁이면 걷어올린 주렴 너머로 서산에 비가 흩뿌린다.

한운담영일유유(閒雲潭影日悠悠)하니 물환성이도기추(物換星移度幾秋)이160)

각중제자금하재(閣中帝子今何在)오 함외장강공자류(檻外長江空自流)라.161)

적벽부(赤壁賦)162)

임술지추(壬戌之秋) 칠월기망(七月旣望)에163) 소자여객(蘇子與客)으로 범주유어적벽지하(泛舟遊於赤壁之下)할새,164) 청풍(淸風)은 서래(徐來)하고 수파(水波)는 불흥(不興)이라.165) 거주속객(擧酒屬客)하고 송명월지시(誦明月之詩)하야 가요조지장(歌窈窕之章)이러니,166) 소언(少焉)에 월출어동산지상(月出於東山之上)하야 배회어두우지간(徘徊於斗牛之間)하니,167) 백로(白露)는 횡강(橫江)하고 수광(水光)은 접천(接天)이라.168) 종일위지소여(縱一葦之所如)하야 능만경지망연(凌萬頃之茫然)하

---

162) 「적벽부」는 소식(蘇軾)이 지은 부(賦)이다. 송(宋) 원풍(元豊) 5년(1082) 47세 되던 해, 소식은 황주(黃州)에 귀양 가서 임고정(臨皋亭)에 거처하였다. 7월 16일 밤 마침 그를 방문한 양세창과 함께 달이 밝은 때를 타서 적벽에서 뱃놀이를 하면서 이 작품을 지었는데, 고래의 명문(名文)으로 일컬어진다. 「적벽부」의 적벽은 황주성 밖에 있던 적벽기(赤壁磯)로 양자강 남쪽에 있는 「삼국지(三國志)」의 적벽과 다르다. 그러나 소식이 착각하였으므로 글 가운데 삼국의 영웅 조조와 주유의 풍류를 생각하는 부분이 나온다.

163) 임술년 가을 7월 16일. 임술(壬戌)은 송(宋) 신종(神宗) 원풍(元豊) 5년이다.

164) 소자와 객이 적벽 아래에서 배를 저으며 유람했다. 여기에서 소자(蘇子)는 「적벽부」의 지은이인 소식이 자기를 지칭한 말이다.

165) 맑은 바람이 서서히 불어오고, 파도는 일지 않았다. 서래(徐來): 서서히 불어오다. 수파(水波): 물결, 파도.

166) 술잔을 들어 손님에게 권하며 '명월(明月)'시를 낭송하고 '요조(窈窕)' 장을 노래했다. 요조(窈窕)는 의미상 요규(窈糾)와 통하므로, 「시경(詩經)·진풍(陳風)」의 <월출(月出)>편, '달이 떠서 환하거늘 아름다운 사람이 어여쁘도다. 어이하면 그윽한 시름을 펼까? 애태우기를 심하게 하노라(月出皎兮 佼人僚兮 舒窈糾兮 勞心悄兮)'을 가리키는 것으로 본다.

167) 잠시 후, 달이 동산 위에서 떠올라, 북두성과 견우성 사이에서 배회했다.

니,¹⁶⁹⁾ 호호호여빙허어풍(浩浩乎如憑虛御風) 이부지기소지(而不知其所止)하고,¹⁷⁰⁾ 표표호여유세독립(飄飄乎如遺世獨立)하야 우화이등선(羽化而登仙)이라.¹⁷¹⁾

어시(於是)에 음주낙심(飮酒樂甚)하야 구현이가지(扣舷而歌之)하니,¹⁷²⁾ 가(歌)에 왈(曰),

계도혜난장(桂棹兮蘭槳)으로 격공명혜소류광(擊空明兮泝流光)이로다.¹⁷³⁾ 묘묘혜여회(渺渺兮予懷)여 망미인혜천일방(望美人兮天一方)이로다.¹⁷⁴⁾

객유취통소자(客有吹洞簫者)하야 의가이화지(倚歌而和之)하니, 기성(其聲)이 명명연(鳴鳴然)하야 여원여모(如怨如慕)하며 여읍여소(如泣如訴)하고,¹⁷⁵⁾ 여음(餘音)이 요뇨(嫋嫋)하야 부절여루(不絶如縷)하니,¹⁷⁶⁾ 무유학지잠교(舞幽壑之潛蛟)하고 읍고주지이부(泣孤舟之嫠婦)라.¹⁷⁷⁾ 소자

---

168) 흰 이슬은 강 위를 가로지르고 물빛은 하늘과 맞닿아 있다. 오행상 가을은 흰색이므로 흰 이슬은 가을 이슬을 가리킨다. 음력 7, 8, 9월이 가을이다.

169) 작은 배가 가는 대로 내맡긴 채, 한없이 넓은 강 위를 떠돌아 다녔다. 일위(一葦)는 갈대만한 작은 배를 가리킨다.

170) 강물이 한없이 넓어 마치 허공에 의지하여 바람을 탄 듯, 배가 어디 가서 멈출지 알 수가 없다.

171) 가뿐하기가 마치 속세를 버리고 홀로 서서, 날개를 달고 신선이 되어 하늘로 올라가는 듯했다.

172) 이에 술을 마시며 매우 즐거워서, 뱃전을 두드리며 노래를 불렀다.

173) 계수나무 긴 노와 목란나무 짧은 노로, 물 속에 잠긴 달을 치며 물 위에 흐르는 달빛을 거슬러 간다.

174) 아득하다 내 마음, 님을 바라보니 하늘 한쪽 끝에 있구나.

175) 손님 중에 퉁소를 부는 사람이 있어, 노래에 맞추어 합주하니 그 소리가 구슬프게 울려, 마치 원망하는 듯도 하고 사모하는 듯도 하며, 흐느끼는 듯도 하고 하소연하는 듯도 했다.

176) 여음이 길게 이어지며, 실처럼 끊어지지 않았다.

177) 깊은 골짜기의 잠겨있는 교룡을 춤추게 하고, 외로운 배에 타고 있는 과부를 울게

(蘇子)이 초연정금(愀然正襟)하고, 위좌이문객왈(危坐而問客曰)

하위기연야(何爲其然也)오.[178]

객왈(客曰)

월명성희(月明星稀)하고 오작(烏鵲)이 남비(南飛)라.[179]

차비조맹덕지시호(此非曹孟德之詩乎)아.[180] 서망하구(西望夏口)하고
동망무창(東望武昌)하니, 산천(山川)이 상무(相繆)하야 울호창창(鬱乎蒼
蒼)이라.[181] 차비맹덕지곤어주랑자호(此非孟德之困於周郎者乎)아.[182] 방
기파형주하강릉(方其破荊州下江陵)하야 순류이동야(順流而東也)에 축로
천리(舳艫千里)오 정기폐공(旌旗蔽空)이라.[183] 시주임강(釃酒臨江)하고
횡삭부시(橫槊賦詩)하니,[184] 고일세지웅야(固一世之雄也)러니 이금(而今)
에 안재재(安在哉)오.[185] 황오여자(況吾與子)로 어초어강저지상(漁樵於

한다.

178) 소자가 정색을 하며, 옷깃을 바로 하고 바로 앉아, 객에게 "어째서 퉁소 소리가 그
처럼 처량한가?"라고 물었다.

179) "달은 밝고 별은 성근데, 까막까치가 남쪽으로 날아가네." 조조(曹操)가 지은 <단
가행(短歌行)>의 한 구절이다.

180) 이는 조맹덕의 시가 아닌가? 맹덕(孟德)은 「삼국지」에 나오는 위태조 조조(曹操,
155-220)의 자이다. 조조는 후한의 영제(靈帝) 때 황건적을 토벌하고, 동탁(董卓), 원
술(袁術), 유표(劉表) 등을 격멸하여 황하유역을 통일하면서 위왕에 봉해졌다. 후에
아들 조비(曹丕)가 칭제(稱帝)하면서 무제(武帝)로 추존되었다.

181) 서쪽으로 하구를 바라보고, 동쪽으로 무창을 바라보며, 산과 강이 서로 휘감고, 수
목이 울창하며 짙푸르다. 하구(夏口): 지금의 호북성(湖北省) 한구(漢口).

182) 이곳은 맹덕이 주랑에게 곤욕을 당하던 곳이 아닌가? 주랑은 주유(周瑜, 175-210)
를 가리킨다. 주유는 오나라 손책(孫策)을 도와 강동을 평정하고 유비(劉備)와 연합
하여 조조를 적벽에서 격파하였다.

183) 그가 형주를 격파하고 강릉으로 내려가 강물을 따라 동쪽으로 나아갈 때, 전함의
꼬리가 천리나 이어지고, 군대의 깃발이 하늘을 뒤덮었다.

184) 강물을 대하고 술을 마시며, 긴 창을 비껴 든 채 시를 읊었다.

185) 실로 일세의 영웅이거늘, 그러나 지금은 어디에 있는가?

江渚之上)하야 여어하이우미록(侶魚鰕而友麋鹿)이라.186) 가일엽지경주
(駕一葉之輕舟)하야 거포준이상촉(擧匏樽以相屬)하니,187) 기부유어천지
(寄蜉蝣於天地)에 묘창해지일속(渺滄海之一粟)이니,188) 애오생지수유(哀
吾生之須臾)하고 선장강지무궁(羨長江之無窮)하야,189) 협비선이오유(挾
飛仙以遨遊)하고 포명월이장종(抱明月而長終)이라.190) 지불가호취득(知
不可乎驟得)일새 탁유향어비풍(託遺響於悲風)하노라.191)

소자(蘇子)이 왈(曰),

객역지부수여월호(客亦知夫水與月乎)아.192) 서자(逝者)이 여사(如斯)
로대 이미상왕야(而未嘗往也)며,193) 영허자(盈虛者)이 여피(如彼)로대 이
졸막소장야(而卒莫消長也)니,194) 개장자기변자이관지(蓋將自其變者而觀
之)면 즉천지(則天地)도 증불능이일순(曾不能以一瞬)이오,195) 자기불변
자이관지(自其不變者而觀之)면 즉물여아(則物與我)이 개무진야(皆無盡
也).196) 이우하선호(而又何羨乎)리오.197)

---

186) 하물며 나와 그대는 강의 모래톱에서 고기잡고 나무하며, 물고기·새우를 반려자로
   삼고 사슴·고라니를 벗삼아 지낸다.
187) 일엽편주를 타고, 조롱박 술잔을 들어 서로 권한다.
188) 이는 마치 하루살이가 세상에 붙어사는 것과도 같고, 망망대해 속의 좁쌀 한 알과
   도 같은 작은 존재이다.
189) 내 인생의 짧음을 슬퍼하고 장강(長江)의 무궁함을 부러워한다. 장강은 양자강을
   가리킨다.
190) 날아다니는 신선을 옆에 끼고 한가로이 노닐며 밝은 달을 끌어안고 오래도록 함께
   살고도 싶다.
191) 쉽게 얻을 수 없다는 것을 알기 때문에, 남은 소리를 처량한 가을바람에 기탁하는
   것이다.
192) 그대 또한 강물과 달을 아는가?
193) 강물이 흘러가는 것이 이와 같지만, 강물은 가버린 적이 없다.
194) 달이 차고 기우는 것이 이와 같지만, 결국 없어지거나 늘어난 적이 없다.
195) 아마도 변화한다는 측면에서 본다면 천지는 일찍이 한순간도 그대로 있을 수는
   없다.

차부천지지간(且夫天地之間)에 물각유주(物各有主)라.198) 구비오지
소유(苟非吾之所有)댄 수일호이막취(雖一毫而莫取)어니와,199) 유강상지
청풍(惟江上之淸風)과 여산간지명월(與山間之明月)은 이득지이위성(耳
得之而爲聲)하고 목우지이성색(目遇之而成色)하야,200) 취지무금(取之無
禁)이오 용지불갈(用之不竭)이니,201) 시(是)는 조물자지무진장야(是造物
者之無盡藏也)오 이오여자지소공적(而吾與子之所共適)이니라.202)

　　객(客)이 희이소(喜而笑)하고 세잔갱작(洗盞更酌)하니,203) 효핵(肴核)
이 기진(旣盡)이오 배반(杯盤)이 낭자(狼藉)라.204) 상여침자호수중(相
與枕藉乎舟中)하야 부지동방지기백(不知東方之旣白)이러라.205)

---

196) 변하지 않는다는 관점에서 본다면, 만물과 나는 모두 다함이 없다.
197) 그런데 또 무엇을 부러워하는가?
198) 또한 세상 천지에서 모든 물건은 각기 주인이 있다.
199) 만약 나의 소유가 아니면, 비록 한 올의 터럭이라도 취하지 못한다.
200) 다만 강 위의 맑은 바람과 산 위에 떠 있는 밝은 달은, 귀로 들으면 아름다운 음악
　　이 되고, 눈으로 보면 아름다운 경치가 된다.
201) 그것을 아무리 취해도 아무도 금지하지 않고, 그것을 아무리 써도 없어지지 않는다.
202) 이는 조물주가 내린 무한한 보고(寶庫)요, 또한 나와 그대가 함께 누릴 수 있는 것
　　이다.
203) 객이 기뻐 미소지으며, 술잔을 씻어 다시 술을 따랐다.
204) 안주가 이미 다 떨어지고, 잔과 접시가 마구 어지럽게 흩어졌다.
205) 배 안에서 서로 더불어 베고 깔고 뒤엉켜 자면서 동쪽 하늘이 이미 밝아진 것도
　　몰랐다.

삼설기(三說記)206)

우(右)207) 근진소지의단(謹陳所志矣段)208)은 의신(矣身)209)의 평생소원(平生所願)을 자감앙소어천지만물사생도찰명정지하(玆敢仰訴於天地萬物死生圖察明政之下) 하옵니다.210)

출어세상(出於世上)하여 법가자제(法家子弟) 되어 나서,211) 슬하(膝

---

206) 송서(誦書) <삼설기>는 「삼사횡입황천기(三士橫入黃泉記)」 가운데 세 번째 선비가 올리는 소지의 내용을 노래로 부르는 것이다. 「삼사횡입황천기」 전체 줄거리는 다음과 같다.

　서울에 사는 세 선비가 과거 공부를 힘쓰다가 어느 봄날 백악산으로 놀러갔다. 세 선비는 인사불성이 되도록 술을 마시고 취해서 쓰러져 있었다. 이때 염라대왕의 차사가 사람을 잡아가려고 돌아다니다 마침 백악산에 쓰러져 있는 세 선비를 보았다. 차사는 이들이 죽지 않은 것을 알면서도 잡아갈 사람이 부족하자 그대로 데려간다. 염라대왕에게 세 선비는 억울하게 잡혀왔음을 호소한다. 명부에서 생사치부책(生死置簿冊)을 내어 조사하니 10년을 일찍 잡아온 것이다. 염라대왕이 도로 내보내라고 하나, 세 선비는 자신들의 장사를 이미 치뤘을테니 혼백을 붙일 곳이 없다고 한다. 염왕은 소원대로 점지하여 줄테니 소원을 말하라고 하여 세 선비는 소원을 아뢴다. 첫 번째 선비는 무반(武班)이 되게 해달라는 소지(所志)를 올리고, 두 번째 선비는 문반(文班)이 되게 해달라는 소지를 올리는데, 염왕은 두 선비의 소원은 들어준다. 세 번째 선비는 지분지명(知分知命)하여 병없고 성한 몸이 명철보신(明哲保身)하고 명대로 살다가 죽게 해달라는 소지를 올린다. 염왕은 세 번째 선비의 소지를 보고는 세 번째 선비에게 욕심 많고 불측한 놈이라고 야단치고 소원을 들어주지 않는다.

207) 세로 쓰기를 할 때 오른쪽의 내용을 말하는 것.

208) 삼가 뜻한 바를 베풀고자 함은. 의단(矣段)은 이두식 표기.

209) 이 몸은. 이 사람은. 이두식 표기.

210) 이 대목은 소지의 첫머리에 쓰는 상투적인 내용. 자감앙소(玆敢仰訴): 이에 감히 우러러 호소하옵나니. 천지만물사생도찰(天地萬物死生圖察): 천지 만물의 삶과 죽음을 관리하는. 명정지하(明政之下): 분명히 다스리는 앞에.

211) 출어세상(出於世上): 세상에 태어나. 법가자제(法家子弟): 법도 있는 집안의 자제가

下)에 어린 체와 교동(嬌童)으로 자라나서,212) 효행예절(孝行禮節) 어진 집에 생장(生長)하여 언충신행독경(言忠信行篤敬)하며,213) 쇄소응대(灑掃應對) 진퇴지절(進退之節)과 애친경장(愛親敬長) 융사친우지도(隆師親友之道)를 안 연후(然後)에,214) 학발쌍친(鶴髮雙親) 영양(榮養)으로 입신양명(立身揚名) 현달(顯達)하고,215) 계초명(鷄初鳴) 함관수(咸盥漱)를 일을 삼아,216) 노래자(老萊子)의 옷을 입고 삼척동자(三尺童子) 부러하며,217) 자로(子路)의 부미(負米)함218)과 왕상(王祥)의 이어(鯉魚) 낚고,219) 맹종(孟宗)의 죽순(竹筍) 꺽어,220) 증자(曾子)의 양친지효(養親之孝)를 주야로 일을 삼아221) 지효갈력(至孝竭力) 즐기다가,222) 차차로 생각하니 부모(父母)의 은덕(恩德)이 호천망극(昊天罔極)이라.223) 원득삼산불로초

되어.
212) 교동(嬌童): 귀엽고 사랑스런 사내 아이.
213) 효행예절(孝行禮節): 부모를 잘 섬기는 것과 예의범절. 언충신행독경(言忠信行篤敬): 말과 행실이 미덥고 착실함.
214) 쇄소응대(灑掃應對): 물 뿌리고 쓸고 부모에게 순응하고 고분고분히 답함. 진퇴지절(進退之節): 어른 앞에서의 예절. 애친경장(愛親敬長): 부모를 사랑하고 어른을 공경함. 융사친우지도(隆師親友之道): 스승을 존경하고 벗과 친한 도리.
215) 영양(榮養): 늙은 부모를 잘 봉양한다는 말. 현달(顯達): 출세하여 이름을 드날림.
216) 함관수(咸盥漱): 첫 닭이 울면 세수하고 양치질을 함.
217) 노래자(老萊子): 중국 춘추시대 초(楚)의 사람. 나이 70세에 어린 아이의 행동으로 늙은 부모를 즐겁게 했다고 함.
218) 자로(子路): 공자의 제자. 효성이 지극하여 자신은 하찮은 음식을 먹고 부모님께는 백리 길에 쌀을 져다가 봉양했다고 함.
219) 왕상(王祥): 중국 진(晉)때 사람. 효행이 지극해서 계모가 엄동설한에 생선이 먹고 싶다하자, 곧 강으로 나가 옷을 벗고 어름을 깨니 생선이 물에서 튀어나왔다고 한다.
220) 맹종(孟宗): 중국 오(吳)때 사람. 겨울철 노모가 죽순이 먹고 싶다하나 구하지 못해, 대밭에서 슬피 우니 땅 속에서 죽순이 솟아 나와서 모친께 드렸다고 함.
221) 증자(曾子): 공자의 제자 증삼(曾參). 효도에 뛰어났음.
222) 지효갈력(至孝竭力): 지극한 효도로 힘을 다함.
223) 호천망극(昊天罔極): 부모의 은혜를 생각하면 넓고 커서 끝이 없는 하늘과 같다

(願得三山不老草)하여 배헌고당백발친(拜獻高堂白髮親)을 평생갈력(平生竭力)[224] 다한 후에,[225]

사방(四方)에 널리 놀아 만물(萬物) 물정(物情) 경력(經歷)하고, 삼산풍경(三山風景) 좋은 곳에 청천삭출(靑天削出) 높은 뫼는 천작(天作)으로 생겨 있어 배산임류(背山臨流)하니,[226] 춘수(春水)는 만사택(滿四澤)이요 하운(夏雲)은 다기봉(多奇峰)이라.[227] 명당(明堂)에 터를 닦아 초당(草堂)을 지어내니, 토계삼등(土階三等)이요 모자(茅茨)를 부전(不剪)이라.[228] 계명죽오(鷄鳴竹塢)하고 견폐화촌(犬吠花村)이라.[229] 앞 내의 고기 낚고 뒷 뫼에 약(藥)을 심어 실과(實果)는 철을 찾고 백곡(百穀)이 풍등(豊登)이라.[230] 우양자귀촌항(牛羊自歸村巷)이요 동치불식의관(童稚不飾衣冠)이라.[231] 낙화방초무심처(落花芳草無心處)에 만학천봉독폐문(萬

는 말.

224) 원득삼산불로초(願得三山不老草): 원하건데 삼신산의 불로초를 얻어다가. 배헌고당백발친(拜獻高堂白髮親): 고당의 백발되신 부모님께 드리려 함. 평생갈력(平生竭力): 힘을 다함.

225) 이 단락은 어린 시절에 좋은 환경에서 자라나, 부모에게 효도하며 자랐다는 내용.

226) 청천삭출(靑天削出): 푸른 하늘을 찌를 듯이 솟음. 천작(天作): 자연히 이루어짐 또는 그 사물. 배산임류(背山臨流): 산을 등지고 흐르는 물을 앞에 둠.

227) 춘수만사택(春水滿四澤): 봄에는 물이 사방 연못에 가득함. 하운다기봉(夏雲多奇峰): 여름에는 봉우리 마다 구름이 많음.

228) 토계삼등(土階三等): 흙으로 만든 계단이 삼 단 밖에 되지 않은 집. 모자부전(茅茨不剪): 띠로 지붕을 이고 그 끝을 베어 가지런히 하지 않는다는 뜻. 토계삼등과 모자부전은 몹시 검소한 생활을 말한다.

229) 계명죽오(鷄鳴竹塢): 대나무 밭 언덕에서 닭이 욺. 견폐화촌(犬吠花村): 꽃이 만발한 마을에 개가 짖음.

230) 풍등(豊登): 농사지은 것이 잘됨.

231) 우양자귀촌항(牛羊自歸村巷): 소와 염소 떼들은 스스로 시골길로 돌아가고. 동치불식의관(童稚不飾衣冠): 어린 아이들은 옷에 신경 쓰지 않음. 즉 마음대로 뛰노는 모습을 말함.

壑千峰獨蔽門)이라.232) 한운담영시수가(閑雲潭影是誰家)요 별유천지비인간(別有天地非人間)이라.233) 세사(世事)는 금삼척(琴三尺)이요 생애(生涯)는 주일배(酒一杯)라.234) 서정강상월(西亭江上月)이 뚜렷이 밝았는데 동각(東閣)의 설중매(雪中梅)는 향기(香氣)로이 피었에라.235) 풍성학려(風聲鶴唳)는 사시무진(四時無盡)이요 녹죽창송(綠竹蒼松)은 천고불변(千古不變)이라.236) 세상영욕(世上榮辱) 다 버리고 청라연월(靑蘿煙月) 대 사립(簑笠)의 백운심처(白雲深處) 찾아가니,237) 적적시문(寂寂柴門) 개 짖는데 요요운학(遙遙雲鶴) 그 뉘 알리.238) 인간(人間) 공명(功名) 모르거든 세상시비(世上是非) 어이 알리. 황금부다교불심(黃金不多交不深)239)하니 어느 벗이 날 찾으리.240)

광음(光陰)을 헤아리니 춘림(春林)에 문두견(聞杜鵑)이 어제러니, 어

---

232) 낙화방초무심처(落花芳草無心處): 떨어진 꽃과 향기로운 풀들이 많아서 어느 곳을 분간해서 찾을 길 없는 곳. 만학천봉독폐문(萬壑千峰獨蔽門): 수많은 골짜기와 첩첩 산중 깊은 곳에 외딴 집 사립문은 닫혀있다.

233) 한운담영시수가(閑雲潭影是誰家): 한가로운 구름은 연못 속에 비친 것은 누구의 집인가. 별유천지비인간(別有天地非人間): 인간이 사는 곳과는 다른 세상이다.

234) 세사금삼척(世事琴三尺): 세상 일은 석자의 거문고면 즐겁다. 생애주일배(生涯酒一杯): 사는 동안 술 한잔이면 족하다.

235) 서정강상월(西亭江上月): 정자 서쪽 강물 위에 뜬 달. 동각설중매(東閣雪中梅): 동쪽 누각 앞에 눈 속에 핀 매화.

236) 풍성학려사시무진(風聲鶴唳四時無盡): 바람소리와 학의 울음소리는 사계절에 그치지 않음. 녹죽창송천고불변(綠竹蒼松千古不變): 언제까지나 변치 않음. 푸른 대나무와 소나무는 언제까지나 변치 않음.

237) 청라연월(靑蘿煙月): 푸른 담쟁이에 연기 어린 달빛. 사립(簑笠): 도롱이와 삿갓. 백운심처(白雲深處): 산 속 깊은 곳.

238) 적적시문(寂寂柴門): 쓸쓸한 사립문. 요요운학(遙遙雲鶴): 멀고 아득한 구름 속의 학.

239) 황금부다교불심(黃金不多交不深): 황금이 많치 않고 깊이 사귀지 못함. 즉 돈이 없고 친한 벗도 없다는 말.

240) 이 단락은 검소한 생활을 하며 스스로 만족한다는 내용을 기술했다.

느 사이에 추안(秋雁)이 우전성(又傳聲)이라.[241] 한왕서래(寒往暑來)하니 사시(四時)를 짐작하고, 의약복서(醫藥卜筮) 알겠으니 그 무엇이 부족하랴.[242] 옛 사람 이른 말이 지족(知足)이면 불욕(不辱)이라 하였나니 부귀(富貴)하면 위지(危地)로다.[243] 오경대루화만상(五更待漏靴滿霜)이 위태(危殆)롭고 괴로워라.[244] 공자(孔子)·묵적(墨翟)[245] 언변(言辯)에도 핍박(逼迫)함을 보았나니, 오자서(伍子胥)의 촉루검(屬鏤劍)[246]과 함양시상탄황견(咸陽市上嘆黃犬)[247]을 모른대야 관계(關係)하랴. 세상공명간목안(世上功名看木雁)이요,[248] 좌중담소신상귀(座中談笑愼桑龜)[249]라 알

---

241) 춘림문두견(春林聞杜鵑): 봄 동산에 두견새 소리가 들림. 추안우전성(秋雁又傳聲): 가을에 기러기 소리 전해 온다.

242) 한왕서래(寒往暑來): 추위가 가고 더위가 오니. 의약복서(醫藥卜筮): 의약과 점치는 것.

243) 지족불욕(知足不辱): 족함을 알면 욕이 돌아오지 않음. 부귀위지(富貴危地): 부하고 귀하면 위태로움이 따른다.

244) 오경대루화만상(五更待漏靴滿霜): 이른 새벽 입조할 때 신발에 서리가 가득하다. 즉 벼슬아치의 고충을 말한 시구(詩句).

245) 전국시대의 사상가 묵자(墨子).

246) 오자서(伍子胥): 중국 춘추시대 초(楚)나라 사람. 그의 아버지인 사(奢)와 형 상(尙)이 죄없이 모두 초나라의 평왕(平王)에게 죽음을 당하였으므로 오자서는 오(吳)에 망명하여 오(吳)를 도와 초(楚)를 쳐서 평왕의 무덤을 파헤치고 시체를 파내어 삼백 번 매질하여 부형의 원수를 갚고 오(吳)가 패권을 잡게 하였다. 그 뒤 부차(夫差)가 오왕(吳王)이 되면서 오자서의 간(諫)함을 듣지 않고 오히려 칼을 주어 자살케 함. 촉루검(屬鏤劍): 중국에서 유명한 칼의 하나. 오왕(吳王) 부차(夫差)가 오자서에게 이 칼을 내려 자결케 함.

247) 함양시상탄황견(咸陽市上嘆黃犬): 중국 진(秦)나라 수도인 함양의 저자거리에서 당시의 승상이던 이사(李斯)가 울밑에 있던 누런개를 보고 탄식했다는 고사. 승상이던 이사가 조고(趙高)의 간계와 참소로 요참(腰斬)의 형(刑)을 당하려 형장으로 끌려가던 길에 울밑에 누런 개를 보고 부러워했다고 함.

248) 세상공명간목안(世上功名看木雁): 세상에 공명을 나무와 기러기 보듯하라는 장자(莊子) 외편(外篇) 산목(山木)에서 나온 말.

249) 좌중담소신상귀(座中談笑愼桑龜): 서로 앉아 대화하는 것을 거북이 뽕나무 삼가듯

아내어 무엇하며, 수신제가치국평천하지도(修身齊家治國平天下之道)를
모른대야 관계(關係)하랴.250)

　　팔진미찬(八珍美饌) 만반진수(萬盤珍羞)251) 아니라도 벽계청류(碧溪
靑流) 은린옥척(銀鱗玉尺)252) 낚은 고기 박주(薄酒) 산채(山菜) 맥반(麥
飯)으로 적구충장(適口充腸) 하여가고,253) 고대광실(高臺廣室) 수호문창
(繡戶門窓) 주박은병(珠箔銀屛)254) 아니라도 모옥(茅屋) 수삼간(數三間)
에 남창(南窓) 온돌(溫突) 정쇄(精麗)한대, 양생법(養生法)을 공부하여 연
년익수(延年益壽) 하리로다. 금의(錦衣)를 잊었거든 포혜(袍鞋)를 부끄
리랴. 죽장망혜(竹杖芒鞋)로 기산(箕山) 영수(穎水)에 배회(徘徊)하니,255)
일발청산부취색(一髮靑山浮翠色)이라.256) 백운(白雲)은 천리만리(千里萬
里)요 명월(明月)은 전계후계(前溪後溪)로다.257) 산(山)은 첩첩만중(疊疊
萬重)한데 삼산반락청천외(三山半落靑天外)258)요, 물은 충충(沖沖) 소
(沼)이 되니 이수중분백로주(二水中分白鷺洲)259)라. 낙하(落霞)는 여고목

하라. 즉 어느 자리에서 무슨 말이든지 삼가라는 말.
250) 이 단락은 부귀공명이 부질없다는 내용.
251) 팔진미찬(八珍美饌): 진기한 아름다운 음식. 만반진수(萬盤珍羞): 상 가득한 맛 있
　　는 반찬.
252) 벽계청류(碧溪靑流): 푸른 계곡의 맑은 물. 은린옥척(銀鱗玉尺): 비늘이 반짝거리는
　　아름다운 물고기.
253) 거친 술과 산나물 그리고 보리밥으로 배를 채우고.
254) 고대광실(高臺廣室): 높은 건물의 넓은 방. 수호문창(繡戶門窓): 비단을 바른 문과
　　창. 주박은병(珠箔銀屛): 구슬 발과 은 병풍.
255) 죽장망혜(竹杖芒鞋): 대나무 지팡이와 집신. 기산(箕山) 영수(穎水): 소부(巢父)와 허
　　유(許由)가 살던 곳.
256) 일발청산부취색(一髮靑山浮翠色): 아득한 청산이 푸른빛 위에 떠 있다.
257) 흰 구름은 천리만리 뻗어 있고, 밝은 달은 앞뒤의 계곡에 비취인다.
258) 삼산은 반이 푸른 하늘로 떨어지고
259) 물은 가득히 넘치니 두 물은 백로주(白鷺洲)를 나눈다.

제비(與孤鶩齊飛)하고 추수(秋水)는 공장천일색(共長天一色)이라.260) 바람 불어 송생슬(松生瑟)이요 안개 피어 학성홍(壑成虹)이라.261) 주걱새 울어 나니 천고절(千古節)이요, 솥적다 하는 소리 일년풍(一年豊)이라.262) 운무심이출수(雲無心而出峀)하니 다기봉(多奇峰)이 자작(自作)이라.263) 방장(方丈) 봉래(蓬萊) 삼신산(三神山)264)이 벌였는데, 아미산월반륜추(峨嵋山月半輪秋)와 적벽강산무한경(赤壁江山無限景)을 어디다가 비(比)할소냐.265) 십장생(十長生)이 벌여 있어 천만세(千萬世)를 누리는데, 월출낙조(月出落照) 바라보니 무비경개절승(無非景槪絶勝)266)이라.267)

주(周)나라 강태공(姜太公)은 위수(渭水)에 고기 낚고 강산풍경(江山風景) 좋은 곳에 만사무심일조간(萬事無心一釣竿)이요,268) 한(漢)나라 제

---

260) 낙하여고목제비(落霞與孤鶩齊飛): 떨어지는 저녁놀은 외로운 따오기와 더불어 가지런히 날고. 추수공장천일색(秋水共長天一色): 가을 물과 높은 하늘의 빛은 한 가지라.

261) 송생슬(松生瑟): 소나무를 스쳐부는 바람소리가 거문고 소리인 듯 함. 학성홍(壑成虹): 골짜기에 무지개를 이루어 놓음.

262) 두견이 우는 소리는 천고의 절개이고, 솥 적다고 우는 소쩍새 소리에 한 해가 풍년이라.

263) 구름이 무심히 산중에서 솟아나니 기이한 봉우리들이 스스로 생겨난다. 운무심이출수(雲無心而出峀): 구름은 무심히 산중에서 솟아나고.

264) 삼신산(三神山): 방장(方丈), 봉래(蓬萊), 영주(瀛州). 신선(神仙)이 살고 있다는 전설의 세 산.

265) 아미산월반륜추(峨嵋山月半輪秋): 아미산에 반달이 비친 가을의 경치. 적벽강산무한경(赤壁江山無限景): 적벽강 위에 한없이 좋은 경치.

266) 무비경개절승(無非景槪絶勝): 어디에도 비할 수 없이 경치가 뛰어남.

267) 이 단락은 인위적인 것보다 자연이 훨씬 아름답다는 것을 얘기했음.

268) 강태공(姜太公): 중국 주(周)나라 초기의 정치가·공신. 위수(渭水)에서 낚시질을 하다가 문왕을 만나게 되었다는 등 그에 대한 전기는 대부분이 전설적이지만, 전국시대부터 한(漢)나라 시대에는 경제적 수완과 병법가(兵法家)로서의 그의 재주가 회자되기도 하였다. 병서(兵書)『육도(六韜)』(6권)는 그의 저서라 하며, 뒷날 그의 고사를 바탕으로 하여 낚시질하는 사람을 태공망 혹은 태공이라 하는 속어가 생겼다. 만사

갈량(諸葛亮)은 남양(南陽)에 밭을 갈아 초당춘수(草堂春睡) 긴긴 날에 양보음(梁甫吟) 읊으면서 불구문달(不求聞達) 하였나니,269) 도당씨(陶唐氏) 적 시절(時節)에는 영천(潁川)에 귀를 씻고 문답(問答)하던 맑은 덕(德)은 소·허(巢·許) 밖에 또 있는가?270) 문장공명(文章功名) 하던 일을 이리저리 헤아리니 아득하고 어려워라. 용봉(龍逄) 비간(比干)271) 곧은 충절(忠節) 만세(萬世)에 유전(遺傳)한들 저마다 어이하며, 위청불패유천행(衛靑不敗唯天幸)이요272) 이광무공연수기(李廣無功緣數奇)라.273) 지용(知勇)으로 못하려니 장수(將帥) 되기 어려우며, 안자곤어누항(顔子困於陋巷)274)하고 가의굴어장사(賈誼屈於長沙)275)하니 도학(道學)인들 무엇하며, 사마천(司馬遷)276) 소동파(蘇東坡)277)는 만고문장(萬古文章) 빛난

무심일조간(萬事無心一釣竿): 만사가 뜻에 없이 다만 낚시대가 제일이란 뜻.
269) 제갈량(諸葛亮): 중국 삼국시대 촉한(蜀漢)의 정치가·전략가. 양보음(梁甫吟): 제갈
　　량이 지은 악부(樂府). 불구문달(不求聞達): 현달함을 구하지 않음.
270) 도당(陶唐): 요(堯) 임금 시대. 소·허(巢·許): 소부와 허유.
271) 용봉(龍逄): 중국 하(夏)나라 걸왕(桀王)의 신하. 걸왕의 무도함을 직간하다 피살됨.
　　비간(比干): 중국 은(殷)나라 주왕(紂王)의 제부(諸父). 주왕의 무도함을 직간하다 죽
　　임을 당함.
272) 위청불패유천행(衛靑不敗唯天幸): 위청이 전쟁에 패하지 않음은 천행으로 말미암
　　아 있는 일이요. 위청은 중국 한나라 문제 시대의 대장군으로 북쪽 오랑캐를 치러
　　가서 이광보다 못한데도 요행으로 패하지 않았다고 함.
273) 이광무공연수기(李廣無功緣數奇): 이광은 위청과 같은 시대 사람인데 지용이 겸비
　　한데도 운수가 없어 전쟁에 패하자 스스로 자결함.
274) 안자곤어누항(顔子困於陋巷): 안회는 가난해서 언제나 곤한 생활을 했다고 함.
275) 가의굴어장사(賈誼屈於長沙): 가의도 장사에서 굴욕적인 생활을 했다고 함. 가의
　　(賈誼: 중국 전한(前漢) 문제(文帝) 때의 문인·학자. 시문에 뛰어나고 제자백가에 정
　　통하여 문제의 총애를 받아 약관으로 최연소 박사가 되었다. 1년 만에 태중대부(太
　　中大夫)가 되어 진(秦)나라 때부터 내려온 율령 등을 개정하고 전한의 관제를 정비
　　하기 위한 많은 의견을 상주하였다. 그러나 주발(周勃) 등 당시 고관들의 시기로 장
　　사왕(長沙王)의 태부(太傅)로 좌천되었다.
276) 사마천(司馬遷): 전한(前漢)때 역사가. 『사기(史記)』의 저자.

말은 하필성장(下筆成章)278) 하건마는 문장궁액(文章窮阨)279) 면(免)할
소냐? 왕발(王勃)의280) 등왕각서(滕王閣序) 명작(名作)이라 하건마는, 삼
척미명(三尺微命) 네 글자가 처량(凄涼)할손 단명구(短命句)라 가련(可
憐)하기 측량(測量)없다.281) 이태백(李太白)의 백두시(白頭詩)와 일일수
경삼백배(一日須傾三百杯)는 채석강(采石江)에 빠졌으며,282) 두목지(杜
牧之)의 취과양주귤만거(醉過楊州橘滿車)는 호탕(浩蕩)하여 쓸데없고,283)
가소(可笑)롭다 형경(荊卿)이여! 역수(易水) 한파(寒波) 저문 날에 백홍
(白虹) 관일(貫日) 모르고서, 일검행장(一劍行裝) 전(全)혀 믿고 태자단(太
子丹)을 이별(離別)하니284) 그 아니 위태(危殆)한가?285)

---

277) 소동파(蘇東坡): 중국 북송 때의 시인. 송나라 제1의 시인이며, 문장에 있어서도 당
　　　송팔대가(唐宋八大家)의 한 사람.
278) 하필성장(下筆成章): 붓으로 쓰면 바로 문장이 이루어짐.
279) 문장궁액(文章窮阨): 글 잘하는 선비는 가난하여 살기가 어렵고 곤궁함.
280) 왕발(王勃): 중국 당(唐)때 시인. 등왕각서(滕王閣序)의 작자.
281) 삼척미명(三尺微命): 석자 키에 미약한 생명. 왕발이 자신을 지칭한 말. 단명구(短
　　　命句): 명이 짧은 구절. 미신같은 말이나 단명구가 나온 글을 지으면 요절하다고 해
　　　서 삼척미명의 단명구로 인해서 왕발이 일찍 죽었다고 함.
282) 이태백(李太白): 중국 당(唐)때 시인. 중국 최고의 시인. 시선(詩仙)으로 추앙 받는
　　　다. 백두시(白頭詩): 이태백이 머리가 백발이 되도록 시만 읊었다고 해서 나온 말.
　　　일일수경삼백배(一日須傾三百杯): 하루 술을 삼백잔씩 마심. 하루에 모름지기 술을
　　　삼백잔씩 기울임. 채석강(采石江): 이태백이 죽었다고 하는 강.
283) 두목지(杜牧之): 중국 당(唐)때 시인. 취과양주귤만거(醉過楊州橘滿車): 술에 취한
　　　두목지가 양주를 지날 때 그의 풍채에 반한 기생들이 귤을 던져 수레에 가득했다
　　　는 고사.
284) 형경(荊卿): 중국 전국시대 제(齊)나라 자객. 연(燕)나라 태자 단(丹)을 위하여 진시
　　　황을 죽이려 하였으나 실패하여 마침내 죽음을 당하였다. 본명은 형가(荊軻)인데
　　　연나라에 와서 형경이라 불림. 한파(寒波): 역수의 찬 물가. 형가가 연 태자 단의 부
　　　탁으로 진시황을 죽이러 갈 때 역수에서 장사가를 부른 곳. 관일(貫日): 흰 무지개
　　　가 해를 꿰 뚫음.
285) 이 단락은 충신, 문장가, 도학자 등등 역사에 이름을 남긴 사람들도 헛될 뿐이라는
　　　의미이다.

번화(繁華)는 비소원(非所願)이요,286) 부귀권세(富貴權勢) 비웃으며,
오동월향회중조(梧桐月香懷中照)요 양류풍래면상취(楊柳風來面上吹)
라.287) 병(病) 없고 성한 몸이 희황상세(羲皇上世) 한민(閑民) 되어 역대
성쇠(歷代盛衰) 헤아리니,288) 영웅호걸일조공(英雄豪傑一朝空)이요 고인
금인약유수(古人今人若流水)라.289) 백이(伯夷)·숙제(叔齊)290) 착한 이와
도척(盜跖)291) 같은 몹쓸 놈도 죽어지면 허사(虛事)로다. 역려건곤(逆旅
乾坤)에 부생(浮生)이 약몽(若夢)하니 즐거움이 그 얼만고?292) 병촉야유
(秉燭夜遊)하며 독서담론(讀書談論) 자락(自樂)하니 한가(閑暇)하기 측량
(測量)없다.293) 만산풍경(萬山風景) 바라보며 임청류이부시(臨淸流而賦
詩)하니 흥미(興味)가 무궁(無窮)이라.294) 춘풍도리화개야(春風桃李花開
夜)와 추우오동엽락시(秋雨梧桐葉落時)에 남린(南隣) 북촌(北村) 다 청

---

286) 번화비소원(繁華非所願): 번성하고 화려함을 원하지 않음.
287) 오동월향회중조(梧桐月香懷中照): 오동에 비낀 달이 이내 품안을 향해 비쳐오고.
    양류풍래면상취(楊柳風來面上吹): 버드나무에서 불어오는 바람은 얼굴 위로 불어오
    는데.
288) 희황상세(羲皇上世): 복희(伏羲)와 황제(黃帝)의 시대. 한민(閑民): 살기좋은 세상의
    백성.
289) 영웅호걸일조공(英雄豪傑一朝空): 영웅과 호걸도 하루 아침에 허사가 됨. 고인금인
    약유수(故人今人若流水): 옛날 사람이나 지금 사람이나 다 같이 흘러감.
290) 백이(伯夷) 숙제(叔齊): 백이와 숙제는 본래 고죽국(孤竹國)의 왕자이었는데, 아버지
    가 죽은 뒤 서로 후계자가 되기를 사양하다가 끝내 두 사람 모두 나라를 떠났다.
    후에 주(周)나라가 은(殷)나라를 친 것을 비판하고 주나라 곡식을 먹지 않겠다고 수
    양산에서 고사리를 캐어먹다 죽었다.
291) 도척(盜跖): 중국 춘추시대 큰 도적.
292) 역려건곤(逆旅乾坤): 천지간에 모든 것이 맞이하고 보내는 여관과 같이 나면 죽고
    만나면 헤어지는 것. 부생약몽(浮生若夢): 뜬 구름 같은 인생이 꿈과 같음.
293) 병촉야유(秉燭夜遊): 촛불을 켜고 밤에 놀다. 자락(自樂): 글 읽고 말로 토론하는 것
    을 스스로 즐김. 즉 자기 스스로 만족함.
294) 임청류이부시(臨淸流而賦詩): 흐르는 맑은 물가에서 시를 지음.

(請)하여 청량재우(請良才友)하고, 두주자락(斗酒自樂)이라.295) 권군갱진
일배주(勸君更進一杯酒)하니 일배일배부일배(一杯一杯復一杯)라.296) 탄
금(彈琴)하고 장소(長嘯)하며 산가촌적(山歌村笛)으로 회유동락(會遊同
樂)하니 부지하조하갑자(不知何朝何甲子)라.297) 일생(一生)이 이러하니
상산사호(商山四皓) 죽림칠현(竹林七賢) 한가(閑暇)롭다.298) 이만하면 적
송자(赤松子) 안기생(安期生)을 부뤄하랴.299) 범려(范蠡)의 오호주(五湖
舟)300)와 장자방(張子房)의 사병벽곡(謝病辟穀),301) 소랑(蘇郎)의 산천금

---

295) 춘풍도리화개야(春風桃李花開夜): 봄바람에 도화(桃花)·이화(梨花)가 피는 밤. 추우
오동엽락시(秋雨梧桐葉落時): 가을비에 오동잎 떨어질 때. 두주자락(斗酒自樂): 많은
술로 즐김.
296) 권군갱진일배주(勸君更進一杯酒), 일배일배부일배(一杯一杯復一杯): 그대에게 다시
한잔 술을 내와 권하니, 한잔 한잔 또 한잔이다.
297) 부지하조하갑자(不知何朝何甲子): 지금이 어느 나라이고 어느 때인지 알지 못함.
298) 상산사호(商山四皓): 중국 진시황 때 세상에 어지러움을 피해 상산에 들어가 숨은
네 사람의 은사. 동원공(東園公), 하황공(夏黃公), 기리계(綺里季), 녹리선생(甪里先
生). 이 네 사람이 모두 머리와 눈썹이 하얗기 때문에 사호(四皓)라 한다. 죽림칠현
(竹林七賢): 중국 진(晉)나라 때 속세를 떠난 일곱 사람. 완적(阮籍)·혜강(嵇康)·산도
(山濤)·상수(向秀)·유영(劉伶)·완함(阮咸)·왕융(王戎).
299) 적송자(赤松子): 중국 전설에 등장하는 시선. 신농씨(神農氏)때 우사(雨師)로서 후
에 곤륜산에 들어가 신선이 되었다고 함. 안기생(安期生): 중국 진(秦)나라 때 방사
(方士).
300) 범려(范蠡): 중국 춘추시대 정치가. 월(越)나라 왕 구천(句踐)이 오(吳)나라 왕 부차
(夫差)에게 패하고 20여 년 뒤 오나라를 멸망시킬 때, 대부(大夫) 종(種)과 함께 부차
를 자살하게 하였다. 그러나 구천을 더 이상 섬길 수 없는 군주라고 생각하여, 월나
라를 버리고 제(齊)나라로 갔다. 이름을 치이자피(隋夷子皮)라 고치고, 해변(海邊)을
일구어 거부가 되었다. 제나라에서 그의 현명함을 듣고, 재상(宰相)으로 삼았다. 얼
마 뒤 재상자리를 버리고, 재물은 모두 친지·향당(鄕黨)에게 나누어주었다. 당시 상
업의 중심지 도(陶)로 가서 도주공(陶朱公)이라 칭하고 상업에 종사, 다시 거만(巨
萬)의 재산을 모았다.
301) 장자방(張子房): 중국 한(漢)나라 유방(劉邦)의 공신. 진승(陳勝)·오광(吳廣)의 난이
일어났을 때 유방의 진영에 속하였으며, 후일 항우(項羽)와 유방이 만난 '홍문의 회

(散千金)302)과 도연명(陶淵明)의 귀거래(歸去來)303)는 모두 다 작은 일이 아니로다. 영귀(榮貴)함이 이에서 더할 소냐. 이목지소호(耳目之所好)와 심지지소락(心地之所樂)이 이밖에 또 있는가.304) 다남자즉다구(多男子則多懼)305)라 하니, 아들 형제(兄弟) 딸 하나에 내외(內外) 손(孫)이 번성(繁盛)하여 각색자미(各色滋味) 즐길 적에, 곽분양(郭汾陽)의 백자천손(百子千孫)인들 이에서 더할 소냐.306) 개경연이좌화(開瓊筵而坐花)하며 열친척지정화(悅親戚之情話)하고 서천륜지낙사(序天倫之樂事)로다.307) 비우상이취월(飛羽觴而醉月)하니 의가지락(宜家之樂)308)이 족(足)하도다.309)

일월성신(日月星辰) 광음(光陰) 중에 부귀인간(富貴人間) 유수(有數)로다. 다만 아끼노라 청춘(靑春)이 빨리 간들 어이 하리. 한심(寒心)할사 건곤(乾坤)이 불로월장재(不老月長在)하니 적막강산금백년(寂莫江山

(會)'에서는 유방의 위기를 구하였다. 사병벽곡(謝病辟穀: 장량이 유방을 도와 천하를 통일하고 유후(留候)에 봉해졌으나 병들었다 일컫고 적송자 안기생을 따라 방술을 배운다하고 사라졌다는 고사.
302) 소랑(蘇郞): 소진(蘇秦). 산천금(散千金): 친구와 친척에게 천금을 뿌림.
303) 도연명(陶淵明): 중국 동진(東晋)·송대(宋代)의 시인. 귀거래(歸去來): 도연명의 대표작으로, 구차한 벼슬을 버리고 고향으로 돌아가 전원생활의 유유자적의 멋을 쓴 글.
304) 이목지소호(耳目之所好): 귀로 듣고 눈으로 보는 대로 좋은 것. 심지지소락(心地之所樂): 마음과 뜻대로 즐기는 것.
305) 다남자즉다구(多男子則多懼): 자손이 많으면 두려움이 많음.
306) 곽분양(郭汾陽): 중국 당(唐) 숙종 때의 공신. 안록산(安祿山)의 난을 평정하고 분양왕에 봉해졌음.
307) 개경연이좌화(開瓊筵而坐花): 구슬 자리에 꽃을 대하여 앉아. 열친척지정화(悅親戚之情話): 여러 친척들이 한 자리에 모여 앉아 정답게 대화하고. 서천륜지낙사(序天倫之樂事): 나이 순서로 형제가 모여서 즐거운 일을 하고.
308) 비우상이취월(飛羽觴而醉月): 새 모양의 술잔을 기울여 달빛 아래서 취함. 의가지락(宜家之樂): 부부 사이의 화목한 즐거움.
309) 이 단락은 여러 즐거움 가운데 술 먹는 일의 즐거움을 얘기했다.

今百年)이라.310) 세상에 어렵고 못 할 일이 장생불사(長生不死) 뿐이로다. 진시황(秦始皇) 한무제(漢武帝)도 채약구선(採藥求仙)하여 연년익수(延年益壽) 하려다가 변통무로(變通無路) 하였나니,311) 그야 어이 바라리요. 지분지명(知分知名)하여 병(病) 없고,312) 성한 몸이 명철보신(明哲保身)하려 하면 더할 것이 없사오니,313) 수삼갑자(數三甲子) 누리다가 와석종신(臥席終身) 고종명(考終命)이 원(願)이로소이다.314)

---

310) 건곤불로월장재(乾坤不老月長在): 하늘과 땅이 늙지 않고 달이 길게 있음. 적막강산금백년(寂莫江山今百年): 적막한 강산이 이제 백년이라.
311) 채약구선(採藥求仙): 불사약(不死藥)을 구해서 신선(神仙)이 되고자 함. 연년익수(延年益壽): 해를 늘려 목숨을 길게 함. 수명장수(壽命長壽)를 이름. 변통무로(變通無路): 변통할 길이 없음.
312) 지분지명(知分知名): 자기의 분수를 알고 타고 난 천명을 앎.
313) 명철보신(明哲保身): 총명하고 사리에 밝아 일을 잘 처리하여 자기 한 몸을 잘 보존함.
314) 와석종신(臥席終身): 제 명(命)을 다 살고 자리에 누워 죽음. 고종명(考終命): 오복(五福)의 하나. 명대로 살고 편안히 죽음. 영종(令終).

짝타령315)

황성(荒城)의 허조벽산월(虛照碧山月)이오, 고목(古木)은 진입창오운(盡入蒼梧雲)이라 하던 니태백(李太白)316)으로 한 짝 치고, 삼년적니(三年笛裏)의 관산월(關山月)이오, 만국병전초목풍(萬國兵前草木風)이라 하던 두자미(杜子美)317)로 한 짝 치고, 낙하(落霞)는 여고목제비(與孤鶩齊飛)하고, 추수(秋水)는 공장천일색(共長天一色)이라 하던 왕자안(王子安)318)으로 웃짐 치고, 백로(白露)는 횡강(橫江)하고 수광(水光)은 접천(接天)이라 하던 소동파(蘇東坡)319)로 말 몰여라.

좌무수이종일(坐茂樹以終日)하고, 탁청천이자결(濯淸泉以自潔)이라 하던 한퇴지(韓退之)320)로 한 짝 치고, 삼입악양인불식(三入岳陽人不識)

---

315) <짝타령>은 짝을 채워 짐을 싣는 것을 형상한 노래이다. <춘향전>에는 <바리가>라는 제목으로 나오는 것으로 보아 일찍이 유행한 노래인 것으로 보인다. 이 책에 실려 있는 <짝타령>에 관한 글을 참고하면 자세한 내용을 알 수 있다.

316) "황폐한 성에는 푸른 산의 달이 휑하니 비추고 늙은 나무는 벽오동나무 위 구름으로 다 들어갔네." 당나라 이태백의 <양원음(梁園吟)>의 한 구절이다. 이태백(李太白, 925-996)은 성당 때 시인. 태백은 그의 자로 본명은 이백(李白)이다.

317) "삼 년 동안 피리 곡조는 관산월이었고 만국 군사 앞 수풀에는 바람이 불었네." 당나라 두보(杜甫, 712-770)의 <세병마행(洗兵馬行)>의 한 구절이다. 두보는 성당 때의 시인으로 이백과 병칭된다. 자미(子美)는 그의 자이다.

318) "노을은 외로운 기러기와 함께 날고 가을 물은 넓은 하늘과 같은 색이네." 당나라 왕발(王勃, 648-675)의 <등왕각서(滕王閣序)>의 한 구절이다. 왕발은 당나라 시인으로 초당사걸 중에 한 사람이다. 자안(子安)은 그의 자이다.

319) "흰 이슬은 강을 가로지르고 물빛은 하늘에 닿았다." 소식(蘇軾, 1036-1101)의 <적벽부(赤壁賦)>의 한 구절이다. 소식은 북송 때의 시인으로 당송팔대가의 한 사람이다. 동파는 그의 호이다.

하니 낭음비과동정호(朗吟飛過洞庭湖)라 하던 여동빈(呂東賓)[321]으로 한

짝 치고, 유상곡수(流觴曲水)의 혜풍화창(惠風和暢)이라 하던 왕희지(王

羲之)[322]로 웃짐 치고 부광약금(浮光躍金)이오, 영정침벽(影靜沈璧)이라

하던 범중엄(范仲淹)[323]으로 말 몰여라.

어양비고동지래(漁陽鼙鼓動地來)하니 경파예상우의곡(驚罷霓裳羽衣

曲)이라 하던 백낙천(白樂天)[324]으로 한 짝 치고, 분수탈상증(分手脫相

贈)하니 평생일편심(平生一片心)이라 하던 맹호연(孟浩然)[325]으로 한 짝

치고, 청산수첩(青山數疊)의 벽계일곡(碧溪一曲)이라 하던 도연명(陶淵

明)[326]으로 웃짐 치고, 통만고지득실(通萬古之得失)하고 감제왕지흥망

---

320) "우거진 숲에 앉아 하루를 보내며 맑은 샘에 씻어서 스스로를 깨끗이 하네." 한유
　　(韓愈, 768-824)의 <송이원귀반곡서(送李愿歸盤谷序)>의 한 구절이다. 한유는 당
　　나라의 대표적 문장가로 당송팔대가의 한 사람이다. 퇴지는 그의 자이다.
321) "세 번 악양을 올랐으나 아는 사람이 없어 낭랑히 읊으며 동정호를 날듯 지난다."
　　여동빈(呂洞賓)이 동정호의 악양루에 올라 지은 <절구(絶句)> 중 한 수이다. 여동
　　빈은 전설에 나오는 팔선 중의 하나이다. 당나라 경조 사람인 여암(呂巖)이라는 말
　　이 전해진다.
322) "굽이진 물에 잔을 띄우고 온화한 바람이 화창하였다" 왕희지(王羲之, 303-361)의
　　<난정기(蘭亭記)>에서 나온 구절이다. 왕희지는 동진 때 서예가이다.
323) "떠있는 달빛은 출렁이는 금빛 같고 고요한 달 그림자는 잠겨있는 벽옥 같다."는
　　범중엄(范仲淹, 989-1052)의 <악양루기(岳陽樓記)>의 한 구절이다. 범중엄은 북송
　　소주 사람으로 산문을 잘 했다. 원문은 "浮光躍金 靜影沈璧"로 되어 있다.
324) "어양의 북소리 땅을 진동하며 몰려오니 놀라서 예상우의곡을 그쳐버렸네." 백거
　　이(白居易, 772-846) <장한가(長恨歌)>의 한 구절이다. 백거이는 당나라 시인으로
　　낙천(樂天)은 그의 자이다.
325) "헤어지며 보검을 벗어서 서로 주니 평생의 한조각 마음일세." 맹호연(孟浩然, 689
　　-740) 시 <송주대인진(送朱大入秦)>의 한 구절이다. 맹호연은 성당 때 시인으로
　　오언시를 잘 지었다.
326) "푸른 산 몇 겹 겹친 곳에 푸른 시내 한 줄기"는 도연명(陶淵明, 365-427)의 것으
　　로 되어 있으나, 출처가 분명치 않다. 도연명은 동진 때 심양 사람으로 시인이다.
　　본명은 도잠(陶潛).

(鑑帝王之興亡)이라 하던 사마천(司馬遷)327)으로 말 몰여라.

위천(渭川)의 어부(漁父)로서 주천하(周天下) 팔백년(八百年) 기업(基業)을 창개(創開)하던 강태공(姜太公)328)으로 한 짝 치고, 운주유악지중(運籌帷幄之中)하여 결승천리(決勝千里)하던 장자방(張子房)329)으로 한 짝 치고, 대몽(大夢)을 수선각(誰先覺)고 평생(平生)을 아자지(我自知)라 하던 제갈공명(諸葛孔明)330)으로 웃짐 치고, 뇌양일조(來陽一朝) 백일공사(百日公事) 연환묘계(連環妙計) 적벽수공(赤壁收功)하던 방사원(龐士元)331)으로 말 몰여라.

용성오채망기(龍城五彩望氣)하고 옥결(玉玦)을 자조 들던 범아부(范亞父)332)로 한 짝 치고, 백등해위(白登解圍)하고 육출기계(六出奇計)하던

---

327) 한나라 사마천의 『사기(史記)』 서문에는, "지난 시대의 득실을 통하여 제왕의 흥망을 살펴본다"라고 했다. 사마천(B.C. 141−B.C. 86?)은 한나라 하양 사람으로 『사기』를 지은 사람이다.

328) "위수의 어부였다가 주나라 천하 팔백 년 기업을 열었던 강태공." 강태공은 본명이 여상(呂尙)이다. 무왕을 도와 은을 치고 주를 세운 공으로 제나라에 봉해졌다. 여기에서는 위수에서 문왕과 만난 고사를 인용하였다.

329) "군막 안에서 전략을 짜 천리 밖의 전쟁을 결정하던 장자방."『사기(史記)』<고조기(高祖記)>에 나오는 고사이다. 장량(張良, ?−B.C. 189)은 한나라 때 사람으로 진(秦)이 모국인 한(韓)을 멸망시키자 박랑사를 시켜 진시황을 저격하였으나 실패하였고, 후에 유방의 모신이 되어 진과 초를 멸망시키고 유후(留侯)에 봉해졌다. 자방은 장량의 자이다.

330) "'큰 꿈에서 누가 먼저 깨어날까? 평생을 내 스스로 아네'라고 했던 제갈공명." 제갈량(諸葛亮, 181−234)은 삼국 때 촉의 지모가 뛰어났던 승상. 촉의 왕이었던 유비의 삼고초려로 출사하게 되었고 후주인 유선을 세워 제도를 정비하였다. 공명은 제갈량의 자이다. 이 구절은 제갈량이 유비의 삼고초려 때 읊은 것이다.

331)『통감(通鑑)』의 <한헌제기(漢獻帝記)>에 나오는 원문은 "百日公事 來陽一朝 連環妙算 赤壁收功 臥龍題銘"이다. 방통(龐統, 179−214)은 삼국 때 촉의 양양 사람으로 유비에게 벼슬하여 촉땅으로 진군하다가 낙현에서 화살에 맞아 죽었다. 사원은 방통의 자이다.

332) 아부(亞父)는 아버지 다음으로 존경한다는 뜻이고, 범아부는 초패왕 항우의 모사인

진평(陳平)333)으로 한 짝 치고, 팔십일주수륙군(八十一州水陸軍) 대도독
(大都督)으로 적벽오병(赤壁鏖兵)하던 주공근(周公瑾)334)으로 웃짐 치고,
강남(江南)의 개가(凱歌) 불너 금릉(金陵)으로 도라가던 조빈(曹彬)335)으
로 말 몰여라.

　　백수변정(白首邊庭)의 탕소요진(蕩掃妖塵)하던 마원(馬援)336)으로 한
짝 치고, 광초구군(誆楚救君)하여 보국망사(報國忘死)하던 기신(紀信)337)
으로 한 짝 치고, 미보국은(未報國恩)하여 공사절의(空死節義)하던 장
순(張巡)338)으로 웃짐 치고, 신사수절(身死守節)하여 충관백일(忠貫百日)
하던 허원(許遠)339)으로 말 몰여라.

　　범증(范增, B.C. 227−B.C. 204)을 말한다. 범증은 유방이 제왕이 되리라 점치고, 홍
　　문(鴻門)에서 잔치를 열어 옥결을 드는 것을 신호로 하여 그를 죽이려고 하였다.
333) 진평(?−B.C. 178)은 처음에는 항우를 따르다가 뒤에 유방을 따랐다. 후에 여후가
　　죽은 뒤 여씨 일가를 제거하고 한을 안정시켰다. 유방의 공신으로 여섯 번의 기이
　　한 계책을 내어 그를 위기에서 구하였다.
334) 주유(周瑜, 175−210)는 삼국 때 오의 여강 사람으로 손책을 도와 강동을 평정하였
　　고, 유비와 연합하여 조조를 적벽에서 격파하였다. 공근은 그의 자이다.
335) 중국 송(宋)나라 장군. 강남을 정벌할 때 한 사람도 함부로 죽이지 않고 개선하였
　　다고 한다.
336) 후한 광무제 때의 사람으로 외효의 반란을 진압하였다. 칠순이 넘어 백수(白首)인
　　채로 변경을 굳게 지켰다는 고사가 있다.
337) 한나라 장군. 한고조가 영양에서 항우에게 포위되어 위험해지자 자신은 한고조로
　　위장하여 초군을 속이고 한고조를 도망치게 하였다. 항우가 그 사실을 알고 기신을
　　불태워 죽였다.
338) 당나라의 무장이다. 진원(眞源)의 우두머리로 있으면서 안록산의 반란을 토벌할 군
　　대를 조직하여 전공을 세웠고, 10만 적군에게 포위되었다가 이를 물리쳤다. 그는
　　자신의 애첩을 죽여 병사에게 먹이면서까지 싸웠으나, 식량이 떨어져 죽음으로써
　　절의를 지켰다.
339) 당나라의 충신으로 휴양태수로 있으면서 안록산의 난에 장순과 함께 군대를 조직
　　하여 싸웠다. 적에 포위되어 자신의 종복을 죽여 병사들에게 먹이며 싸웠으나, 포
　　로가 되어 사형당했다.

영백만지사(領百萬之師)하여 전필승공필취(戰必勝攻必取)하던 한신(韓信)340)으로 한 짝 치고, 두발(頭髮)이 상지(上指)하고 목자진렬(目眥盡裂)하던 번쾌(樊噲)341)로 한 짝 치고, 남궁운대(南宮雲臺) 중흥공신(中興功臣) 이십팔장(二十八將) 위수(爲首)하던 등우(鄧禹)342)로 웃짐 치고, 츙의정성(忠義精誠)이 앙관빅일(仰觀白日)하던 곽자의(郭子儀)343)로 말 몰여라.

역발산기개세(力拔山氣蓋世)는 초패왕(楚霸王)344)의 버금이오, 추상절열일충(秋霜節烈日忠)은 오자서(伍子胥)345)의 우희로다. 봉금괘인(封金掛印)하고 독행천리(獨行千里)하옵시던 관공(關公)님346)으로 한 짝 치

---

340) 한신(?—B.C. 196)은 한고조의 천하 평정에 공을 세워 한흥삼걸이라 일컬어진다. 그
　　가 백만군사를 이끌어 싸우면 반드시 이겼고, 공격하면 반드시 영토를 취했음을 말
　　하는 것이다.
341) 번쾌(?—B.C. 189)는 한고조 유방의 좌승상이었다. 항우가 연 홍문(鴻門) 잔치에서
　　범증이 유방을 죽이려고 하자, 번쾌가 몹시 노하여 머리카락이 위로 뻗어 올라가고
　　눈자위가 다 찢어질 듯 부릅뜨며 항우를 꾸짖었다고 한다. 무사히 유방을 탈출시켰
　　고, 후에 무양후에 봉해졌다.
342) 등우(2—58)는 후한 창업기의 명신으로 자는 중화이다. 당나라 예부운대(禮部雲臺)
　　에 그려진 광무제의 28명의 공신 중 제일공신이다. 어릴 적 친구였던 광무제 유숙
　　이 군대를 일으키자, 곧바로 달려가 그를 보좌하며 국내 통일의 대공을 세웠다.
343) 곽자의(697—781)는 당나라의 무장이다. 안록산의 난 때에 충의정성(忠義精誠)으로
　　위로는 하늘만을 우러러(仰觀百日) 장안(長安)과 낙양(洛陽)을 탈환하였다. 분양군왕
　　에 봉해져 상보(尚父)의 칭호를 받았다.
344) 초패왕 항우(項羽, B.C. 232—B.C. 202)는 진나라 말기 초나라의 장수. 진의 군사를
　　쳐서 함양을 불사르고 그 임금 자영을 죽인 뒤 자립하여 서초패왕이 되었다. 한고
　　조와 천하제패를 다투다가 해하에서 패하여 오강에 투신자살하였다. 그의 힘과 기
　　개를 당할 사람이 세상에 없었다고 한다.
345) 오자서(?—B.C. 484)는 원래 초나라 사람이었으나 초평왕과 간신 소부 비무기가 충
　　신이었던 아버지 오사와 큰 형 오산을 죽이고 자신까지 죽이려고 하자 오나라로
　　망명하여 후에 초나라에 복수를 하고 오나라를 위하여 충절을 다하고 죽었다.
346) 관공님은 관우를 말한다. 관우가 조조의 신세를 진 후 떠나올 때, 조조가 만나주지

고, 장판파구아두(長坂坡救阿斗)의 일신(一身)이 도시담(都是膽)이라 하던 조자룡(趙子龍)347)으로 웃짐 치고, 서량명장(西凉名將)으로 보전육장(步戰戮將)하던 마맹기(馬孟起)348)로 말 몰여라.

오호편쥬(五湖扁舟) 흘니 저어 범소백(范小白) 따라가던 서시(西施)349)로 한 짝 치고, 회두일소백미생(回頭一笑百媚生)의 육궁분대무안색(六宮粉黛無顔色) 옥용(玉容)이 적막루난간(寂寞淚闌干)의 이화일지대춘우(梨花一支帶春雨)라 하던 양옥진(楊玉眞)350)으로 한 짝 치고, 만월영옥장하(滿月營玉帳下)의 츄파(秋波)에 눈물지던 우미인(虞美人)351)으로 웃짐 치고, 영웅(英雄)의 친근지의(親近之義)를 일조(一朝)에 이간(離間)하던 초선(貂蟬)352)으로 말 몰여라.

않자 받은 것을 다 봉하고 인끈을 걸어둔 채 떠나 오관(五關)의 여섯 장수를 베며 천리를 간 것을 말한다.
347) 조운(趙雲, ?-229)은 유비의 무장으로 성도와 익주를 평정하는 데 큰 공을 세웠다. 자룡은 그의 자이다. 장판교에서 유비의 아들 아두를 구한 조자룡의 고사이다. 도시담(都是膽)은 유비가 그의 용기에 감탄하여 그의 몸이 온통 담인 것 같다고 말한 것이다.
348) 맹기(孟起)는 서량의 명장 마초(馬超, 176-222)의 자이다. 유비를 도와 표기장군과 양주목을 지냈고, 태향후에 봉해졌다. 조조가 그에게 정체를 감추기 위해 수염을 깎고 도포를 버리는 치욕을 당한 적이 있다.
349) 춘추전국시대 월나라의 미인이다. 월나라의 정승이던 범려가 서시를 오왕 부차에게 바쳐 그의 환심을 산 뒤, 후에 오나라를 쳤다. 오나라가 망한 후 범려는 월나라를 떠나 서시를 데리고 오호에 배를 띄워 도망가 도주공이라 칭하고 거부가 되었다는 전설이 있다.
350) "머리를 돌려 한 번 웃자 온갖 교태가 생겨나니 육궁의 후궁들 얼굴빛을 잃었어라. 옥같은 얼굴 쓸쓸히 난간에서 눈물 흘리니 배꽃 한 가지가 봄비를 머금은 것 같구나" 백거이의 <장한가(長恨歌)>에 나오는 구절이다. 원문은 "回頭一笑百媚生 六宮粉黛無顔色 玉容寂寞淚闌干 梨花一支春帶雨"이다. 옥진은 당현종의 후궁인 양귀비의 이름이다.
351) 우미인은 초패왕 항우의 애인이다. 항우가 해하(垓下)싸움에서 불리하게 되자 눈물을 흘리고 자살하였다.

사마상여(司馬相如) 봉황곡(鳳凰曲)에 깨다라 들어가던 정경패(鄭瓊貝)353)로 한 짝 치고, 춘심궁액백화번(春深宮掖百花繁)한대 영작비래보희언(靈鵲飛來報喜言)이라 하던 이소화(李簫和)354)로 한 짝 치고, 안소부대남비거(安巢不待南飛去)하니 삼오성희정재동(三五星稀正在東)이라 하던 진채봉(陳彩鳳)355)으로 웃짐 치고, 위주충심(爲主忠心)은 보보상수부점사(步步相隨不暫捨)라 위선위귀(爲仙爲鬼)하던 가춘운(賈春雲)356)으로 말 몰여라.

월궁단계(月中丹桂)를 수선절(誰先折)이냐 금대문장(今代文章)이 자유진(自有眞)이라 하던 계섬월(桂蟾月)357)로 한 짝 치고, 하북(河北)의 명창(名唱)으로 삼절색천명(三絶色擅名)이라 하던 적경홍(狄驚鴻)358)으

---

352) 초선은 후한 때 왕윤이 동탁과 여포 사이를 갈라놓기 위해 둘 모두에게 소개한 미인이다. 동탁의 애첩이었다가 여포를 유혹하여, 결국 여포가 동탁을 살해하도록 만들었다.

353) 정경패는 《구운몽》에 나오는 인물이다. 양소유는 정경패를 보기 위해 여장을 하고 그 집에 들어가 거문고로 아홉 곡을 탄다. 마지막 곡이 봉황곡으로 사마상여가 탁문군을 유혹하기 위해 지은 것이다. 정경패가 이 뜻을 깨닫고 자리를 피해버린다.

354) 이소화는 난양공주이다. 정경패와 함께 양소유의 부인이 된다. "봄 깊은 궁궐 안에 온갖 꽃 무성하니 신령한 까치가 날아와 기쁜 소식 전하는구나(春深宮掖百花繁 靈鵲飛來報喜言)"는 이소화가 지은 시의 한 구절이다.

355) 진채봉은 양소유와 양류사(楊柳詞)를 서로 지어 인연을 맺은 뒤 우여곡절 끝에 그의 첩이 된다.

356) "주인 위한 충성스러운 마음을 걸음걸음 따르며 잠시도 버리지 않네(爲主忠心 步步相隨不暫捨)"는 가춘운이 짚신을 두고 지은 시의 한 구절로 주인 정경패에 대한 애틋한 마음을 읊은 것이다. 위선위귀(爲仙爲鬼)는 정경패가 가춘운을 선녀로 가장시켜 양소유를 유혹하게 하고, 다시 귀신으로 꾸며 그를 안달이 나게 함으로써 여도관의 복색으로 자신을 속인 그에게 복수한 것을 말한다.

357) "달 가운데 붉은 월계화 누가 먼저 꺾으려나? 지금 문장에 저절로 진실함이 있구나(月中丹桂誰先折 今代文章自有眞)"는 양소유가 한 잔치자리에서 계섬월을 만나 지은 시의 한 구절이다. 계섬월이 이 시를 그 자리에서 노래로 불렀고, 이것이 인연이 되어 양소유의 첩이 된다.

로 한 짝 치고, 복파영중(伏坡營中)의 월영(月影)이 정류(正流)하고 옥문
관(玉門關)의 춘색(春色)이 의희(依稀)라 하던 심요연(沈嫋烟)359)으로 웃
짐 치고, 청수담(淸水潭)의 수절(守節)하여 음곡(陰谷)이 생춘(生春)이라
하던 백릉파(白凌波)360)로 말 몰여라.

---

358) 적경홍은 하북의 명기로 연왕(燕王)을 항복시키고 돌아오던 양소유를 만나 첩이
    된다. 삼절색은 진채봉, 계섬월, 적경홍을 말한다.
359) 심요연은 토번(吐蕃)의 난을 평정하던 양소유를 영중에서 만나 결연하게 된다. 복
    파는 무관명(武官名)이고, 옥문관은 감소성에 있어 서역으로 통하는 관문이다.
360) 백능파는 청수담 용녀(龍女)로, 양소유가 그녀를 괴롭히는 남해용자를 압도한 뒤
    그의 첩이 되었으며 그윽한 골에 양춘(陽春)이 돌아오는 것과 같다고 고백한 적이
    있다.

부　　록

경기소리악보

적벽가

실음은 장3도위

봉 안 을 크게 뜹 - 시 고 팔 - 십 - 근 청 - 용 - 도
눈 우 - 에 선 - 뜻 - 들 어 에 - - 따 이 놈 조 조 야
날 다 길 - - 다 - 허 - 시 는 소 래 -
정 - - - - 신 - - 이 산 란 허 - 여 - - -
비 - 나 - - 이 - 다 비 나 이 - 다
잔 명 을 살 으 소 서 소 - 장 - 에 명 을 -
장 - 군 - 전 하 에 비 나 이 - 다

전 일 을 생 각 - 하 오 상 마 에 천 금 이 요
하 마 에 백 금 이 라 오 - 일 - 에 대 연 - 허 - 고
삼 일 에 소 연 헐 제 - 한 수 - 정 - - - 후
봉 한 - - - 후 에 - 고 대 - 꽝 실 - - -
높 은 집 - 에 미 - - 녀 충 궁
하 - 였 - - - 으 니 그 정 - 성 을 - - -
생 각 허 - 오 금 일 조 조 - 가

적 - 벽 - 에패 - 허 - 여 말 은 - 피 곤 - - -
사 - 람은 주 - 리 - 워 능 - 히 촌 보 - 를
못 - 하 - 겠으 니 - 장 군 - 후 덕 을
입 - 사 와 지 - 이 다 네 - - - 아 - 무 리 -
살 - 려 - 고허 여 도 - 사 지 - 못 힐 - - -
말 듣 거 - 라 네 정 성 갚 으 - 려 고
백 마 강 싸 움 에 - 하 북 명 장 - - -

범 - 갈 - 은천하 - 장 - 사 - 안 - 량문추 - 를
한 - 칼 - 에선뜻 - 버혀네 - - 정 성 을
갚 은 후 에 - - - 한 - - 수 정 후
인 - 병 - 부끌러 - 원 - 문 - 에걸고 -
독 행 - 천 - - 리 허 였 - - 으 니 -
네 정 - 성 만 - - 생 각 허 느 - 냐
이놈 - - - 조조 야 - - - 너잡 - 으러 - 여 기올제 -

군 -령 -장 두고 왔 다 -네 죄 -상 을
모 르 느 냐 천 정 을 거역 허 -고
백 성 을 살 해 허 니 - 만 - 민 도 탄 - 을
생 - 각 - 지않고 - 너 를 - 어 이
용 서 허 -리 간 사 -헌 말 -을 -말 고
짜른 - 목 길게 -늘여 -청 통 도 받 으 라
허 -시 는 - 소 래 - 일 촌 -간 장 이 - - -

다 녹 는 - 다 - - - - - - 소 장 - 을 잡 으 시 려 - 고
군 - 령 장 - 두 셨 으 나 - 장 - 군 님 명 은
하 날 - 에 달 립 - 시 고 소 - 장 에 명 은
금 일 장 - 군 전 - 에 달 렸 소 - 어 집 - - - - - 신 -
성 덕 - 을 입 사 와 - 장 군 - 전 하 에
살 - 아 와 지 - 다 관 왕 - 이 들 읍 - 시 고 -
잔 - 잉 - 히 여 기 사 - 주 창 으 - 로 허 - 여 금 -

오 - - - 백 - 도 - 부수를 한 - 편 으로로치우 - 칩 - 시 고
말 머 - 리 를 - - - 돌 림 시 - 니
죽었 - 든 - 조 - 조 - 가 - 화룡 - 도 벗 어 나 -
조 인 - 만 나 - - - - 가 - 드란 말 - 가

선유가

실음은 한 옥타브 위
가 - 세 가 세 - 자 네 - 가 - 네
가 세 가 세 - 놀 러 - 가 - 세
배 - 를 - - 타 - - 고 놀 - 러 - 를 가 - - - 세
지 두덩 기 여 - 라둥 게 둥덩 덩실로 - 놀 러 - 가 - 세
앞집 이 - 며뒷집 - 이 라 각위 각 - 집처자 들 - 로
장 부 간 장 - 다 녹 - 인 - 다 - - -
동 삼 월 - - - - 계 - 삼 - - 월

호 이 양 도 - 봉 - - - 봉 - 돌 아 를 - 오 - 소 -
아 나 월 - - 선 - 이 돈 받 - 소 - - - -
가 든 님 - 이 잊 었 는 - 지 꿈 에 한 - 번 아 니 보 인 - 다
내 아 - 니 잊 었 거 - 든 젠 - 들 설 마 -
잊 - 을 - 소 - 냐 가 - 세 가 세 -
자 네 - 가 - 세 가 세 가 세 -
놀 러 - 가 - 세 배 - 를 - 타 - - - 고

놀-러를 가-세 지 두덩 기여-라둥게 둥덩 덩실로
놀 러-가-세 이별이-야이별이-야
이별이-자내인사-람 나-르과 백 년-
원-수-로 다----동 삼 월---
계 삼---월 호이 양 도-봉--봉
놀아 블---오-소-아 나 월-선이
돈 받소----살아생-전이별-은

생초목 - 에불이 나 - 니 불 - 꺼 줄 이 -
뉘 - 있 - 습 - 나 - - - 가 세 가 세 -
자 네 - 가 - 세 가 세 가 세 -
놀 러 가 - 세 배 를 - 타 - - 고
놀 러 를 가 - - 세 지 두덩 기여 - 라둥게 둥덩 덩실로
놀 러 가 - 세 나는 죽 - 네나는 죽 - 네
임자로히 - 여나는 죽 - 네 나죽 - 는 - 줄알랑 이 - 면

불 - 원 천 리 - 허 - 련 - 마 - 는 - - - -
동 삼 월 - - - 계 - 삼 - - 월
호이 양 도 - 봉 - - 봉 - 돌아 를 - - - 오 - 소 -
아 나 월 - - 선 - 이 돈 받 소 - - -
박 랑 사 - 중 쓰고남은 철 - 퇴 전 하 장 - 사 항우를주 - 어
깨 치 리 - 라 깨치 리 - 라 이 별 두 자 -
깨 - 치 - 리 - 라 - - - 가 세 가 세 -

자 네 - 가 - 세 가 세 가 세 -
놀 - 러 가 - 세 배 - 를 - 타 - - 고
놀 - 러 를 가 - - 세 지 두 덩 기 여 - 라둥게 둥 딩 딩실로
놀 러 가 - 세

출인가

실음은 단2도위
풋 고 추 절이김 치 문어 전 - 복곁 들 여
황 소 - 주꿀 타 향 단 - 이들 려 -
오 - - 리정 으 - 로나 간 - - 다 - - -
오 - - 리정 으 - 로나 간 - - 다 - - -
어 느 년 - 어 느 때 에
어 - - 느시 절 - 에다 시 - 만 - 나 - - -
그 리 든 사 랑 - 을 품안 - 에 - - 품 고 -

사 - 랑 사 - - - 랑   내 - 사 - 랑 - 아 - - -
에 - - - 어 - 화 둥 - - - 개 내 건 - - - 곤 - - - -
이 제 가 면 언 - 제 - - 오 료 -
오 - 만 한 - 을 - - - 일 러 주 - 오 - - -
명 년 춘 색 돌 아 를 오 면 -
꽃 피 거 - 든 - - - 만 - 나 - 볼 가 - - - -
놀 고 가 - 세 - - - 놀 고 가 세 - - -

나 구너 구너 - 구나 구만 놀 고 가 세 - - - -
곤 - 히 든 잠 행 - 여 - 나 - 깨 울 세 라 -
등 - 도 대 고 - - - - 배 - 도 대 - 며 - - - -
썰 - - 래 썰 래 흔 - - - 들 - 면 서
일 어 나 - 오 - - - 일 어 나 - 오
겨 우 든 잠 깨 - 여 - - - 나 서 -
눈 떠 보 - 니 - - - - 내 낭 - 군 일 세 - - - -

그리 - 든 - 임 - 을 - 만 나 만 단 정 - 회채 못 하 여
날 이 장 - 차 밝 어 - - 오 니 -
글 로 민 - 망 해 노매 - 라 - - -
놀 고 가 - 세 - - - 놀 고 가 세 - - -
너 구 나 구 나 - 구 녀 구 만 놀 고 가 세 - - -
오 - 날 놀 고 내 - - - 일 노 - 니
주 야 장 천 - - - 에 놀 - 아 볼 - 까 - - - -

인 - - - 간칠 - 십 - 을 - 다 산 다 - 고하 여 도 -
밤 - - - 은자 - 고 낮 은 일어 나 니 -
사 는 날 - 이 몇 - 날인 - 가

방물가

실음은 단3도위
서 방 님 정 때 - 고 정 - 이 - 별 - 헌 - 대 도 -
날 버 - 리 고 - - - 못 - 가 리 라
금 일 송 군 임 - 가 - 는 데 -
백 년 소 첩 - - - 나 - 도 가 - 오
날 다 려 날 - 다 - 려 날 - 다 - 려 - 가 - 오 -
한 양 - 낭 군 - 님 날 다 - 려 가 - 오
나 는 죽 네 나 는 - 죽 네 -

임 자 - 로 허 여 나 - 는 죽 - 네
네 - - - 무 - 엇 - 을 - 달 라 - 고 허 - 느 냐 -
네 소 - 원 을 - - - - 다 - - 일 러 라
제 일 명 당 터 - 를 - - 닦 어 -
고 대 - 광 실 - - - 높 - - 은 집 - 에
내 외 분 합 물 - 림 - - 퇴 며 -
고 불 - 도 리 - - - 선 - - 자 추 - 녀

헝 - 덩 그렇 - 게 - 지 - 어 - 나 - 주 - - 랴 -
네 - - - - 무 - 엇 - 을 - 달 라 - 고 허 - 느 냐 -
네 소 - 원 을 - - - - 다 - 일 러 - 라
연 지 분 주 - - - 랴 면 경 석 경 주 랴
옥 지 환 금 봉 - 차 화 관 주 딴 머 - 리
칠 보 족 - 두 리 허 - 여 - 나 주 - 랴 -
네 - - - - 무 - 엇 - 을 - 달 라 - 고 허 - 느 냐 -

네 소-원 을- - - - -다- - -일 러 -라
세 간 치 -레 를 허 -여 -나 주 - 랴 -
용 장 봉 장 궷 -도 리 책상 이 -며
자개 함-농 반 다 -지 삼 -층 - -각계 수 리
이 -층 - - -들미 장 -에 원앙 금 침 -잣 벼 -게
샛별 -같 -은 쌍요 강 -을 발 치 발 - 치 -
던 -져 -나 주 - -랴 -네 - - -무 엇 -을 -

달 라 - 고 허 - 느 냐 네 소 - 원 을 - - - -
다 - - 일 러 - 라 의 복 치 - 레 - 를
허 - 여 - 나 주 - - 랴 보라 항 릉 속저 고 - 리
도 리 불 - 수 겹저 고 - 리 남문 대 - 단 잔솔 치 - 마
백방 수화 - 주 고장 바 - 지 물 - 면 - 주 속속 곳 - 에
고양 나 - 이 속버 선 - 에 몽 고 삼 - 승 -
걸 - 버 - 선 - - 에 자지 상 - 직 수당 혜 - 를

명 례 - 궁안 에 맞 - 추 - 어 - 주 - 랴
네 - - - - 무 - 엇 - 을 달 라 - 고허 - 느 냐 -
네 소 - 원 을 - - - 다 - 일 러 라
노 리 개 치 레 를 - 허 - 여 - 나 - 주 - - 랴
은조 로 - 통 금조 로 - 통 밀화불 - 수 산호 가 - 지
밀화 장 - 도 결칼 이 - 며 삼 - 천 주 바둑 실 - 을
남 산 데미 만 - 름 - 허 - 여 - 나 주 - - 랴 -

나 는 싫소 나 - 는 - - 싫 소 -
아 - 무 - 것 도 - - - - 나 - 는 싫 - 소
고 대 광 실 도 - 나 는 - - - 싫 고 -
금 - 의 옥 식 도 - - - 나 - 는 싫 - 소
원앙 - 충 충 걷는 말 - 에 마 - 부담 - 히 - - 여 -
날 - 다 려 - 가 - 오

제비가

실음은 단2도 아래

만 첩 - 산 중 늙 은 범 - - -
살 쩐 - - - 암 캐 를 몰 어 - 다 놓 고 -
에 - - - 어 - 이 - 구 노 닌 - 다 - - -
광 풍 - - 에 낙 엽 - 처 - - 럼 -
벽 - 허 - 둥 - 둥 - 떠 나 - 간 다 - - -
일 락 서 - - - 산 해 는 - 뚝 - 떨 - 어 져 -
월 - 출 동 - 녕 에 - - 달 - 이 - 솟 - 네 - -

만 - - - 리 - - 장 - - - 천 - 에 -
울 - 고 - 가 - 는 - - - 저 - 기 - 러 - 기
제 비 를 후 리 러 나 간 - - 다 - - -
제 - 비 를 후 - 리 러 - 나 간 - - 다 - - -
복 희 씨 - - 맺 - 힌 - - - 그 - 물 을 -
두 루 - 쳐 메 - 고 서 나 간 - - 다 - -
망 - 당 산 으 - 로 나 간 - - 다

우 여 - - - - - - - - - - 어 히 어 어 -
어 - - - - 어이 구 - 저 제 - - 비 -
네 - - - 어 - 디 로 - 달 아 나 - 노 - - -
백 운 을 박 차 - 며 흑 - 운 을 무 릅 쓰 고 -
반 공 - 중에 높 이 떠 우 - 여 - - - - -
어 - - - 어 - - 어 - 이구
달 - 아 를 나 느 냐 - 내 - 집 으로 훨 - - -

다 오 너 라 양 류 상 에
앉 은 꾀 꼬 리 제 비 만 여 겨
후 린 다 아 하 이 에
에 에 헤 야 네 어 디 로
행 허 느 냐 공 산 야 월
달 밝 은 데 슬 픈 소 리
두 견 성 슬 픈 소 리

두 견 - - - 제 - - - 월 도 천 심
야 - - 삼 경 에 그 어 느 낭 군
날 찾 아 - 오 - 리 울 - 림 비 조 - - -
뭇 새 - - - 들 - - 은 농 - 춘 화 답 - - -
짝 을 지 - 워 - - - 쌍 - 거 쌍 래 -
날 어 - 든 다 - - - 말 - 잘 하 는 - - -
앵 무 - - 새 - - - 춤 - - - - 잘 추 - 는

학 두 루 - 미 - - - - 문 채 좋 은 -
공 - - - 작 - - - 공 - 기 적 - 다
공 - - 기 뚜 루 루 루 루 루 - 숙 궁 접 동
스 르 라 - 니 호 반 - 새 날 어 - 든 - 다 - - - -
기 러 - 기 훨 훨 - 방 울 - 새 떨 렁 -
다 - 날 아 들 고 - 제 - 비 만 다 어 디 - 로
달 어 나 - 노

형장가

실음은 단3도 위
형 장 태 장 삼 - 모 - 진 - 도 리 - 매 로 -
하 - 날 맞 - 고 짐 - - 작 헐 - 까 -
둘 - 을 - 치 고 - - - 그 - 만 둘 - 까
삼 십 도 에 맹 - - 장 허 - 니 -
일 - 촌 - 간 - 장 - - - - 다 - 녹 는 - 다
걸 렸 구 나 걸 - 렸 구 - 나 -
일 - 등 - 춘 - 향 - 이 걸 - 렸 구 - 나

사 또 분 부 - - - 지 - - - 엄 - 허 - 니 -
인 - 정 - 일 랑 - - - 두 - 지 마 - 라
국곡 - - - - - - 투 - - 식 - - - -
허 - - - 였 - - - 느 - - 냐 - - -
엄 - - 형 - - - - - 중 - 치 - - - 는
무 - - 삼 - - - - - 일 - - - 고
살 - - - 인 - - - 도 - - - 모 - - - -

허 - - - 였 - - - 느 - - 냐 - - -
항 - 쇄 - - - - - 족 - 쇄 - - - 는
무 - 삼 - - - - 일 - - - 고
관 - - - 전 - - - 발 - - - 악 - -
허 - - - 였 - - - 느 - - 냐 - -
옥 - 골 - - - - - 최 - 심 - - - 은
무 - 삼 - - - - 일 - - - 고

불 - - - 쌍 - - - 하 - - - 고 - - -
가 - - - 련 - - - 허 - - - 다 - - -
춘 - 향 - - - - - 어 미 - - - 가 -
불 - 쌍 - - - - 하 - - - 다
먹 - - - 을 - - - 것 - - - 을 - -
옆 - - - - 에 다 끼 - - - 고 - - -
옥 - 모 - - - - - 퉁 - 이 - - - 로

돌 - 아 - - - - 들 - - 며
몹 - - - 쓸 - - - 년 - - - 에 - -
춘 - - - 향 - - 이 - - 야 - -
허 - 락 - - - - - 한 - 마 - 디 -
허 - 려 - - - - 무 - - 나
아 - - 이 구 - - - 어 머 - - 니 - -
그 - - - - 말 - 씀 - 마 - - - 오 - -

허 락 이 란 말 이
웬 말 이 요
옥 중 에 서
죽 을 망 정
허 락 허 기 는
나 는 싫 소
새 벽 서 리

찬 바 람 에
울 고 가 는
기 러 기 야
한 양 성 내
가 거 들 랑
도 련 님 께
전 하 여 주 렴

날 - - - 죽 - - - 이 - 오 - - -
날 - - - 죽 - - - 이 - 오 - -
신 - 관 - - - - - 사 - 또 - - - 야
날 - 죽 - - - - 이 - - 오
날 - - - 살 - - - 리 - - 오 - -
날 - - - 살 - - - 리 - 오 -
한 - 양 - - - - 낭 - 군 - - - 님 -

날 - 살 - - - - 리 - - 오 - - -
옥 - - - 같 은 - 정 - 쟁 이 - - 에
유 - - - - 혈 - - 이 낭 자 허 - 니
속 - 절 - - - - - 없 - - - - - 이
나 - 죽 - - - - - 겠 - - - 네
옥 - - - 같 은 얼 굴 - 에 - - -
진 - 주 - 같 - 은 눈 물 이 - - -

방 - 울 - - - - 방 - 울 방 - 울
떨 - 어 - - - 진 - - - 다
석 - - - 벽 - - 강 - - - 상 - - -
찬 - - - 바 - - 람 - - 은 - - -
살 - 쏘 - - - - 듯 - - - - - 이
드 - - 리 - - - - 불 - - 고 - -
벼 - - - 룩 - - - 빈 - - - 대 - - -

바 - - - 구 - - - 미 - - 는 - - -
예 - 도 - - - - 물 - - - - - 고
제 - 도 - - - 뜯 - - - 네
석 벽 - - - - - 에 섰 는 매 - 화
나 - 를 - - - - 보 - - - - - 고
반 - 기 - - - - 는 - - - 듯
도 - - - - 화 - - 유 - - - 수 - -

묘 - - - 연 - 히 뚝 - 떨 어 져
굽 - 이 - - - 굽 - 이 굽 - 이
솟 - 아 - - - 난 - - 다

유산가

실음은 장3도위

화 란 춘 성 허 고 - - - 만 - 화 방 창 이 - 라 -
때 좋 다 - 벗 님 - 네 야 산 천 - 경 개 - 를 - -
구 - 경 을 - 가 - 세 죽 - 장 - - 낭 혜
단 - 표 - 자 로 - 천 리 - 강 산 -
들 - 어 를 - 가 - 니 - 만 - 산 홍 - 록 들 은 -
일 - 년 - 일 - 도 다 - 시 피 어 춘 - 색 - 을 자 랑 노 라 -
색 - 색 - - - 이 - - - 붉 - 었 는 - 데 - - - -

창 - 송 취 - 죽 - 은 - 창 - 창 울 - 올 헌 대 -
기 - 화 - 요 - 초 난 - 만 중 에 - 꽃 속 - 에 자 든 - 나 - 비 -
자 - 취 - - - 없 이 - 날 어 - 난 다 - - -
유 - 상 - 앵 - 비 는 - 편 - 펀 금 이 - 요 -
화 - 간 - 접 - 무 는 - 분 - 분 - 설 이 라 -
삼 - 춘 - 가 - 절 - 이 좋 - 을 씨 고 - - -
도 - 화 - 만 - - - 발 - 짐 - 짐 - 흥 이 - 로 - 구 - 나

어 - 주 - 축 수 - 애 산 - 춘 이 - 라 든 무 - 릉 - - 도 원 이 -
이 - 아 - 니 - 냐 - - - 양 유 - 세 - - 지
사 - 사 - 록 - 허 - 니 황 - 산 곡 - 리 당 - 춘 절 에 -
연 - 명 - 오 - 류 - 가 이 - 아 - 니 - 냐 - - - -
제 - 비 는 - 물 을 - 차 - 고 - 기 러 - - - 기 무 리 져 서 -
거 지 중 - 천 - 에 높 - 이 - 떠 - 두 - 나 - 래 훨 - 씬 - 펴 -
펼 - - - - - - - 펼 - - - 펼 - 펼 -

백운 간에 높이떠서 천리
강산 머나먼 길을 어이갈꼬
슬피운다 원산첩첩
태산은 주춤허여 기암은 층층
장송은 낙낙에 허리구부러져
광풍에 흥을겨워 우줄우줄
춤을 춘다 충 암절벽상에

폭 - 포 수 는 - 콸 - 콸 수 정 - 렴 - 드 리 운 듯 -
이 - 골 물 이 - 수 루 루 - 루 룩 - 저 골 - 물 이 솰 - 솰 -
열 - 에 열 골 물 - 이 한 데 합 - 수 허 - 여 천 - 방 - 져 지 방 져 -
소 - 쿠 라 - 져 펑 - 퍼 져 넌 - 출 - 지 - 고 방 - 울 져 -
건 녀 - 병 - 풍 - 석 - 으 로 으 르 렁 - - -
어 - - - - - - 어 영 콸 - - - 콸 - - - 콰 알
흐 르 - 는 - - - 물 - 결 이 - 은 옥 파 같 - 이 흘 - 어 지 니

소 - 부 - 허유문 - 답 - 허 - 든 기 산 - - - 영 수 가 -
에 - 아 - 니 - 냐 - - - 주 - 곡 제 금 - 은 -
천 - 고 - 절 - 이 - 요 - - - 적 다 정 - 조 - 는
일 - 년 - 풍 이 라 - - - 일 출 - - 낙 조 - 가
눈 앞 - 에 - 어 - 려 - 라 - 경 - 개 - 무 - - - 궁 -
좋 - 을 씨 - 고 - - - -

집장가

덤 석 - - - - 안 어 - 다 가 -
춘 향 - - - - 이 앞 - 에 다 가
좌 - - - 르 르 펼 - 뜨리 - 고 - -
좌 - 우 - - - - 나 졸 - - 들 - - 이
집 장 배 립 - - - 하 야 - - - - -
분 - 부 - - - - 들 쭈 - 어 - 라
여 - - - 쭈 어 라 - 바 - 로 - - - - -

바 로 아 뢸 말 삼 - 없 소 -
사 - 또 - - - - 안 - - - 전 - 에
죽 - - - 여 - 만 주 - 오
집 장 - - - - - - 군 - - - - - 로
거 - - - 동 을 - - 봐 라 - - - -
형 장 - - - - - 하 - - - - 나 - - 를
고 - - - 르 - - 면 서 - - - -

이 놈 집 어 느 굿 느 - 굿
저 놈 집 어 능 청 능 - 청
춘 향 - - - - 이 - - - - 를
겹 - - - 눈 을 - - 주 며 - - - -
저 다 - - - - - 리 들 - - 어 - - 라
골 - - - - 부 러 - 질 - 라
눈 감 - - - - - - 어 - - - - - 라

보 - - - 지를 - 마 라 - - - -
나 죽 - - - - 은 - - - - 들
너 매 - - - 우 치 랴 - - 느 냐
격 - 정 - - - 을 말 - - - - - 고
근 - - - 심 을 - 마 - 라
집 장 - - - - - 군 - - - - 로
거 - - - 동 을 - - 봐 라 - - - -

형 장 - - - - - 하 - - - 나 - 를
골 - - - 라 - - - 쥐 - 고 - - - -
선 - - - - - 뜻 들 - - - - - 고
내 - - - 닫 는 - - - 형 - 상 - - - -
지 옥 - - - - - - - - - - 문
지 - 키 었 든 사 - - - 자 가
철 - 퇴 - - - 를 들 어 - - 미 고

내 - - 닫 - 는 - 형 - - 상
좁 은 - - - 골 - - - - - 에
벼 - - - 락 - - - 치 - 듯 - - - -
너 - - - - 른 - 들 - - - - - 에
번 - - 개 - - - - 하 - 듯
십 리 - - - - - - - 만 치
물 러 - - - - - 섰 다 - - - 가 -

오 리 만 치
달 려 들 어 와 서
하 나 틀 디 립 다
딱 부 치 니
어이 구 이 일 이
웬 일 이 란 말 요
어 이 구 야 년 아

말 - - - 들 - - - 거 - - 라
꽃 은 - - - - 피 었 - 다 - 가
저 - - - 절 - 로 지 고 - - - -
잎 은 - - - - 돋 았 - - 다 - 가
다 - - - 뚝 - 뚝 - 떨 어 - 져 서 -
허 - - - 한 - 치 팡 - - 풍 - - 의
낙 - - - 엽 - 이 되 - 여

청 버 들 을
좌 르 르 홀 터
맑 고 맑 은
구 곡 지 수 에 다 가
둥 기 덩 실 지 두 덩 실
흐 늘 거 려
떠 나 려 가 는 구 나

말 - - - - - - 이 못 - - - - - 된

네 - - - - 로 - - - 구 - 나

달거리

실음
네 - 가 나 를 볼 양 이 - 면
심 양 - - - 강 건 - 너 와 - 서
연 화 분 - 에 - - - 심 었 든 화 초
삼 색 - - - 도 - 화 피 었 - - - 드 - 라
이 신 - 구 저 - 신 구 - 잠 - 자 리 내 신 - 구
일 - - 조 - - 낭 군 - - - - - - - 이
네 - - 가 내 - 건 - - - 곤 - 이 - 지 - - -

아 무 리 히 여 도
네 가 내 건 곤 이 지
정 월 이 라 십 오 일 에
망 월 허 는 소 년 들 아
망 월 도 허 러 니 와
부 모 봉 양 생 각 세 라
이 신 구 저 신 구 잠 자 리 내 신 구

일 - 조 - - 낭 군 - - - - - - - 이
네 - - 가 내 건 - - 곤 - 이 - 지 - -
아 무 - - 리 허 - - - 여 - - 도
네 - - 가 내 건 - - 곤 - 이 - 지
이 월 이 - 라 한 - 식 날 - 에
천 - 추 - 절 - - 이 적 - 막 이 로 - 다
개 - 자 - 추 - 에 - 넋 - 이 - 로 구 - 나

먼 - 산 - - - - - 에 봄 - 이 - 드 - 니
불 탄 - - - 풀 속 - 잎 난 - 다
이 신 - 구 저 - 신 - 구 잠 - 자 - 리 내 신 - 구
일 - - - 조 - - - 낭 군 - - - - - - - - 이
네 - - - 가 내 건 - - - 곤 이 - 지
아 무 - - - 리 허 - - - - 여 - - 도
네 - - - 가 내 건 - - - 곤 이 - 지

삼 월 이 - 라 삼 - 진 날 - 에
강 - 남 - - - - - 서 나 - 온 제 - 비
왔 노 - - - 라 현 - 신 헌 - 다
이 신 - 구 저 신 - 구 잠 자 - 리 내 신 - 구
일 - 조 - - 낭 군 - - - - - - 이
네 - - - 가 내 건 - - - 곤 - 이 - 지
아 - - 무 - - - 리 허 - - - 여 - - 도

네 - 가 내 - 건 - - - 곤 - 이 - 지
적 수 - 단 신 - - - 이 내 - 몸 - 이 -
나 래 - 돋 친 - - 학 이 나 - - 되 면 -
훨 - 훨 - 수 루 - 루 - 룩 - 가 - 련 - 만 - 은 -
나 - 하 - 에 - 지 루 에 - 도 산 이 로 - 구 - 나 - - -
안 울 림 - 벙 거 지 - 에 진 - 사 상 모 - 를 - 덤 벅 달 - 고 -
만 - 석 당 - 혜 - 를 - - - 좌 - 르 르 르 르 - 끌 - 며

춘 향 아 부 르 - 는 - 소 - 리 -
사 - 람 - 에 - 간 - 장 - 이 다 - 녹 - 는 - 다 -
나 - 하 - 에 - 지 투 에 - 도 산 이 로 - 구 나 - - -
경 - 상 도 - 태 - 백 - 산 - 은 상 - 주 낙동강 - 이 둘 - 러 있 - 고 -
전 - 라 - 도 지 리 산 - 은 뒤 - 치 강 - 이 둘 - 러 있 - 고 -
충 - 청 - 도 계 - 룡 - 산 - 은 -
공 - 주 - 금 - 강 - 이 다 - 둘 - 렀 - 다 - - -

나 - 하 - 에 - 지 - 루에 - 도 산 이 로 - 구 나 - - -
좋 구 - 나 매 화 로 - 다 에 헤 야 데 헤 야 에 헤 야 -
에 - - - 디 - 여 - 라 사 랑 - 도 매 화 로 - 다
인 간 이 별 만 - 사 중 에 독 - 수 공 방 이 상 - 사 난 이 란 다
좋 구 나 매 화 로 - 다 에 헤 야 데 헤 야 에 헤 야 -
에 - - - 디 - 여 - 라 - 사 랑 도 매 화 로 - 다
안 방 선 니 방 가 루 다 지 국 - 화 새 - 김 에 완 - 자 무 늬 란 다

좋 구 나 매 화 로 - 다 에 헤 야 데 헤 야 에 헤 야 -
에 - - - 디 - 여 라 사 랑 도 매 화 로 - 다
이 저 께 밤 에 도 나 - 가 - 자 고 그 저 께 밤 에 는 - 구 - 경 가 고
무 - 삼 - 염 치 로 삼 - 승 버 선 에 불 받 아 달 래 나
좋 구 나 매 화 로 - 다 에 헤 야 데 헤 야 에 헤 야 -
에 - - - 디 - 여 - 라 사 랑 도 매 화 로 - 다
나 돌 아 감 - 네 - - - - - 나 돌 아 감 - 네

떨 떨거리고나 - 돌아 - 가누나 - 좋구 - 나 매화 - 로 - 다
에헤야데헤야에혜야 - 에 - - - 두견이울어라
사랑도매화 - 로 - 다

소춘향가

실음은 반음 위
춘 향 - - 에 - - - 거 - 동 - 봐 - 라 -
오 - 인 - - 손 - 으 - 로 - 일 - 팡 - 을 가 - 리 고 -
오 - 른 - - - - 손 - 높 - 이 들 - 어
저 - 건 - - - 너 - 죽 - 림 - 보 인 - 다 -
대 - 심 - 어 울 - 허 고 - 솔 - 심 - - - 어 정 - 자 라 -
동 - - - 편 - - 에 - 연 - - 정 이 - 요
서 - 편 - - - - - 에 - - 우 - 물 - 이 - 라 -

노 - 방 - 에시 - 매 - 고 - 후 - 과 - 요 -
문 - 전 - 에학 - 종 - 선 - 생 - 류 - 긴 - 버들 -
휘늘어 - - - 진 늙은 - - 장 - 송
광 - - - 풍 - 에 흥 - 을 - 겨 - 워 -
우 - 쭐 활 - - 활 춤-을 춘 - 다 - - -
사 리 문 안 - - -에 삽-사 - 리앉 - 어 -
먼 - - - 산 - - 을 바 - 라 - 보 -며

꼬 - 리 치 - - - 는 - 저 집 - 이 오 - 니 -
황 - 혼 - - 에 정 - 녕 - 이 - 돌 아 - 를 - - - 오 소 -
떨 - - - 치 - - - 고 가 는 - - - 형 - 상 -
사 - 람 에 - 간 장 을 - 다 - 녹 - 이 느 - 냐 - 아 하
너 - 는 - - 어 연 - 계 집 - 아 - 이 관 - 데
나 를 - - - - 종 - 종 - 속 이 느 - 냐 - 아 하
너 는 - - 어 연 - 계 - 집 아 - 이 관 - 데 - 에 헤

장 - - 부간 - 장 - 을 - 다 - 녹 - 이 느 - 냐
녹 음 방 - 초 승 화 - 시 - 에 해 는 - 어 - 이 아 니 가 - 노
오 - 동 - - - 야 - 월 달 - - 밝 - 은 - 데
밤 - - 은 - 어 - - 이 수 - 이 - 가 - 노
일 - 월 무 - 정 - 덧없 - - 도 - 다
옥 빈 - 홍 - 아 - - - - - - - - - - ㄴ - 이
공 - 노 - - 로 - - 다 - 우 는 - - ㄴ - - 물

받 - 아 - 내 - 면 - 배 - 도타 - 고 - - -
가 - 런 - 마 - 는 지 - - 척 - 동 - 방
전 - 리 - 로 - - 다 바 라를 - - 보 니 -
눈에 - - 암 - 암

평양가

따 - - - - - - - 러 임-과 - 둘-이 - - - -
갈 - - - 갈 - - - 까보 - - - - 다
부모 - - - - - 동 - - - - 생 -
다 - - - 이 - 별 - 허 - - - - 고 -
임 - 을 - - - - 따 - - - - - 러
임-과 - 둘-이 - - - - 갈 - - 갈 - - 까
보 - - - - 다 불 불 - - - - - -

는 - - - - - - 다 - 불 - - - 이불 - 불 - - -
는 - - - - - - 다 - - 평 - 양 - - - - -
성 - - - - - - 내 불 - - - 이불 - 불 - - -
는 - - - - - 다 평 양 - - - - - -
성 - - - - - 내 - 불 - - 이불 - 불 - -
으 - - - - - 면 - - 월 - 선 - - - 이 -
집 - - - - - - - 이 행 - - - 여 불 갈 - - -

세 - - - - 라 월 선 - - - - - 이 -
집 - - - - - 이 불 - - 이 불 - 불 -
으 - - - - 면 - - 육 육 방 - - - -
관 - - - - - 속 이 제 - - - 가 - 제 - 알
리 - - - 라 가 세 - - - - - -
가 - - - - - 세 - 노 - - 리 놀 - 러 -
가 - - - - - 세 - - 월 - 선 - - - 이 -

집 - - - - - - - - 노 - - 리놀러 - - 를
가 - - - - 세 월선 - - - - 이 -
나 - - - - 와 - 소 - - 매 - 를 - -
잡 - - - - 고 - 가 - 세 - - - -
가 - - - - - 세어 - - 서들어 - 를
가 - - - 세 농소 - - - - - - -
농 - - - - - 소 - - 노 - - 리농 - 소 -

그 - - - - - - 려 - 직 - 령 - - - -
소 - - - - - - - - 매 노 - - - 리 - 놓 소 - - -
그 - - - - - 려 떨 - 어 진 - 다 - - - -
떨 어 - 진 - 다 떨 - 어 진 - 다 - - - -
떨 어 - 진 - 다 직 - 령 - - - - -
소 - - - - - - - - 매 동 - 동 이 - 동 떨 - - - 어
진 - - - - 다 상 침 - - - - -

중 - - - - 침 - 다 - - 골 - 라 - - -
내 - - - - 어 세 - 모 - - - 시 -
당 - - - - 사 - 로 - 가 - 가 리 - 감 - - - 취
줌 - - - 세

십장가

실음은 단3도위

전라좌도 남원남문 - 밖 - 월 - 매 - 딸 - 춘향이가 -
불 - 쌍 - 허고 - - - - 가 - - 련 - 허 - 다
하 - 나 맞 - 고 허 - - 는 말 - 이 -
일편 - 단 - 심 춘향 - 이 가 - 일종지 - 심 먹 - 은 마 - 음 -
일부 - 종 - 사 하겠 - 더 - 니 - 일 - 각 일 - 시 낙 미 지 - 액 에 -
일 - 일 - 칠 형 - - - - - 무 - - 삼 - 일 - 고
눌 - 을 - 맞 - 고 허 - - 는 말 - 이 -

이 부 - 불 - 경 이 내 - 몸 - 이 - 이 군 불 - 사 본 을 - 받 어 -
이 수 중 - 분 백 로 주 - 같 - 소 - 이 부 - 지 - 자 아 니 - 어 - 든 -
일 - 구 - 이 언 - 은 - 못 - - 허 - 겠 - 오
샛 - 을 - 맞 고 허 - - 는 - 말 - 이 -
삼 한 - 갑 - 족 우 리 - 낭 - 군 - 삼 강 - 에 - 도 제 일 - 이 - 요 -
삼 춘 화 - 류 승 화 - 시 - 에 - 춘 향 - 이 - 가 이 도 령 만 - 나 -
삼 - 배 - 주 나 눈 - 후 - 에 삼 생 - 연 - 분 맺 었 - 기 - 로 -

사 - 또 - 거 - 행 - 은 - 못 - - - 하 - 겠 - 소
넷 - 을 - - 맞 - 고 - 하 - - - 는 - 말 - 이 -
사 면 차 - 지 우 리 - 사 - 또 - 사 서 삼 - 경 모 르 - 시 - 나 -
사 시 장 - 춘 푸 른 - 송 - 죽 - 풍 설 이 잦 - 아 가 - 도 변 치 - 않 - 소 -
사 - 지 - 를 찢 어 - 다 - 가 - 사 방 - 으 - 로 두 루 - 서 - 도 -
사 - 또 - 분 - 부 - 는 - 못 - - 들 - 겠 - 소
다 - 섯 - 맞 - 고 - 허 - - - 는 - 말 - 이 -

오매불 - 망우리 낭 - 군 - 오류 - 에 - 도제일 - 이 - 요 -
오 날올 - 까내일 - 올 - 까 오관 - 참 - 장관운장같 - 이 -
날래장 - 수자룡같 - 이 - 우 - 리 낭 - 군 - 만 -
보 - - 고 - 지 - 고 여 - 섯 - 맞 - 고 -
허 - - 는 - 말 - 이 육국유 - 세소진 - 이 - 도 -
날 - 달 - 래 - 지못하 - 려 - 니 육례연 - 분훼절 - 혈 - 제 -
육진 - 팡 포 - 를질끈 - 동 - 여 - 육 리청 - 산버리 - 서 - 도 -

육 - 레 - 연 - 분 - 은 - 못 - - - 잊 - 겠 - 소
일 - 곱 - 맞 - 고 - 허 - - - 는 - 말 - 이 -
칠 리 청 - 탄 흐 르 는 - 물 - 에 - 풍 - 덩 - 실 넣 으 - 서 - 도 -
칠 월 칠 - 석 오 작 - 교 - 에 - 견 우 직 - 녀 상 봉 - 처 - 럼 -
우 - 리 - 낭 - 군 - 만 - 보 - - - 고 - 지 - 고
여 - 덟 - 맞 - 고 - 허 - - - 는 - 말 - 이 -
팔 - 자 - 도 기 박 - 하 - 다 - 팔 패 - 로 풀 어 - 봐 - 도 -

벗어-날-길바이-없-네-팔-년-풍-진초한-시-에-
장량-같-은모사-라-도-팔진-팡-풍이난-국-을-
모면하-기어렵거-든-팔팔-결이-나틀렸-구-나-
애-를-쓴-들--무--엇-허-리
아휴-맞-고하--는말-이-
구-차한-춘향-이-가-굽이굽-이맺힌-설-움-
구곡-지-수아니-어-든-구-관-자-제-만-

보 - - - 고 - 지 - 고 열 - 을 - 맞 - 고 -
허 - - - 는 말 - 이 - 십 악 대 - 죄 오 날 - 인 - 가 -
십 생 - 구 - 사 할 지 - 라 - 도 십 왕 - 전 - 에 매 인 목 - 숨 -
십 륙 - 세 - 에 나 는 - 죽 - 네 비 나 - 이 - 다 비 나 - 이 - 다 -
하 나 - 님 - 전 비 나 - 이 - 다 - 한 양 - 계 - 신 이 도 - 령 - 이 -
암 행 - 어 - 사 출 도 - 하 - 여 - 이 - 내 - 춘 - 향 - 을 -
살 - - 리 - 소 - 서

송서악보

추풍감별곡

송서 : 묵 계 원
채보 : 장 보 윤

추 국 에 맺힌 이 슬 - - - - 별 구 를 머 금 - 은 듯
잔 류 남 교 에 춘 앵 이 이 귀 하 고 - - -
소 월 - 동 정 - - 에 추 월 이 슬 피 - 운 다
임 여 의고 썩은 간장 하 마 터 면 끊길 세 라 - - -
삼 촌 에 즐 기 든 일 예 런 가 꿈 이 런 가
세 우 사 창 요 적 한 데 흡 흡 히 깊 은 - 정 과 - - -
삼 경 무 인 사 어 시 에 백 년 사 자 굳 은 - 언 약

단 봉 이 높 고 높 고 패 수 가 깊 고 깊 어 - - -
무 너 - 지 기 이 외 - 어 든 - - 끊 어 - 질 줄 짐 작 허 리
양 신 에 다 마 함 은 예 로 부 터 있 건 마 는 - - -
지 이 인 하 는 - - - 조 물 - 의 탓 이 - 로 다
홀 연 히 이 는 추 풍 화 총 을 요 동 하 니 - - -
응 봉 - 자 - 접 이 - - - 애 연 - 히 흘 단 말 가
진 장 에 강 춘 호 구 도 적 발 길 바 이 없 고 - - -

금 룡 - 에 잠긴 - 앵무 - - - 다 시 - 희롱 어 려 워 라
지 척 동 방 천 리 되 어 바 라 보 기 묘 연 하 고 - - -
은 하 - 작 교 끊 겼 - 으 니 - - - 건 너 - 갈 길 아 득 - 하 다
인 정 이 끊 겼 으 면 차 라 리 잊 히 거 나 - - -
아 름 - 다 운 자 태 - 거 동 - - - 이 목 - 에 매 양 있 어
못 보 아 병 이 된 고 못 있 어 한 이 로 다 - - -
천 추 - 만 한 가 득 - 한 데 - - - 끝 끝 - 이 느 끼 워 라

하 물며 이 는 추풍 별 회 를·붙 여 내 니 - - -
눈 앞 - 의 온 갖 - 것 이 - - - 전 혀 - 다 시 름 이 라
바 람 앞 에 지 는 잎 과 풀 속 에 우 는 짐 승 - - -
무 심 이 듣 게 되 면 - - 관 계 - 할 바 없 건 - 마 는
유 유 별 한 간 절 한 데 소 리 소 리 수 성 이 라 - - -

등왕각서

송서 : 유창
채보 : 장보윤

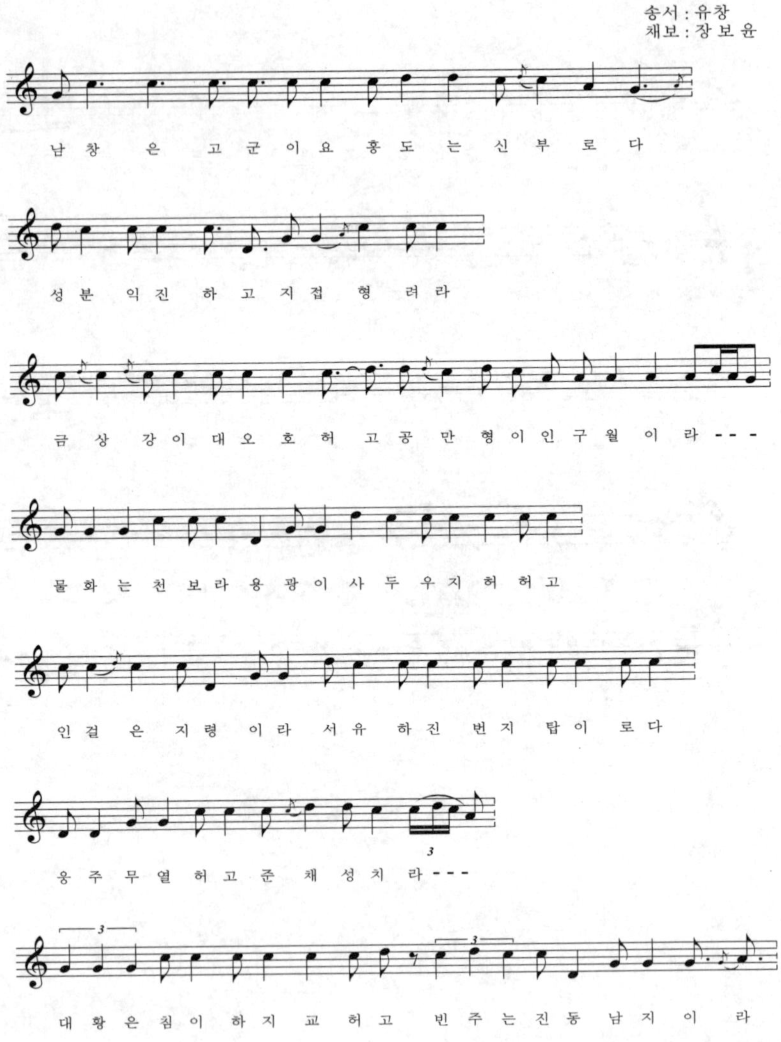

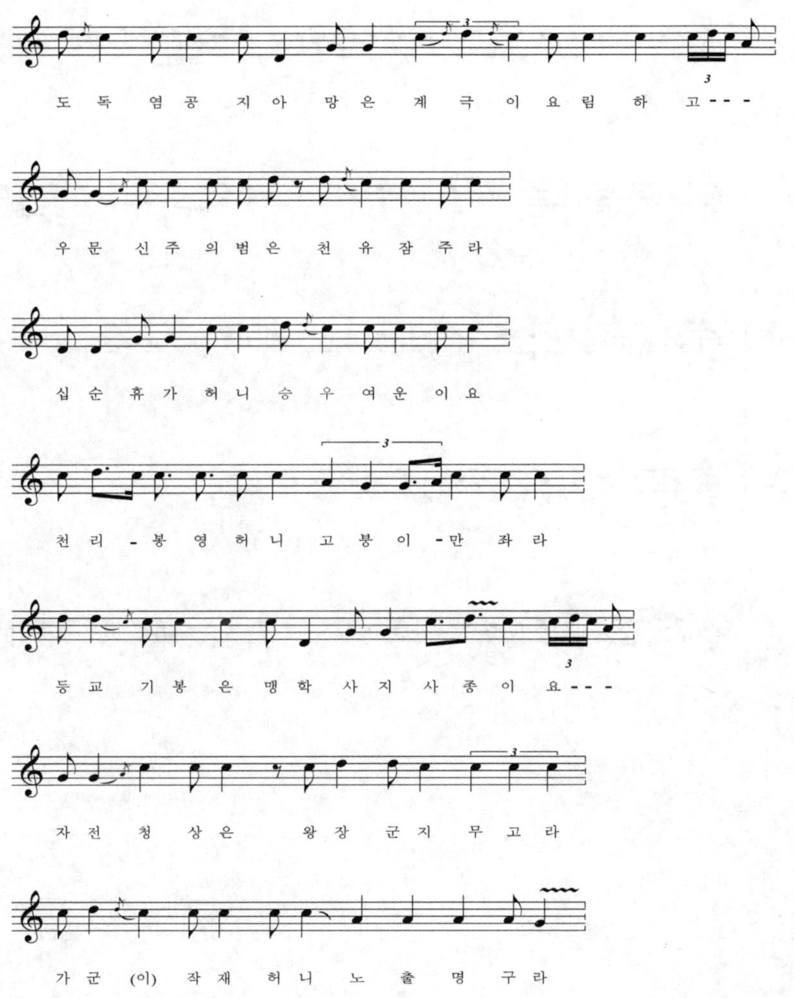

도 독 염 공 지 아 망 은 계 극 이 요 림 하 고 - - -
우 문 신 주 의 범 은 천 유 잠 주 라
십 순 휴 가 허 니 승 우 여 운 이 요
천 리 - 봉 영 허 니 고 봉 이 - 만 좌 라
등 교 기 봉 은 맹 학 사 지 사 종 이 요 - - -
자 전 청 상 은 왕 장 군 지 무 고 라
가 군 (이) 작 재 허 니 노 출 명 구 라

동 자 하 지 이 요 궁 봉 등 전 이 라 시 유 구 월 이 요 - - - 서 속 삼 추 로 다
요 수 진 이 한 담 청 하 고 연 팡 의 이 — 모 산 자 라 - - -
엄 준 비 어 상 로 하 야 방 풍 경 어 숭 아 허 고
임 제 자 지 장 주 하 여 득 선 인 지 구 판 이 라
층 만 - - - 이 용 취 허 니 상 출 중 소 요 비 각 이 유 단 하 니 하 림 무 지 라

적벽부

송서 : 유 창
채보 : 장 보 윤

요 조 지 장 - 노 래 할 제 - -
이 윽 고 동 산 에 달 이 돌 아 - -
두 - 간 에 배 회 하 니 - -
백 로 는 횡 강 하 고
수 광 은 접 천 이 라 - -
가 는 곳 배 에 맞 겨
만 경 창 파 - - 떠 나 가 니 - -

호 호 한 빈 천 지 에
바 람 만 난 저 돛 - 대 는
그 칠 바 를 몰 라 있 고
표 표 한 - 이 내 몸 은 - -
우 화 등 선 되 였 세 라
취 흥 이 도 도 하 여 -
뱃 전 치 며 노 래 할 제

그 노래에 하였으되 --
계 도 해 - 난장으로 --
격공명혜소류광이로다
묘묘해 여희이여 -
망민이해천일방이로다 --
통소로 - 화답하니 -
그소래에오오하여 --

여 원 여 모 여 음 여 소 - -
여 음 이 요 요 요 하 여 -
실 같 이 흐 르 나 니
유 학 에 잠 긴 어 룡
흥 에 겨 워 춤 을 추 고
고 주 에 - 이 부 들 은 - -
망 부 한 을 못 이 겨 라

추 연 이 이 러 않 아
옛 일 을 생 각 하 니
만 사 가 - 꿈 이 로 다 - -
월 명 성 회 에 오 작 이 남 비 하 니
조 맹 덕 이 지 은 시 요 - -
서 망 하 구 동 망 무 창
산 천 이 - 상 유 하 여

울 호 창 창 하 였 으 니
맹 덕 에 - - 패 한 데 요오
형 주 를 파 한 - 후 에
강 능 으 로 내 려 가 니
축 로 는 - - 일 천 리 요 - -
정 기 는 폐 공 이 라
창 을 비 켜 슬 마 시 고

글 을 지 어 읊 을 적 에
일 세 영 웅 이 었 마 - 는 -
이 제 간 곳 모 를 세 라

삼설기

송서 : 묵계월
(한국전통음악)
채보 : 성기련

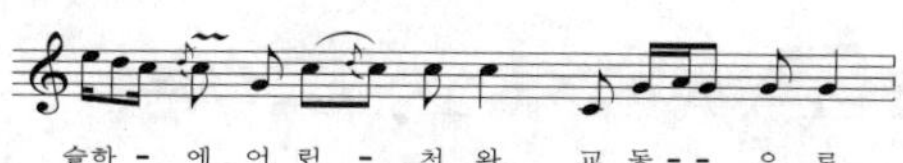

일 을 삼 아 노 래 자 에 옷 을 입 고
삼 척 동 자 부 러 하 며 자 로 의 부 미 함 과
왕 상 의 이 어 낚 고 맹 종 의 죽 순 꺾 어
중 자 의 양 지 지 효 틀
주 야 갈 력 즐 기 다 가 차 차 로
생 각 하 니 부 모 의 은 덕 이 호 천 망 극 이 라
원 득 삼 산 불 로 초 하 야

내 헌- 고 당 백 발- 천 은 평 생-- 갈 력

다 한 후 에 사 방 에 널 리 놀 아 만 물 물 정 경 력-- 하 고

삼 산-- 풍 경

좋 은 곳 에 청 천 삭 출- 높 은- 뫼 는

천 작-- 으 로-- 생 겨-- 있 어--- 배 산 잉 류-- 허 - 니

춘 수 는 만 사 댁 이 요--- 하 운 은 - 다 기 봉 - 이 - 라

명 당 에 터 를--- 닦 아 초 당-- 을 지 어 내 니

토 계 삼 등 이 요 모 자 를 부 전 이 라
계 명 - 복 오 하 고 - - 견 패 - 화 존 - 이 라 앞 내 의
고 기 낚 고 - - 뒷 - 뫼 에 약 을 - - 심 어
실 과 - - - - 는 - 절 을 - 찾 고 백 곡 - 이 풍 등 - - 이 라 우 양 - - 자 귀
촌 향 - - 이 요 동 치 불 식 의 관 - - 이 라
낙 화 방 초 - - 무 심 - 처 에 만 학 - 천 봉 독 폐 문 - 이 라
한 운 담 영 시 수 가 요 - - 별 유 - 천 지 비 인 - - 간 - 이 라

세 사 는 - 금 삼 - - 척 - 이 요 - - 생 애 는 - 주 일 - 배 라

서 점 강 상 - - 월 이 - - - 뚜 렷 - 이 밝 았 - 는 데

동 각 - - 의 설 중 - - 매 는 - 향 - 기 로 이 - 피 었 - 에 라 -

짝타령

송서 : 묵계월, 유창
채보 : 성기련

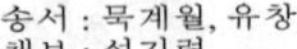

추 수 는 공 장 천 일 색 이 라 허 - 든 - -
왕 자 안 으 로 웃 짐 쳐 서
백 로 는 횡 강 - 하 고 -
수 팡 은 - 접 천 - 이 라 허 - 든 - -
소 동 파 로 말 몰 - - 려 라
좌 무 수 이 종 일 하 고
탁 청 - 천 이 자 결 이 라 하 든 - -

한 퇴-지로 한 짝--하-고
삼 입 낙 양---인 불 식 허-니--
낭 음 비-과-동 정 호 라 하 든-
여 동 빈 으 로 한 짝--허 고
유 상 곡 수-에 혜--풍 이 화 창- 이 라 허 든--
왕 희- 지 -로--옷 짐 처 서
부 꽝 은 약 금 하 - 고

정 영 - 은 - 침 벽 이 라 하 든 -
범 중 엄 - - 으 로 말 몰 - - 려 라
어 양 비 - 고 동 - 지 - 래 하 니
경 파 예 - 상 - - 우 의 - 곡 이 라 하 - 든 - -
백 낙 - 천 으 로 한 짝 하 고
분 수 탈 상 증 하 - 니 - -
평 생 일 편 심 - 이 라 하 - 든
맹 호 연 - 으 로 한 짝 - - 하 고

송서원본

러가졍라거리로 넘亽니제
졔놈이즉든 반나 홀면신오
경라거리바 못호랴호는 쇠
쳐로쭉더려 지븍로 좁버거
너벅너 왕넙의 뎌릐 한난
이로봉도운 밧는 지라
솜인이 비걸훌며 받
우리둥이외 민히 훕
틔뎌밧소니 력불의
소화호여 홉시면
역만 앙지물을 밧
치오라다 릐한난이거
로틱지븍의소 됫젼
기리넙근신뎐이엇는

一지라 호르 넙왕압 회나아가
니엄왕왈 지부의는亽싱둥
亽가쇼둥오 니친뉴의 엇뎌
운어 횐거주정 뎡을 분명
이알 아亽리미엄끠 호라상
그싱亽치 붓최긔를 넙어연슈
을상긔 호라 호시너 최판
란이 뎡을 바다亽 시상을 한
즉 팔 결를 뎌 십연〇우훕
아올亽람을 좁아왓느지라
최판란이 뎌 졍을 여이뎌로앳
왕끠 알왼뎌 벗왕이앗 한눌
너뎌발 최상의도 탐란오리쇼
최국법 호는거슬가 뼐을
피나다 호걸쩌지부의 쩌졍亽
亽라슈는 발이〇엇지 릐단말
이아상졔 엄문이지엄훈亽신

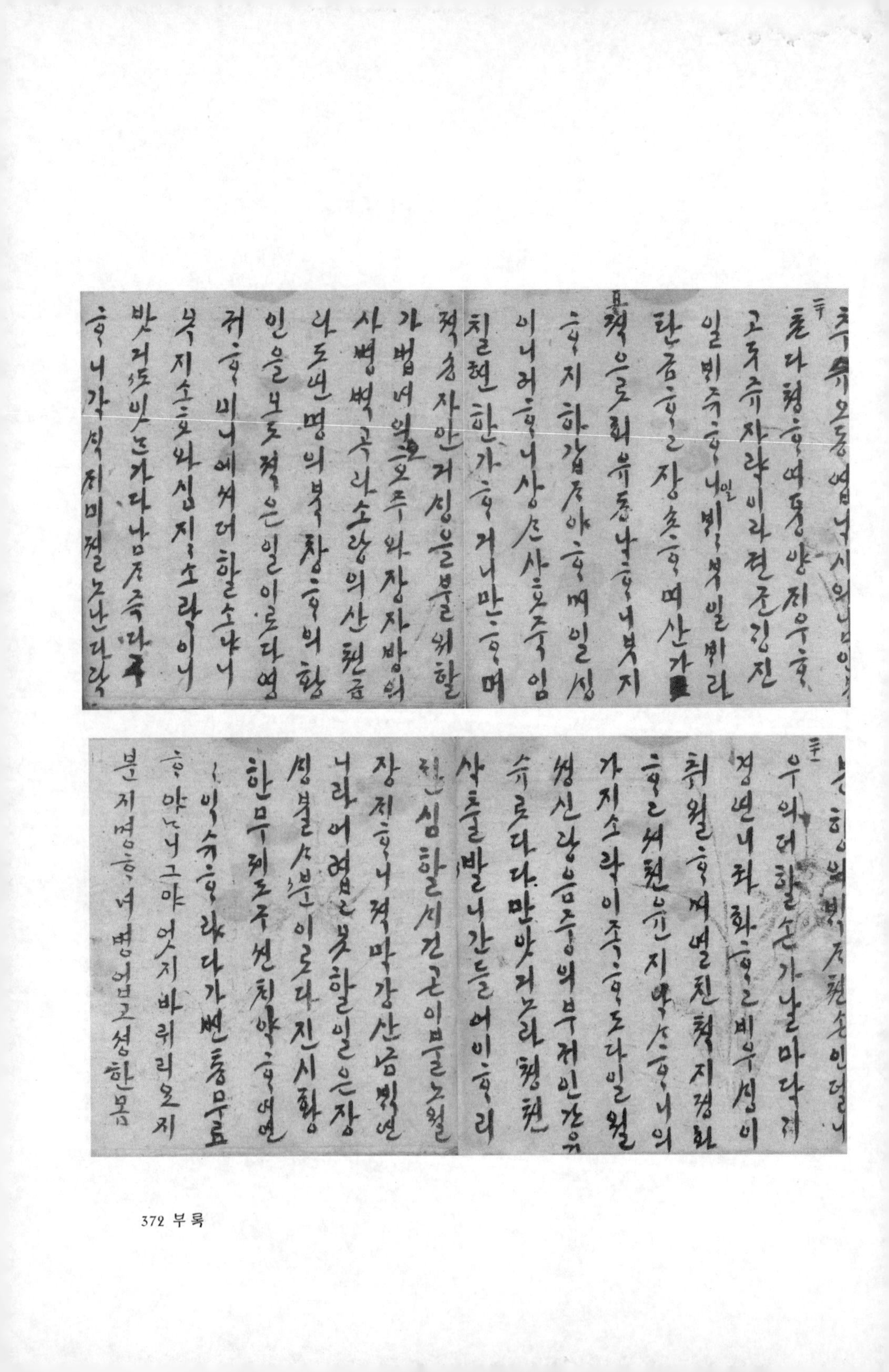

것업소니 복걸 참상고서ᄒ
위방면 져년지 공지ᄒ시면
위지훌지ᄒᄉ의 소원 쳐치ᄒ
여슉시말 쳔만 복ᄒᄒ
ᄒ여스거날 법압ᄒ니 남ᄑ의 저
로ᄒ여ᄉ나 졍쳐와ᄅ니 몸 ᄉᄉ만코
거불측한 놈아 머ᄂ라
뎌가 쳔지 기ᄲᄀ 아ᄒ으로 만믈
보ᄋ원히 지과와ᄉ셩 화복기ᄅ
ᄒ위지 권을 가지고 억만 창셩
의속옷 쟈ᄋ간 라 션야 시비을 뎡
군ᄒ여 조셕으로 슐ᄲ던너의 셩
현 군ᄌ라도 뭇ᄒ할 멀을 너후
존보거러나ᄒ니 그노라ᄉ을 이ᄂ믈로
호랑이면 너ᄭᄯ 와ᄋ을 떠려
노ᄀ머스사ᄅᄒ 리로다ᄒ여ᄶ노
러ᄇᄆᄒ예 와ᄅ깅 셜편소
일 리ᄒ더라

묵계월 경기소리 연구

2003년 2월 20일 인쇄
2003년 2월 25일 발행

엮은이　류　의　호
펴낸이　박　현　숙
찍은곳　신화인쇄공사

110-290
서울시 종로구 인사동 153-3 금좌B/D 305호
T. 723-9798, 722-3019　　F. 722-9932

펴낸곳 도서출판 **깊은샘**

등록번호/제2-69. 등록년월일/1980년 2월 6일

ISBN　89-7416-118-4

※ 깊은샘은 E-mail : kpsm80@hanmail.net,
kpsm@hitel.net에서 만나실 수 있습니다.
※ 잘못된 책은 교환해 드립니다.

값 15,000